# 錦繡榮門

6
完

灩灩清泉 著

風文創 546

# 目錄

# 第一百五十章

臘月二十一日下午，錢亦繡的下腹開始墜痛，沒多久月事就來了，總算安心。她弓身躺在床上，抱著湯婆子。今年五月初潮，什麼都好，就是前兩天都有些腹疼。如此，二十四日一早即能出發。若路上順利，晚上到洞天池，只歇息一宿，第二天離開，便能在天氣好時趕回家。

曾嬤嬤端紅糖水進屋，扶錢亦繡起來喝，嘴裡念叨著：「姑娘，妳還小，哪有月事沒完就往山裡跑的？走的時候，我準備些枸杞、紅棗、紅糖、老薑給妳帶著，生火做飯時，用這些熬水喝，對身子有好處……」

錢亦繡點頭應了。她也怕身子虧損，不好懷孕。前生今世，她還沒有過孩子，可不想喪失做母親的機會。

接下來兩天，錢亦繡咬著牙起身，跟幾個丫鬟一塊兒準備要帶的東西和衣物。潘月也來幫忙，加上錢亦明和錢亦靜的鬧騰，蓮香水榭熱鬧異常。

這次要準備的東西比原來多得多。現在是冬天，可能會因天氣不好，耽擱久些，食物必須帶夠。因為不能喝冷水，也要帶鍋和碗，若遇到意外要在路上歇息，還得帶床小棉被。那兩個男人不用，她必須用。

如此忙亂兩天，二十三日晚上，一切準備妥當，就等明天一早出發。

離家前，錢亦繡去正院看錢三貴。

錢三貴躺在床上，身子真的不好了，主要還是心病，擔憂孫女，又掛念遠在京城的兒女們。儘管悲空大師說過，錢亦繡此去定能平安回來，可他還是無法放心。

錢亦繡看到幾天內便瘦下來的錢三貴，心酸不已，坐在床邊安慰道：「爺爺，過兩、三天我就回來了。聽說無名師父的武功極高，比那些大內高手更厲害，還有猴哥、梁將軍護著我，沒事的。」

錢三貴睜開眼睛，拉著錢亦繡的手。「繡兒，這個家裡，爺爺最心疼的就是妳，連妳爹、妳弟弟都不及。妳一定要回來，不然，爺爺可活不成了……」說完，便哭了。

錢亦繡紅著眼圈點頭。「好。爺爺讓人準備羊肉火鍋等我，我一到家就要吃。」

錢三貴應下，老淚縱橫，又囑咐好幾句，才讓錢亦繡回去休息。

第二天寅時末，夜色正濃，錢亦繡就起身了。

她吃飽喝足，穿戴整齊，又拍拍胸口藏的兩顆紅妖果，確定準備妥當。回鄉時，她把三顆紅妖果也帶上了。將這種逆天寶貝藏在京城，她不放心。

錢滿江出去辦事時，她怕他有意外，給他一顆紅妖果，也說是悲空大師送的，只要不是摔下懸崖或腦袋搬家，都能用它救命。她一直有些遺憾，若當時給寧王妃兩顆果子，寧王妃就不會死了。

猴哥和閃電、銀風也準備好，背上揹著包袱。

白狼、大山、跳跳出來送他們，大山嗚嗚嗚地叫，眼睛泛淚。

錢亦繡蹲下身，向牠保證，她會帶著閃電、銀風平安回來。

卯時初，錢亦繡領一群動物走出蓮香水榭，梁昭錦等人都在外面等她。

向錢家長輩們與悲空大師告辭後，一行人便向洞天池出發。

天色未亮，漫天星星仍眨著眼睛，為他們照亮前行的路。

猴哥走在最前面，接著是並排而行的錢亦繡和梁錦昭，再來是無名，閃電和銀風壓尾。

一進溪石山，便感覺比山外寒冷許多，越往裡去，風越大，呼呼風聲猶如猛獅在耳邊狂嘯。加上天色昏暗，路愈加不好走，不小心就會一腳踏空，滾下山去。

遇到不好走的路，猴哥便回頭叫兩聲，提醒他們注意。梁錦昭就拉住錢亦繡的手，扶著她走。

錢亦繡走得慢，有些扯後腿，但此時她還走得動，就不願意讓猴哥揹。走路能讓身子發熱，才不會感覺太冷。

天漸漸亮了，看得清山路，大家便加快步伐。

大概半個時辰，錢亦繡不行了，明顯慢下來。

無名著急道：「若是這樣，天黑前肯定到不了洞天池。」

錢亦繡無奈，只得爬上猴哥的背，猴哥的包袱便給無名揹著。好在猴哥身上毛多溫暖，還不至於凍壞她。

翻過最外面的高山，前方就是一座座相連的石峰。那些石峰的外形如刀劈般，高聳入雲，山頂上的積雪終年不化。

再走一段路，就該過山洞。過山洞後會更冷，山路更加崎嶇不平，路上積雪也變多。

幾人在背風處生火，和動物之家暫時歇腳，用的木頭和炭，還是從家裡帶來的。燒好熱水，把餅泡在熱水裡吃了，又開始前進。

往左走，來到第三個洞口，錢亦繡點上火把。

猴哥示意梁錦昭揹錢亦繡，牠要全神貫注，留心洞裡的情況。

梁錦昭一陣欣喜。

錢亦繡搖搖頭，低聲道：「我自己走吧。」

她剛舉起火把走進洞口，卻立時被嚇得頭髮差點豎起來。

洞壁上，密密麻麻擠著許多蝙蝠。幸好牠們正在冬眠，否則可不容易過去。

之前她當鬼時，這洞裡什麼也沒有啊，十幾年的變化太大了。

錢亦繡折回來，答應讓梁錦昭揹。

於是，大家悄悄地飛快往前走，不敢出聲，不到一刻鐘便步出山洞。

出了洞口，重見陽光，所有人才大鬆一口氣。

錢亦繡對梁錦昭道：「放我下來。」

梁錦昭用手捏她的腿一下。「別任性，妳看看地上。」

地上鋪著厚厚一層雪，在陽光照耀下，閃著刺眼白光。
錢亦繡知道，厚雪下面，有些是石頭，有些是土地，也有些是石頭與石頭之間的縫隙。不小心踩進石縫，容易扭到腳，甚至因此滾下山去。
為了安全著想，她不再堅持，繼續讓梁錦昭揹著她。
猴哥走在最前面，手裡拿根棍子不停試探著，還聰明地向梁錦昭他們比劃，踩著牠的腳印走。
走了一會兒，來到一條山路前。這路非常陡，全是石頭，上面鋪著雪，如果手沒抓好，或腳沒踩穩，便容易摔下去。
無名示意，先由他來。
他取下繞在腰間的鐵鍊，鐵鍊頂端有個大鐵爪，甩了甩鐵鍊，把大鐵爪拋上大石扣牢。接著，再和猴哥、錢亦繡、梁錦昭拉著鐵鍊往上爬。
另一邊，猴哥每看到一塊突出的石頭，就把石上的積雪抹乾淨，閃電和銀風便跳上去，依次前進。
錢亦繡暗想，上回猴哥領著白狼牠們去洞天池時，大概就是這麼做的，怪不得那次之後，牠們沒敢再於冬天時去，實在太危險了。
他們爬到一塊好站立的大石上，無名把大鐵爪收回來，又甩到更高的地方，再繼續往上爬。如是幾次，才把這段路走完。
接下來，到了最危險的盤山路。

錢亦繡最怕的，就是這段路。窄窄的路高低不平，上面堆著厚厚積雪，右下方正是不見底的深淵。

此時陽光雖足，卻毫不溫暖，而且寒風呼嘯，似乎要把她吹下崖去，腳下的雪地也滑得要命。

錢亦繡已經不敢站著了，軟下身子，靠在左邊的石壁上，不停地發抖。

梁錦昭蹲下，伸出一隻大手握住她的手。「不要動，不要怕，我在這裡。」另一隻手摟住她，讓她靠在他身上，以免凍壞身子。

猴哥看看前面，剛想繼續走，卻被無名攔住。

無名把鐵鍊解下來，將大鐵爪扔向前面的巨石，扣牢後，又把另一頭的小鐵爪牢牢繫在這邊的石頭上，才示意猴哥拉著鐵鍊走。

猴哥會意，一邊走、一邊用腳把石上的雪蹭掉，讓石頭露出來。

牠順利走到鐵爪扣住的巨石旁，閃電和銀風接著過去，再來是無名。

現在，只剩錢亦繡和梁錦昭了。

錢亦繡明白，她不走也得走，勉強直起身，拉著鐵鍊慢慢向前。

梁錦昭跟在後面，不停地說：「嗯，很好，就這樣走……慢點，慢點，踩著石頭……」

突然，錢亦繡的腳下一滑，啊的一聲，整個人滑下去，跪在石頭上。若非她緊緊抓著鐵鍊，梁錦昭又及時拉住她的衣裳，她已經滑下崖了。

梁錦昭使勁，把錢亦繡拎起來。

這個意外，讓在另一頭等著的動物之家和無名也嚇一跳。

錢亦繡又疼又怕，幾近崩潰，失聲哭起來，渾身顫抖，貼緊石山站著，腿似有千斤重，完全走不動，覺得這是兩輩子加起來最糟糕的體驗了。

梁錦昭見狀，拉著鐵鍊越過她，走到前面，低聲安慰她一會兒。接著，一隻手握住鐵鍊，另一隻手抓緊她，連哄帶勸，才把她帶到前方的大石旁。

無名把鐵爪收回來，再甩向更前方的大石，重複幾次，終於到了用石頭擋著的洞口邊。

猴哥把石頭挪開，錢亦繡率先爬過去。一過這個洞口，便來到安全地帶，右邊不再是懸崖，而是許多大石壘成的石山。

錢亦繡鬆懈下來，又是驚喜、又是害怕，竟癱坐在地上哭起來。前兩次都是夏天來的，根本不像現在這樣驚心動魄。

猴哥看了，趕緊揹起錢亦繡護著。等梁錦昭過了洞口，再把她交給他。

走這段路花費太久工夫，之後得加快才行。好在後面沒有這麼險的盤山路，但危險的地方是山洞，不知道山洞裡還會出現什麼意外？

現在，錢亦繡連拿火把的力氣都沒了，只能趴在梁錦昭背上低聲啜泣。她覺得自己很沒用、很丟臉，但就是沒辦法。

梁錦昭倒是會安慰人。「妳已經非常勇敢了，要是換成別的小姑娘——不光小姑娘，就連很多男人也不敢走剛才那段路……」

梁錦昭哄著低聲哭泣的錢亦繡，腳下的步伐卻完全沒有慢下來。上小山、下小山，又穿過幾個山洞。後面的山洞沒遇到什麼危險，走得比較順利。

由於在盤山路耽擱得太久，還沒到洞天池，天色已經完全暗下來。火把有限，他們不敢多用，唯有在伸手不見五指的洞中，才會點燃。幸好尚有漫天星辰，朦朧中還是能看見腳下的路。再加上猴哥記性極好，已將路牢牢記在心裡，便帶著大家繼續往前。

入夜後越來越冷，在錢亦繡凍得幾近失去知覺時，終於來到洞天池。

這裡溫暖如春，四周的山蒼翠欲滴，前面那片桃林也濃密茂盛。

一到這裡，猴哥咧嘴大笑，翻跟頭跑進桃林；閃電和銀風汪汪大叫，撒著歡跟上。

無名和梁錦昭也受了感染，仰天笑幾聲。

鳥兒被吵醒，吱吱喳喳叫著，安靜的山谷頓時喧鬧起來。

穿過桃林，便來到洞天池旁。池水在星子照耀下閃著銀光，猴哥已經跳下去，攪得碧波翻滾。

梁錦昭趕緊彎腰放下錢亦繡，又從包袱裡取出小被子鋪在地上，把她抱去坐好，讓她的後背靠在桃樹上。

接著，梁錦昭幫她脫掉皮手套，兩隻大手捂住她的小手，還不時低頭往小手上呵氣。

錢亦繡已經凍得全身麻木，手腳完全不能活動，牙齒打顫，連話都說不出來，甚至，連思緒都沒了。

一會兒後，梁錦昭的體溫慢慢傳遞到她的手上、身上，她才感覺到他手掌的溫暖，掌心還有厚厚的繭子，輕輕搓著她的手時，有些發癢。

感覺錢亦繡的手發暖，梁錦昭便把她的皮靴也脫了，隔著襪子，用大手幫她捂腳。捂完腳，又幫她輕輕按摩凍僵的四肢。

錢亦繡沒拒絕，身子一有感覺，就覺得全身發冷，如掉進冰窟窿般；下半身更是難受，又濕又冷，像坐在冰碴子上。她想趕緊恢復體力，幫自己清理一下。

她看見梁錦昭低著頭，全神貫注地幫她按摩，心裡想著，若不是崔氏搗亂，今年他們或許就成親了。這個男人真的不錯，如此體貼……

她正想得入神，梁錦昭抬頭問道：「怎麼樣，好些了嗎？」

錢亦繡一驚，臉紅得如朝霞，在星光下一覽無遺，低聲道：「謝謝你。」

剛才梁錦昭滿心只想讓錢亦繡溫暖過來，儘早恢復知覺，現在看到她臉紅，才想起他從上按摩到下的人是傾心已久的姑娘，也紅了臉。

他抑制住狂跳的心，笑道：「不用謝，只須記得妳欠我人情就行。」頓了下，又說：「其實，我一直欠妳一個大人情。妳幫我找到靈藥治病，我才能當將軍、上戰場，做喜歡的事。今日走來，我才曉得這條路竟是如此艱險。真是難為妳了，謝謝。」

他們一邊按摩，一邊說話時，無名已經去山邊找來乾柴，堆好生火。又用樹枝搭起架子，掛上小鍋燒水。

等梁錦昭幫錢亦繡按摩完，她終於能夠活動時，水也燒好了。梁錦昭替她倒一碗，她趁熱喝下肚，這才感覺又活過來。
接著，她去遠處的巨石後清理下身，卻覺得穢物放在如仙境般美好的地方不雅，遂撿起小木枝，在地上刨個小坑，把東西埋起來。
錢亦繡剛起來，發現有隻大尾巴小松鼠在不遠處看著她。小松鼠戴了條小項鍊，不停聳著鼻子，正是幾年前見過的那一隻。
重遇老朋友，錢亦繡樂壞了，俯身抱起小松鼠，向洞天池走去。

這時，梁錦昭、無名、閃電和銀風正圍著火堆吃東西。
梁錦昭看見錢亦繡來，放下手中的大碗，拿起小碗，撕開餅放進去，再用開水泡上，才把碗遞給她。
眾人吃完飯，望望天上，一輪彎彎的月亮已出現在中天，應該是下半夜了。
梁錦昭和無名看著錢亦繡，問道：「龍眼呢？」
錢亦繡起身，一瘸一拐走去藏寶的洞口前，拿掉石頭，再取出包袱。裡面有之前帶來的工具與小棉襖，以及沒拿走的珍珠，這次都要帶回去。
她回到兩人面前，從藏在包袱裡的荷包中，把紫珠掏出來。
星光下，雪白手掌托著一顆淡紫色珍珠，珍珠比鴿子蛋還大一圈，滾圓潤澤，璀璨奪目，還透出金色蓮花圖案的光芒。
無名雙手合十。「阿彌陀佛。」

梁錦昭單腿跪地，向紫珠抱拳，才站起身。「繡兒，快把龍珠收好。我師父說，大乾能否免於戰爭，就看龍珠能不能平安進京，由下位真龍天子呈給上位真龍天子。」又說：「當初妳家那麼窮，但妳竟然不貪心，沒把龍珠帶去俗界換錢。否則，天下可要大亂。」

錢亦繡笑道：「這寶貝太好，我知道家裡護不住它，沒敢帶出去，只帶走品相一般的珍珠，還有茶葉和蓮子、桃枝。」

梁錦昭點點頭，心道，怪不得金蛾翼和金蓮藕、金蜜桃那麼好，原來都是從這仙境帶出去的。

兩人見錢亦繡把紫珠收好，便放心地背靠桃樹休息。累壞的閃電和銀風早趴在地上睡了，只有猴哥還在池子裡玩，順便摸蚌吃。

錢亦繡也累得不得了，取出小被子鋪在地上，也靠著桃樹，蓋上小棉襖睡去。

# 第一百五十一章

錢亦繡從睡夢中醒來，睜開雙眸，對上一雙黃豆大的眼珠子，正是小松鼠。太陽快爬到中天，她抱起小松鼠親了親，掏出懷錶一看，已經九點半。這麼晚，今天肯定來不及回去了。

錢亦繡站起身，覺得全身痠痛，舉目四望，瞧無名正在遠處的茶樹邊採茶，卻沒看到梁錦昭，連猴哥和閃電、銀風都不見蹤影。

火還燃著，木架上掛著小鍋，半鍋水咕嚕咕嚕冒泡，裡面煮了紅棗、枸杞、紅糖、薑。

錢亦繡抿嘴笑起來。梁錦昭不會也知道女人喝這種水對身子好吧？

她拿出一張餅，泡著薑糖水吃了，瘸著腿過去問無名。「無名師父，採茶呀？梁將軍和猴哥牠們呢？」

無名道：「大師讓貧僧採茶回去，越多越好。」又指左邊的山。「梁施主領著閃電和銀風上山觀天。今日咱們的身子都不好，不宜冒險，梁施主看看以後幾日的天氣，確定什麼時候適合出去。猴哥不知去哪裡，貧僧醒來，就沒看到牠了。」說完，又低頭摘茶葉。

錢亦繡倒不擔心猴哥，那猴兒，就是閒不住的。見無名忙著採茶，也趕緊回到池邊，俯下身撿珍珠和蓮子。不管品質好壞，只要是洞天池出的，就是好東西。

悲空大師說過，這地方是為渡龍珠而存在，完成使命，會回到該去的地方。那麼，以後便不可能再來了。

她賣力撿寶貝時，小松鼠緊緊跟著她，生怕她把牠丟下。

錢亦繡坐下，把小松鼠抱進懷裡，親親牠的小腦袋，輕聲道：「我也捨不得你呀。不過，你不能跟我出去的。在這裡，你是仙鼠，說不定能長命百歲，出去了，萬一變成普通的小松鼠怎麼辦？能活多久都不知道。」

小松鼠不會講話，只聳聳鼻子跟小嘴，表示自己很傷心。

錢亦繡撿完珍珠與蓮子便去燒水，準備泡些餅，又招呼無名來吃。她一邊吃，還一邊餵些給小松鼠。

下午，梁錦昭領著閃電和銀風下山。他的臉色不好，對急切望著他的無名和錢亦繡說：「看天色，之後兩日的天氣都不會好，不僅下雪，還會颳大風。這種壞天氣，別說繡兒，就是猴哥和無名師父，也不一定走得過那段盤山路。」

幾人聽了，皆是無語，悶悶坐了一陣。

一會兒後，無名率先起身，雙手合十。「阿彌陀佛，既來之，則安之。一切乃天意，安心待兩日就是。」說完，又去山邊採茶。

梁錦昭聞言，打起精神，笑著對錢亦繡說：「是啊，咱們再急也沒用。走，我帶妳去山上看看，那裡的風景非常好，也沒有野獸，挺安全的。」

錢亦繡點頭，抱起小松鼠，帶著閃電和銀風，跟梁錦昭上山。

這面大山四季長青，佳木叢生，與外面的冰天雪地截然不同。

梁錦昭看著身旁這個俏麗身影，心裡如吃了蜜一樣甜。

今天清晨，當他睜開眼，看見朝思暮想的姑娘就睡在不遠的地方，激動不已。若非礙於無名師父已經醒來，真想再湊近些，仔細地、好好地瞧瞧她。如果能摸摸她的小臉，便更好了……

他一恍神，錢亦繡又走遠幾步。

梁錦昭忙追上去。「繡兒，妳還在擔心我娘嗎？現在我娘的態度軟和多了，不像之前反對得那樣厲害。」一聲音小下來。「我娘很可憐，惹了我太奶奶、我爺爺和我爹的不喜，之後她娘家出事，路更不好走……」

他們走到半山腰的巨石邊，梁錦昭先爬上去，再伸出手，把錢亦繡拉上來。

站在石上，整座山谷盡收眼底。

藍天下，洞天池如一塊碧玉沈在谷底。桃林裡綠意盎然，那種翠色，比山外初春的綠還要鮮嫩。四周山谷，除了山尖，所有山坡都被濃綠掩蓋。

梁錦昭掏出一張帕子鋪在石上讓錢亦繡坐下，自己坐在她身邊，才繼續說話。

「寧王是軍人出身，心性遠比當今皇上堅韌。皇上一心想做留芳百世的仁厚明君，不喜世家，也只是打壓，讓他們無法掌權，甚至遠離朝廷。

「但寧王不會這麼心慈手軟，他的手段要直接得多，加上他們害死寧王妃，寧王上位後，更不會放過五皇子和那些世家。或許，幾個月後的京城將血流成河，不是屠殺百姓，而是滅掉那群人。

「其實，我外婆對我和我娘很好，只是我外公和舅舅他們看不清形勢，總想跟著五皇子振興家門。我過去勸了許多次，可他們都不聽……」

錢亦繡側頭，看見梁錦昭的眉頭微皺，嘴巴也抿起來，便勸道：「成者為王敗者寇。如果他們擁戴的五皇子得勝，那咱們……呃，應該是我家，也是同樣的下場。既然要在奪嫡中站隊，肯定要做好失敗的準備……」

兩人說著話，不知不覺中，已是夕陽西沈。洞天池在餘暉照耀下，水面跳動著數不清的碎芒，晃得人眼花。

這裡的夕陽格外燦爛，給萬物鍍上一層金光。無名的光頭也被照得亮閃閃，不停移動著，像隻辛勤的大蜜蜂。

梁錦昭聽了錢亦繡的形容，也笑起來，沈重的心情好了些許。

兩人下了大石，往山腳走去。

下山時，錢亦繡一隻手抱著小松鼠，另一隻手被梁錦昭緊緊攥著，甩都甩不開。

晚上，猴哥還是沒有回來。

錢亦繡氣得直咬牙，暗道，等牠回來，看她怎麼收拾牠，至少耳朵要擰上幾圈。

她整理包裹時，發現悲空大師給猴哥的鳳眼菩提珠。猴哥沒帶走佛珠，應該是去找白蛇玩了。

夜裡，錢亦繡忽然覺得腿一片冰涼，好像又回到山外，不禁有些納悶。她沒有出去呀，難道洞天池突然變天了？

她睜開眼睛，星光下，瞧見腿邊盤著一條大白蛇。白蛇抬頭，瞪著豌豆般的綠眼睛看她，吐出來的舌芯子離她只有幾寸。

錢亦繡嚇得魂飛魄散，閉眼尖叫起來，聲音淒厲，不僅把梁錦昭和無名驚醒，也將山谷裡的所有動物吵醒了。

梁錦昭和無名立刻跳起來，看到錢亦繡身邊竟盤著一條大白蛇，遂迅速拔出隨身佩戴的刀劍，卻見從洞天池跳出的猴哥叫著跑來，比劃示意，白蛇是自己人，不要動手。

梁錦昭過去，拉起還在尖叫的錢亦繡，遠離白蛇。

錢亦繡這才停下尖叫，覺得自己又活了過來，方想起，這條白蛇是蛇蔓菊的守護者，當初還來報恩，送龍香樹的樹枝給她。

錢亦繡摸摸脖子上的星月菩提珠，看來白蛇不怕這串佛珠。按理說，這串珠子能驅邪避禍，應該比鳳眼菩提珠更厲害才對，但白蛇怕鳳眼菩提珠，卻不怕這串，說明牠不是邪物，應該不會傷害她，就更不害怕了。

錢亦繡為自己的失態感到極不好意思，對白蛇招手笑道：「白蛇，剛才我沒睡醒，迷迷糊糊的，嚇著你了，對不起。」說是這麼說，還是不敢太靠近牠。

白蛇看她幾眼，鬆開身子，往山上爬去。

猴哥十分不高興，跑到錢亦繡面前，嘰嘰哇哇地抗議，怪她大喊大叫，氣跑了牠好不容易請來的客人。

錢亦繡見狀，伸出手揪住猴哥的耳朵，擰了幾圈，罵道：「你腦袋有問題啊，不會白天把牠領來嗎？我睡得正香，突然覺得腿上一片冰涼，睜開眼卻看見一條大蛇在向我吐舌芯子，能不怕呀？」

她罵完，猶不解氣，在猴哥腋下猛抓兩把，癢得猴哥跳腳直叫。

這場驚嚇，讓大家頓時沒了睡意，坐下說一陣話後，才又迷迷糊糊地睡著。

隔天醒來，已經日上中天。

猴哥也醒得晚，揉揉眼睛，又想上山去玩，卻被錢亦繡抓住。

「這兩天我們泡餅吃得難受，你下池拔點藕給我們嚐嚐。」

猴哥還是有些不高興，但不能不聽主人的話，只得翻個白眼，跳下洞天池。不久，就拔出一些蓮藕，有老藕，也有藕芽。

錢亦繡和梁錦昭大喜，拿去溪邊洗乾淨，當水果吃起來。這藕的味道比秀湖裡的藕還好吃，咬一口，滿嘴生香。

猴哥吃完一節藕，又上山去了。

無名嚐了一小節，捨不得再吃，將剩的兩節收進包袱裡。「大師最喜歡美味，我把這藕帶回去給他吃。」

聽他這麼一說，梁錦昭和錢亦繡也捨不得了，見還有四節，便心照不宣地留下，想帶回去讓家人嚐嚐這仙境裡的東西。

錢亦繡見小松鼠又一跳一跳地出來，就抱起牠，用小刀割下一小節藕，再切成小塊餵牠吃。

小松鼠吃得高興，連哼哼聲都大了些。

吃完東西，梁錦昭又上山觀天，但天氣還是不好，大家只好繼續待在洞天池，等著後日下山。

第二天，幾人開始準備回程的東西。

錢亦繡一邊收拾，一邊嘀咕，因為猴哥還沒回來。

小松鼠見狀，猜到他們要走了，聳著鼻子流出眼淚。

錢亦繡也有些難過，哄道：「我們也捨不得你，但外面沒有這裡好，把你帶出去，或許會害了你。」

小松鼠聽了，使勁咬住錢亦繡的褲腿，向左邊拖，示意她跟牠走。

錢亦繡看著小松鼠的動作，心中一動。難道要送她寶貝不成？遂樂顛顛地跟牠去了。

他們穿過桃林，來到山邊一棵百年老松下。

小松鼠用四隻小腳丫在樹根處扒幾下，便出現一個小坑。牠鑽進坑裡，不一會兒，捧出一只蚌殼樣的東西。

錢亦繡蹲下瞧，這蚌殼竟如透明的水晶般，有半個手掌那麼大，裡面半邊是一汪清泉，半邊是綠色草地，草地上坐著個拇指娃娃，正衝她笑。

小娃娃見錢亦繡的臉湊得有點近，遂站起身，趴在水晶蚌殼邊對她扮鬼臉，嚇得錢亦繡一下子坐在地上。

小娃娃咧開僅有火柴棍頭大的小嘴，糯糯地問：「妳膽子這麼小，是怎麼進來的？」

這、這、這也太逆天了！

錢亦繡反問他：「你是誰？怎麼會在這裡面？」

小娃娃道：「我是珍珠娃，幻化成人形幾百年，正等著有緣人來幫我把小房子打開。」說完，他閉上小嘴，樣子可愛極了。

錢亦繡把水晶蚌殼拿到眼前，再仔細看看他，果真只有一根拇指那麼高，穿紅色小肚兜，留著瓦片頭，膚色如淡粉色珍珠般瑩亮。

錢亦繡正看得入神，卻見蚌殼突然打開一條小縫，嚇得她趕緊把蚌殼放在地上。

蚌殼的縫越開越大，珍珠娃高興得跳起來，大喊道：「我終於能出去了！」身子隨即捲成一顆球，滾了出來。

珍珠娃落地的剎那，奇事發生了，小小的球瞬間變大，他站起身，竟然有二尺多高，像個一歲的孩子。

接著，他一伸手，水晶蚌殼便飛過去，然後越縮越小，最後消失在他的掌心。

收了水晶蚌殼，珍珠娃來到錢亦繡跟前，笑道：「原來妳就是我的有緣人啊，謝謝妳幫我打開小房子。」

錢亦繡覺得像在作夢，右手使勁掐左手，疼得她一顫，眼前的一幕也沒有消失。

珍珠娃見錢亦繡愣愣看著他沒反應，上前抱住她的腿，抬頭望她。「娘、娘，快抱抱我，人家好喜歡您。」

錢亦繡嚇得回神，趕緊道：「娘可不是隨便亂叫的。」

珍珠娃委屈得癟起嘴。「是您把我帶到這個世上來的，您當然就是我的娘。」

聽見這話，錢亦繡真有了種孕育生命的感動，便把珍珠娃抱起來，臉對臉地看著他。

珍珠娃長得漂亮極了，白裡透著淡粉色的皮膚，濃濃的眉毛，如黑珍珠般的大眼睛，小巧又挺直的鼻子，肉嘟嘟的小嘴，亮亮的頭上留著瓦片頭。她忍不住輕輕捏捏他肉肉的小屁股，手感好極了。

錢亦繡親他一下，笑道：「好，你想叫就叫吧。」反正也叫不了多久。

珍珠娃也親親她，把小臉貼在她臉上，咯咯笑起來。「我有娘了，真好。」

突然，一直望著他們笑的小松鼠，小肚皮一挺，短短前肢使勁往後面摸，可用盡吃奶的力氣，也摸不到小屁股，尷尬得眼淚都湧上來了。

珍珠娃看著牠，說道：「看吧，想拉屎了吧。我早跟你說過，俗世間的東西不能吃，吃了就要拉，你偏要吃，這麼臭，我可不想跟你一起玩。」

小松鼠又羞又氣，更難受了，聳聳鼻子，眼淚奪眶而出。

錢亦繡見狀，放下珍珠娃，輕聲對小松鼠說：「想拉臭臭，拉就是了。拉完後，我幫你擦乾淨，再用水洗洗，保證一點都不臭。我家狗狗小時候拉了臭臭，都是我幫牠們擦的。」

小松鼠聽了，便跑進草堆裡。片刻後，又跳出來，一隻爪子緊緊按著鼻子，跑到錢亦繡面前，小屁股對著她，大尾巴翹得高高的。

錢亦繡摘葉子擦擦牠的小屁股，又把牠抱到旁邊的小溪洗乾淨。其實，小松鼠的屁股一點都不髒，但為安慰牠的小心肝，還是假意洗了洗。

洗完後，錢亦繡把小松鼠遞給珍珠娃。「小松鼠乾乾淨淨的，一點都不臭了。」

珍珠娃接過小松鼠，聞了聞，點點頭。「嗯，果真一點都不臭。」

錢亦繡對珍珠娃說：「我包袱裡還有幾張餅，你吃不吃？放心，如果你拉臭臭，我再幫你擦洗乾淨。」

珍珠娃嘟起嘴。「娘好不知羞，男娃的屁屁，是您能瞧的嗎？」

錢亦繡瞄了眼他肚兜下的小小鳥兒，笑道：「你的前面跟後面，已經被我瞧遍了。」這下，珍珠娃羞得渾身通紅，雙腿立刻夾緊，幽怨地看著錢亦繡，小嘴翹得更高了。

錢亦繡笑著安慰他。「你不是喊我娘嗎？娘把兒子看光光，幫兒子洗屁屁，再正常不過，有什麼可害羞的？」

珍珠娃黑珍珠般的眼裡充滿迷茫，搖搖頭，表示不相信。

錢亦繡認真地說：「真的，我沒有騙你。在人世間，所有娘親生下孩子後，都要把他們看光光。孩子剛生下來不能動，拉了臭臭後，都是娘清理乾淨的。」

珍珠娃聽了，雙腿才放鬆下來，皮膚恢復成淡粉色。

看到珍珠娃這樣，錢亦繡簡直愛不夠，又彎腰抱起他，親親他紅彤彤的小嘴，再親親小松鼠，嘆著氣說：「我真捨不得你們。可惜，我們明天就要走，以後永遠不會再見。」

珍珠娃問道：「你們是來取龍珠的吧？」見錢亦繡點頭，又說：「那你們應該在臘月二十五日離開這裡，那天是玉帝下凡日，即使怪物被震醒，也不敢吃攜帶龍珠的人。但過了這天，就不一定出得去了。」

錢亦繡驚道：「那怎麼辦？」

珍珠娃笑彎了眼睛。「等明年啊，明年的臘月二十五日再出去，正好多陪我們玩玩。」

小松鼠聽見，也咧嘴笑起來，還用兩隻前爪使勁鼓掌歡迎。

錢亦繡搖頭。「不行，若龍珠晚現世，會讓俗世生靈塗炭，死很多人的。」

珍珠娃道：「如果硬要走，會被路上的怪物吃掉。」朝東方的大山看一眼。「若那座山上的白蛇能送你們一程，或許能護住一、兩個人，其他人，必死無疑。」

錢亦繡聽了，心情一下子沈入谷底，又不曉得該怎麼辦，只得抱著珍珠娃，帶著小松鼠回到池邊去。

# 第一百五十二章

無名和梁錦昭還在收茶葉，見錢亦繡抱著一個極漂亮的小男娃過來，都嚇一跳。

梁錦昭跑來問道：「這小娃是誰家的，怎麼會在這裡？」

珍珠娃搶先說：「我是我娘的兒子珍珠娃。」

錢亦繡點頭。「嗯，他是我剛認的乾兒子珍珠娃……」把珍珠娃的來歷說了一遍。

梁錦昭和無名雖然吃驚，但很快就想明白。這個地方都能存在於世，出現一個珍珠娃也是有可能的。

梁錦昭笑道：「這丫頭這麼小，哪裡像當娘的樣子？珍珠娃叫她姊姊更好些。」

珍珠娃一隻手抱著小松鼠、一隻手攬緊錢亦繡的脖子說：「她就是我娘。我聽到你在山上跟我娘說的話，你想當我爹，想讓我娘嫁給你。羞、羞。」

錢亦繡拍拍他的小屁股，急急對梁錦昭和無名道：「聽珍珠娃說，咱們帶著龍珠，若想平安出去，必須等到明年臘月二十五，選其他日子走就會被震醒的怪物吃掉。即使白蛇願意送咱們，也只能保護一、兩人。怎辦？我們一個都不能死。」說到後面，聲音帶了哭腔。

無名走過來，嚴肅地說：「若只能活一個人，就是攜龍珠的女施主。若活兩個，便是女施主和梁施主。」

梁錦昭搖頭。「只活一個，肯定是繡兒。若能活兩個，就是繡兒和無名。無名武功比我好，離開白蛇，也能保護繡兒的安全。」

兩人爭執起來，錢亦繡的眼淚再也忍不住地落下。

這時，猴哥領著白蛇回到茶樹旁。

猴哥跑過來，看到珍珠娃也是一愣，先衝他咧嘴表示友好，就跟錢亦繡比劃起來，意思是，明天讓白蛇送她出去。

錢亦繡的眼淚流得更凶了。猴哥定是知道出去時的艱險，所以這些天都在向白蛇講情，想求牠幫忙。她哽咽著說：「猴哥，你的耳朵還疼嗎？對不起，姊姊不該揪你的。」

猴哥咧咧嘴，又比劃一陣，請錢亦繡以後幫牠照顧猴妹。

錢亦繡看看梁錦昭、無名、猴哥，還有滿臉決然的閃電和銀風。這幾個夥伴，她一個都捨不得讓他們送命。她蹲下，把珍珠娃放在地上，摀著臉哭出聲。

珍珠娃拉拉錢亦繡脖子上的星月菩提珠。「娘，您先別哭，我的話還沒說完呢。您幫我打開小房子，我一定會報答您。我送你們出山。」

錢亦繡聽了，抬起淚眼問：「你怎麼帶我們出去？」

珍珠娃對著右手心吹口氣，小水晶蚌便出現了。他把水晶蚌放在地上，蚌竟越變越大，居然長成一座小帳篷的大小。

猴哥第一個跑進去，接著是閃電、銀風，高興地在裡面跳起來。

錢亦繡問道：「今天就走嗎？」

珍珠娃點頭。「擇日不如撞日。進了水晶房子，也不怕外面的風雪了。」

錢亦繡聞言，便走進去；梁錦昭和無名拿起收拾好的包袱，也跟著走入。珍珠娃抱著小松鼠最後進來。

水晶蚌裡面是一汪碧泉，大家就擠著坐在靠外的草地上。

水晶蚌慢慢合上，他們看見待在外面的白蛇流淚，接著許多小松鼠、小兔子、小鳥、梅花鹿都從山間林裡跑出來，依依不捨地望著他們。

錢亦繡看看碧波蕩漾的洞天池、綠意盎然的桃林，還有四周蒼翠的青山，又落下眼淚。這仙境，她當鬼時來過千百次，投胎後來過三次。在這裡，她遇見赤烈猴、白蛇、小松鼠，還有今天才認識的珍珠娃；這裡的蛇蔓菊治好梁錦昭和小娘親的病；這裡的珍珠、金蓮藕、金蜜桃讓他們家發財，過上好日子……以後，來不成了，即使來，也不再是這個景象。

猴哥也嗚嗚嗚哭起來，雖然只來過四次，但牠喜歡這裡，幾乎跑遍滿山遍野。牠捨不得白蛇，還有美味的蚌。

水晶蚌慢慢浮起來。向他們來時的山洞飄去。

錢亦繡、梁錦昭、無名、猴哥、珍珠娃向外面的仙獸們揮手，閃電和銀風叫著，表示自己的不捨。

水晶蚌越飄越遠，載著眾人離開了洞天池。

離洞天池越遠，錢亦繡覺得胸口的龍珠越灼熱。

出了山洞，外面正下著漫天大雪，還颳起狂風。山上的小石頭被捲得四處亂滾，難得一見的小樹則彎了腰。突然，山體開始搖晃，就像錢亦繡在前世影視裡看到的地震一樣。

同時，洞天池的上空閃起紅光，大概閃了半刻鐘，紅光消失，搖晃的山體也平靜下來。

珍珠娃含著眼淚望去，難過地說：「現在，那裡面跟外面一樣，除了石頭和山泉，什麼都沒有了。喔，還有漫天的大雪。」

小松鼠盯著那片巍峨群山，聳聳鼻子，也流出淚水。

無名和尚雙手合十，唸道：「阿彌陀佛。」

錢亦繡的眼淚又湧上來，輕聲道：「美麗的洞天池，美麗的人間仙境，真捨不得啊。」

猴哥也深有感觸地點點頭，用手擦擦眼睛。

梁錦昭則默默感謝上蒼。若那裡不是為渡龍珠而存在，也不會有靈藥，他的病永遠不會好。心儀的姑娘、錦繡的前程、尊崇的地位，一切的一切，他想都不敢想。

水晶蚌又飄進下一個山洞，因為蚌裡的水面上有顆發光的大珍珠，能看見洞中許多怪物在飛著或爬行，除了蝙蝠和蛇蟲，還有他們從沒見過的怪物，比如半人高的蜘蛛、巨大蜈蚣、長翅膀的四腳蛇等等。

牠們看見水晶蚌，紛紛聚集過來，有些還跳上去，隔著透明蚌殼往裡看，向他們吐著長長的舌頭，嚇得錢亦繡閉起眼睛尖叫。

梁錦昭趕緊伸出胳膊把她護進懷裡，哪怕知道怪物衝不進來，還是用大手擋住她的眼，低聲安慰著。

孰料，珍珠娃看到這些怪物，不僅不害怕，還興奮地又跳又叫。但小松鼠可嚇壞了，掙開珍珠娃的胳膊，跳進錢亦繡懷中，腦袋恨不得鑽進她的衣裳裡。

出了洞，由於外面的天氣太冷，扒在水晶蚌上的怪物被凍僵，一隻隻掉下去。

錢亦繡摸著胸口那顆暖暖的龍珠，後怕不已。如果她貪心，第一次去洞天池就把龍珠帶出去，驚醒那些怪物，這條小命就沒了。那時猴哥還小，連自己都護不住，白狼也打不過怪物的。錢亦繡不得不為自己豎起大拇指，不貪心，懂取捨。

接著又飛過一個山洞，依然帶些怪物出去，凍僵後紛紛落地。後來，錢亦繡也不害怕了，就當前世看電視一樣，望著外面的怪物，竟然還瞧見一條雙頭金烏龍，盤踞在水晶蚌側面，向他們吐舌芯子。

猴哥也看見了，饞得直咂嘴。閃電和銀風記得那個好味道，不由伸長舌頭，滴下口水。

那條不知死活的雙頭金烏龍居然被帶出山洞，凍僵後，掉了下去。

猴哥忙拉珍珠娃，想出去把那條大蛇弄進來。

珍珠娃說：「好，我答應你，不過，你欠我一個大人情。如果我和我娘的緣分還能延續……」說到這裡，便住了嘴，不再多講。

猴哥聽不懂他的話，但仍把腦袋點得像雞啄米，想快點把寶貝弄進蚌殼裡。

水晶蚌慢慢下降，停在那條雙頭金烏龍旁邊。

猴哥走下去，拖起大蛇，就想上來。

錢亦繡阻止牠。「那蛇只是凍僵，還沒死呢，他進蚌殼後，又活過來怎麼辦？」

猴哥聽了，低頭把蛇的兩個腦袋擰下來。

錢亦繡嚇得閉起眼睛，罵道：「真是殘暴的小子。」

無名扭過頭唸佛，梁錦昭扔出一個口袋，讓猴哥把蛇裝進去。

猴哥拖著蛇上來後，水晶蚌繼續往前飄去。

除了穿過幾個不同的山洞，水晶蚌前行的路，跟錢亦繡之前走的幾乎一樣。

途中，大家把最後幾張餅拿出來分著吃，又喝泉裡的水，覺得甘甜清冽，飲下讓人神清氣爽。錢亦繡直覺這碧泉不一般，取出乾淨小壺，向珍珠娃多要些帶回去，以備不時之需。

錢亦繡邊吃邊勸小松鼠和珍珠娃。「吃吧。不用擔心拉臭臭，我會幫你們清乾淨的。」

他們倆都沒吃，珍珠娃還說：「娘不在，沒人幫我們擦屁屁呀。」

猴哥吞完餅還嫌不夠，想啃口袋裡的蛇，被錢亦繡制止，讓牠回家後再吃。

過最後一個山洞最恐怖，那裡的蝙蝠全醒了，水晶蚌一進去，就像黑毯子一樣蓋上來，瞬間把水晶蚌圍得毫無空隙，看得人頭皮發麻。

梁錦昭後怕地說：「要是咱們不待在這蚌殼裡，即使有再好的武功，一進洞，也會被牠們吸成乾屍。」

無名深以為然地點點頭。

水晶蚌飄到外面，聚在殼上的蝙蝠被凍得紛紛掉下去，滿地都是，至少有上百隻。

出了這個山洞，眾人都有劫後重生的感覺。

水晶蚌停在山石上，這裡的雪比深山中小許多，天已經快黑了。

珍珠娃說：「前面已沒有危險，我只能送你們到此。娘，再見。」說完，伸出雙手。

錢亦繡把他抱進懷裡，流著眼淚親親他，又把小松鼠抱起來親了親。「沒想到，我們的母子緣分這麼淺。」

小松鼠聳聳小鼻子哭起來，珍珠娃安慰道：「娘莫難過，或許我們有再見的一天呢。」

錢亦繡點頭。「希望如此。」

三人謝過珍珠娃，拿包袱帶著動物之家出去，望著水晶蚌朝來時的方向飛遠。直到看不見水晶蚌，他們才疾步而行，趕往不遠處的溪石山。

幾人到了歸園後的溪石山，發現歸園及歸園前的荒原上掛滿紅燈籠，比過年時還多。燈籠紅彤彤的，在風雪中搖晃，把那一帶照得透亮，還能看見有人在燈籠中穿梭，撥去落在上頭的雪花。

錢亦繡看了，心裡滑過汩汩暖流。這定是錢三貴讓人掛起來的，不僅照亮錢亦繡回家的路，也告訴她，親人們都在歸園裡盼著她。

他們還沒下溪石山，便聽到亂石灘方向傳來一陣狗吠，是大山和跳跳，還有白狼的長嘯，原來大山一家一直在這裡等著。

閃電和銀風聽見，撒開腿跑過去，眾人隨後跟上。

走到歸園後面，動物之家邊跑邊叫，錢三貴和吳氏等人聽到，都來大門口迎接他們。

潘月沒出門，站在前院裡，激動地抹著眼淚。

錢亦繡抱抱錢三貴和吳氏，就衝進門攬住潘月。「美美小娘親，我平安回來，快別哭了！」

潘月抱著女兒，哭道：「繡兒，下次不許妳再去冒險。娘好擔心，公爹也差點病死，還是悲空大師給他吃了紅妖果才活過來。」

錢亦繡聞言，心裡一痛，轉過身抓住錢三貴的胳膊。「爺爺，讓您擔心了。放心，這是最後一次，我再不會去涉險。」

錢三貴激動得流淚。「好、好，孫女說話算數。快，先回去洗洗，換件衣裳，羊肉火鍋準備好了。」

梁錦昭和無名則在一旁向迎出來的悲空大師低聲稟報，已經拿到龍珠了。

悲空大師滿意地點點頭，向錢亦繡伸手。「女施主果真福星高照。既然任務完成，星月菩提珠就還老衲吧。」

錢亦繡把珠子交給他，笑道：「謝謝悲空大師救了我爺爺。」

悲空大師道：「阿彌陀佛。女施主暫且歇息一晚，明日老衲再與女施主細說。」便帶著無名回臨荷苑歇息，吳氏早帶人準備好素筵了。

於是，錢亦繡先回蓮香水榭，洗漱完後去正院，梁錦昭已經一身清爽地等在那裡。動物之家也在，閃電和銀風正猴急地啃著大盆裡的滷豬骨，大山夫妻和跳跳慈愛地看著牠們。

廳屋裡十分暖和，飄著濃濃的羊肉香味。桌上有幾大盤堆成小山的羊肉片，鍋裡的湯已經熬得雪白，咕嚕咕嚕地滾著，周圍擺著香菜、蔥花、辣椒等許多調料。

錢亦繡看看座鐘，此時已是晚上九點半，他和梁錦昭、猴哥早餓壞了，坐下便開始大吃起來，吃飽喝足後，才各自回去歇息。

隔天，錢亦繡是被錢亦明和錢亦靜的拍門聲驚醒的。

兩個小傢伙邊拍門邊喊。「姊姊，起床了，太陽曬屁屁了！我們好想妳呀！」

錢亦繡睜眼，外面已是天光大亮。

她穿上衣裳開門，蹲下抱著撲來的小人兒，一人親一口。「兩個寶貝，姊姊也想你們，好想好想。」

龍鳳胎各抱住錢亦繡的一隻腿，她走到哪兒，他們抱到哪兒，黏得她既幸福又無奈。

拖著兩個孩子洗漱完，吃過早飯，錢亦繡便讓乳娘帶著哭鬧的他們回望江樓找潘月。

她也想和弟弟妹妹多玩一會兒，但龍珠還在她手上，得趕緊去臨荷苑找悲空大師，看看下一步該怎麼辦？

進了臨荷苑，錢亦繡四處張望著，卻沒看到弘濟的身影。

悲空大師說：「別瞧了，昨天我已打發弘濟回寺裡收拾行囊，明天我們直接坐船進京。」

錢亦繡一驚。「這麼急？明天已經是臘月二十九，過完年走不行嗎？」

悲空大師搖頭。「宜早不宜遲。」

錢亦繡聽了，把龍珠拿出來，托在掌心，讓悲空大師瞧瞧。

悲空大師看完，唸了聲佛，讓錢亦繡收起來。

接著，錢亦繡大方地又送一顆紅妖果給悲空大師。因為他的果子救了錢三貴，她非常感激。種善因，得善果，若當初沒把紅妖果分出去，錢三貴就會死，那她會內疚一輩子。

悲空大師笑著接過。「小丫頭懂事。」

既然這麼快就要走，錢亦繡便向悲空大師告辭，想去正院跟錢三貴說一聲。

她出了臨荷苑，便看見跳跳領著一隻高大健壯的灰色狼狗從臨風苑走來。除了猴哥睡在蓮香水榭外，動物之家的其他成員還是習慣住臨風苑。

錢亦繡嚇一跳，站住沒敢動，專門負責照顧動物之家的下人望見，忙從臨風苑裡趕出來，笑道：「大姑娘莫怕，這條狼犬前兩天就被跳跳領回來了，大概是跳跳肚裡娃子的爹。這狗挺聽話，來家裡兩天，很討人喜歡。」

跳跳領著狼犬來到錢亦繡面前，用頭拱拱錢亦繡的腿，又拱拱狼犬的頭。

狼犬見狀，也用頭拱拱錢亦繡的腿，還伸出長舌頭對錢亦繡笑。這個笑，像前世的薩摩耶犬一樣溫柔純淨，像天使一樣。

衝著這個笑，錢亦繡立刻愛上牠，蹲下摸著狼犬的頭，笑道：「真乖，歡迎你。你笑得這麼好看，以後就叫笑笑吧。」

笑笑還沒聽懂，跳跳已經高興得蹦蹦跳跳，汪汪對牠叫著，兩隻狗又旁若無人地親熱起來。

錢亦繡看了也覺得開心，讓牠們繼續玩，自己去了正院。

錢亦繡走到正院，見錢三貴正坐在廳屋的羅漢床上發呆，看樣子是在等她。

幾天前，錢三貴擔心錢亦繡，舊疾復發，險些沒命，因此吃了悲空大師給的紅妖果。雖然他年紀大了，但差幾日才滿五十歲，因此不僅不催魂，身子還比之前好許多，臉色紅潤，精神也足，昨晚還能冒著風雪在外面迎接孫女。

錢亦繡走進去，像多年前一樣，一句話也沒說，只坐在他身旁，摟著他的胳膊，把頭靠在他肩上，還不時用臉蹭他的肩膀。

錢三貴拍拍她的手。「繡兒，爺爺知道你們要幫錦娃，明天就得進京，妳跟著悲空大師一起，爺爺放心。爺爺和這一大家子，等年後再回去。」

他不甚清楚他們的計畫，只曉得他們會把從山裡得的東西送給寧王。但他知道，寧王拿到東西後，錢滿江和朱肅錦便沒有危險了。

錢亦繡聞言，忙告訴錢三貴。「爺爺，年後先別急著回去，等到爹或我派人來接再走，這樣才安全。」

錢三貴點頭，又囑咐她。「記著，不要離開悲空大師，他在哪裡，妳就在哪裡。」

錢亦繡應是。

快中午時，張仲昆來了，吳氏跟潘月也到前院廳屋。錢三貴怕錢亦繡在冰天雪地裡跋涉，虧了身子，所以一早就打發人去縣城請他，讓他給孫女瞧瞧，開些藥。

張仲昆替錢亦繡把脈，說她在特殊日子裡受了寒，至少要吃半年以上的湯藥，否則不利以後的生育。

錢三貴、吳氏、潘月聽了，都擔心不已。

張仲昆笑著安撫他們。「無妨，只要持續服藥，便能調理好。」

潘月聽了，派人把曾嬤嬤叫來，交代她定要親自看人將藥熬好，盯著錢亦繡喝下才行。

然後，她紅著臉，請張仲昆給她把把脈。

黃嫂子在一旁服侍，低聲笑道：「我們大奶奶的月事推遲半個多月，是不是又有了？」

張仲昆把完脈，笑道：「恭喜錢少夫人，妳的確懷了身孕。」

這個好消息讓錢三貴和吳氏樂開了花，潘月和錢亦繡也笑逐顏開。一個兒子對錢家三房來說，子嗣還是太單薄了些。

中午，大家吃了雙頭金烏龍和烏骨雞燉的湯羹。

錢三貴讓人把那條雙頭金烏龍收拾了，蛇皮暫時留著，蛇膽給張大夫，一半蛇肉讓動物之家吃，一半自家吃，蛇骨泡酒。兩顆蛇頭，分成三份，準備帶回京分送給傅太后、潘家、梁家，老人吃了，對身體好。此時正值隆冬，用鹽醃著，半個多月也不會壞。

張仲昆再次得到蛇膽，高興極了，堅持拿一千兩銀子給錢三貴，要他收下。

錢三貴推辭不過，只得收了，又送些好禮物，再留兩盅蛇羹，讓他帶回去給母親與妻子嚐嚐。

# 第一百五十三章

臘月二十九，當啟明星還在天邊閃爍時，錢亦繡等人，還有除了快生崽的跳跳和牠的相公笑笑之外的動物之家，全在外院上了馬車。

他們揮手向送行的錢三貴和吳氏、潘月告別，即使在微弱的天光下也能看到，這三人都流著眼淚。

昨晚，吳氏跟潘月已聽錢三貴提起，錢亦繡要先回京幫朱肅錦的忙，隔天一早就得啟程。雖然不知詳情，但看悲空大師跟弘濟也跟著去，便曉得出了大事，很替他們擔心。

錢亦繡掀開車簾，低聲安慰他們。「無事，說不定我們很快就能見面。」真能嗎？其實她也不確定。如今京城裡的局勢到底怎樣，她完全不知道。

馬車向花溪碼頭駛去，漸漸把花溪村、歸園、荷風塘、小香山甩在後面。

弘濟已經在碼頭等他們，眾人無語地棄車登舟。

這條船是錢家的。錢三貴聽悲空大師說，他們或許會提前進京後，就吩咐船家把船停在碼頭做好準備，讓他們隨時出發。

坐在船艙裡，望著晨曦中的小村莊和起伏的山巒，錢亦繡仍心有餘悸。

原以為這次回鄉只為陪著潘月尋找記憶，為錢滿江和潘月的重新戀愛作見證，卻沒想到，竟然經歷了這麼多的驚心動魄。

錢滿江肩負特殊使命提前進京、寧王妃意外去世來託夢、九死一生重回洞天池取龍珠、遇上珍珠娃……最後，洞天池沒了，還看到許多只有《西遊記》裡才會出現的怪物。

這一切的一切，都是為了渡龍珠，或者說，讓寧王順利登基。

可憐的寧王妃，好日子就快到了，卻在此時去世，還走得有牽掛，怕兒子朱肅錦遭罪。寧王和寧王妃恩愛半輩子，可寧王妃最終還是要留後手，怕丈夫會情不自禁，愛他人勝過愛兒子。

這或許就是男人和女人的最大不同。對女人來說，無論何時，最重要的永遠是孩子；而男人，則是江山和美人。

但願寧王能禁得起時間的考驗和誘惑，不枉寧王妃半世癡情和受過的苦。

想到朱肅錦，錢亦繡的心隱隱作痛。如果他是她的親兄弟該多好，自家雖不是權勢滔天，但全家人都有愛，他在這裡要快樂得多……

錢亦繡正想得入神，便看到一隻修長的手伸到眼前，把窗戶關上。

是梁錦昭。

他嗔怪道：「聽說從昨天起妳就開始吃藥了，怎麼還要對著窗子吹冷風？」

梁錦昭是來找錢亦繡去弘濟的房內勸勸他的。

因為乾文帝的事，弘濟的心情始終低落。悲空大師囑咐過，即使回到京城，弘濟也只能待在報國寺，不能去見乾文帝。

錢亦繡聞言也有些擔心，便起身隨梁錦昭過去。

接下來的時日，錢亦繡、梁錦昭、弘濟等人雖想快點到京城，但坐船也急不得，好在幾人相熟，時常一起聊天、下棋，方不覺得日子難熬。

在船上度過九天，明日上午靠岸就會下船坐車。北方天冷，運河北邊已經封了。

下午，弘濟又去跟悲空大師唸經，錢亦繡和梁錦昭下五子棋，錢亦繡幾乎盤盤贏。

不過，她贏是因為耍賴，悔棋。

每盤開始，梁錦昭都會很認真，用不了多久，就能把錢亦繡逼入死局。

錢亦繡不高興了，嘟著小嘴說：「哎呀，這顆子我不是要往這裡走的，是要放那裡的。」然後，把棋子放到另一個格子裡。

雖然知道不應該悔棋，但她就是喜歡贏。前世打麻將時，哪怕是不算錢的，只要被和牌，心裡也會不舒坦。

梁錦昭瞧瞧她翹起的小紅嘴，便會笑著把自己的棋子拿起重下，直到錢亦繡下贏為止。見她贏棋的開心樣，便覺得比吃了蜜還甜，看不夠地看……

第二天上午，先到這裡的梁高等人把主子們接下船。眾人吃過飯，坐馬車繼續趕路。途中，弘濟和梁錦昭進錢亦繡車裡說話，把紫珠等人攆去別輛車。坐車比坐船慢得多，枯坐無趣。

越往北走，越感覺路上不平靜，似乎有大事發生。

聽梁錦昭的意思，不久後，將會有數十萬軍隊出現在京城周圍。現在，遠處的軍隊已經暗中趕往京城。當然，這些人裡，不排除還有其他皇子的人。

錢亦繡吃驚道：「這麼大的動靜，皇上不知道嗎？」

梁錦昭嘆氣。「現在皇上的身子非常不好，許多消息不一定能傳到他耳裡，即使他知道，或許也無能為力……」

錢亦繡聞言，暗暗感嘆，便不說話了。

正月二十四日下午，離京城還有十幾里路，悲空大師便向眾人告別，帶弘濟往西走，直接回報國寺。

分別時，弘濟又紅了眼圈。

錢亦繡猜測，悲空大師執意不讓弘濟見乾文帝，一是徹底掐斷乾文帝的執念，二是保護弘濟，不讓別人知道乾文帝的心思。這樣，弘濟還俗後，下任君主對他才不會忌憚和不喜。

抵達京城，馬車駛入南門，守門的是寧王的人，很順利就通過了。

錢亦繡和梁錦昭進城後，沒敢直接去寧王府，而是先回錢家。除了猴哥，其他的動物之家被帶去寧王府。

梁錦昭把錢亦繡送到錢家門口後，就先進宮覆命。

錢亦繡歸來得突然，康壽趕緊帶人出門迎接。「大姑娘，這些天大爺一直在宮裡當值，已經好幾日沒回家了……」

錢亦繡點點頭，直接坐轎子回香雪院。

她先洗個舒舒服服的熱水澡，丫鬟幫著把她的頭髮擦乾後，已是傍晚。

錢亦繡累了，簡單吃過飯就上床歇下。

她正在夢周公，被人搖醒，藍珠低聲對她道：「大姑娘，康總管派人來說，寧王爺親自來府裡，在前院的外書房等著。」

錢亦繡一聽，趕緊起身穿上衣服，帶著猴哥坐轎子去外院。在龍珠沒交給寧王之前，即使在家裡，她也小心翼翼。

外書房裡，寧王正坐在上座等著。他似乎消瘦許多，抬頭紋比之前更多、也更深了。

錢亦繡進屋行禮，寧王點點頭，一揮手，讓下人全退出去。

錢亦繡這才把龍珠拿出來，道：「小女子不辱使命，在梁將軍和無名師父，以及動物之家的保護下，歷經萬難，把龍珠取回來了。」

寧王立刻站起，欣喜地看著那隻小手上的紫色龍珠，先跪下向龍珠磕了三個頭才站起來，把龍珠接過去。

真是奇怪，龍珠一到他手裡，便閃出數道紫色光芒，一會兒後才消失。

錢亦繡見狀，趕緊跪下。「恭喜王爺，賀喜王爺。聽悲空大師說，龍珠除有緣人取出它的機緣外，必須是真龍天子才能握在手中，若假他人之手，不管是誰，都會被燙傷。」

開玩笑，剛才寧王向龍珠下跪，等於跪她，她必須把這個禮還回去。

「哦？」寧王眼裡閃過驚詫，之後竟然流出眼淚，哈哈笑道：「天不負我！天不負我！有了龍珠，許多事情都簡單了。」又喃喃地說：「小容，妳在天上看到了嗎？龍珠已經落在本王手裡，本王才是真龍天子。可惜，妳不能與本王共同坐擁這大好河山……」

寧王又仔細觀看龍珠片刻，才道：「錢姑娘，起來回話。」

錢亦繡起身，略提了悲空大師讓她取紫珠的過程，只說行路的艱難、地形的複雜，沒敢講什麼怪物、珍珠娃、小松鼠的。

寧王點點頭。「謝謝錢姑娘和梁將軍，這個功，我記著。」說完，急急往外走去。

他都走到門口了，卻又回過身來，說：「妳應該聽說，本王的王妃已經歿了。錦兒一直悲痛萬分，不能自拔。他跟妳最說得來，妳要多多開導他。」

錢亦繡曲膝。「是。」

當寧王消失在茫茫夜色裡，錢亦繡的心才放下。燙手山芋終於交出去，沒了負擔。

不過，她一點都不輕鬆。現在朱肅錦怎麼樣了？她真想馬上見到他……

# 第一百五十四章

皇宮裡，太極殿中燈火通明，已經瘦得脫形的乾文帝半伏在龍案前，身後站著大太監衛公公。

梁錦昭走了許久，乾文帝還在發呆，喃喃道：「績兒都到京城了，卻不來見朕！」又深深嘆口氣，拍拍龍椅扶手。「哎，朕這麼多兒子拚命搶的東西，他竟然一點都不喜歡……」

年前，乾文帝接到暗衛送來的信，知道朱肅績不願進宮繼承大統，悲空大師也不希望他即位，失望不已。殫精竭慮治理的大好河山，總想交給最喜歡的後人，而且，他著力培養的梁家、岳家及擁戴先太子的文臣，都能為朱肅績所用，若換成別人，可壓制不住寧王。

他做了那麼久的準備，可惜人算不如天算。

衛公公的腦袋垂得更低，低聲寬慰。「皇上，小主子或許是太勞累了，先回報國寺歇息，等歇息好，就會來看您。」

乾文帝搖頭。「他不想即位，不來看朕也好，省得礙了別人的眼。要是他有個好歹，朕也沒臉去見皇后和太子。」

接著，乾文帝靠在龍椅上思索一陣，疲憊地說：「這段時日，朕越發覺得精力不濟，或許，大限快到了。也罷……去，招翟樹、梁則重、岳鋒幾人連夜進宮，再把八皇子傳來。」

他想趁自己還有些時日，幫八皇子把障礙掃清。五皇子好辦，手下的人不成大器，關鍵是寧王不好對付，戾氣又重，得想辦法出其不意地箝制住。

衛公公躬身。「奴才遵旨。」一趕緊出去讓人傳喚。可剛到門口，便退回來。

寧王來了，還帶著帶刀侍衛，守住太極殿大門，原先的侍衛，不知為何不見了……

乾文帝看到衛公公退回殿內，又見寧王身著戎裝、腰掛佩劍，大步流星走進來時，便明白過來。

他冷笑道：「朱祥盛，朕還沒死，你就要造反了？」

寧王沒答話，大步走到龍案前，先恭恭敬敬跪下對乾文帝磕了三個頭才起身，直視乾文帝道：「父皇，兒臣長到四十歲，自認修德、修身、修性、修心樣樣做得好，已具備明君的所有條件，而且，為您保家衛國，把外敵打回老家，再不敢來犯。

「可您為何那麼不喜歡我？只因為我生母的關係嗎？把比我差的兄弟們一個個扶持起來，卻年復一年地打壓兒臣，恨不能讓兒臣永世不得翻身。」

說著，他咧開嘴，笑道：「放心，後人會認為我的生母是閔德妃，她恭順賢淑、雍容大度，不是無所出，她有兒子，就是您的長子朱祥盛。頂多，兒臣再把她的年齡改大些。」

乾文帝聽了，氣得手發抖，拍著龍案大罵。「你這逆子，竟敢如此跟朕講話！來人！」

大殿寂靜，只有衛公公跪下磕頭的清響和哭聲。

寧王來到龍案前，站在乾文帝對面，冷笑道：「逆子？父慈子孝，這麼多年，您對兒臣慈善過嗎？」

他如願在乾文帝臉上看到怒不可遏，又道：「父皇，您收到了幾顆假龍珠？五皇弟、六皇弟、八皇弟，好像都獻過吧？比桂圓大一圈，淡紫色，光彩奪目，裡面還散發金色光芒。呵呵，不過父皇留了一手，沒把所有特徵說出來。」彎下腰，把腦袋湊過去，放低聲音。「龍珠裡散發的，不是一般金色光芒，而是金色蓮花的光，對吧？」

乾文帝猛地抬起頭，不可思議地看著寧王。「你怎麼知道？」

寧王把左手伸到乾文帝面前，拳頭慢慢打開，手心裡竟然有顆紫色珠子。珠子比桂圓大一圈，淡紫色，光彩奪目，紫色光裡閃著金色蓮花的圖案，跟夢中的龍珠一模一樣。

乾文帝情不自禁想伸手去拿，但寧王的手卻一下子收回去，緊緊握起。

乾文帝的腦袋嗡一聲響起來，目光追隨著寧王那隻握龍珠的手。

寧王舉起右手，從懷裡抽出詔書，擺在龍案上，竟然是傳位於朱祥盛的詔書。

他一字一句地說：「父皇，您蓋玉璽吧，蓋了之後，龍珠就給您，讓您如願帶到天上去；若您不蓋玉璽，兒臣便把這顆龍珠捏碎。不信，您就試試。」

乾文帝聞言，頓時覺得身體如被抽空般，輕得像一張紙。他看看龍珠，又看看嘴角明明咧著笑，卻全身戾氣的大兒子。他已經無能為力，無可奈何，只得氣若游絲地說：「罷了、罷了，這天下你想要，就拿去吧。」接著，對衛公公擺擺手。

衛公公慌忙爬起來，走到龍椅旁的暗格中拿出玉璽，在詔書上蓋下。

寧王滿意地點點頭，將詔書收入懷中。

乾文帝面如死灰，流著眼淚，喃喃自語。「天下還是歸寧了，朱家王朝不知還能不能世代傳下去？朕殫精竭慮幾十年，把大乾治理得繁榮昌盛，本以為有臉去見祖宗，可是……」

寧王道：「『天下歸寧，大乾將落』，不過是曆王和葉家讓番僧編造的謠言，目的是陷害我。父皇竟然信以為真，處處打壓兒臣，真是讓兒子傷心哪……不過，請父皇寬心，兒子會讓朱家的大乾王朝世代相傳的。」

寧王說話時，感覺左手心裡的龍珠開始發燙，而且越來越燙。是時候交出去了。

寧王躬身，雙手將龍珠捧到乾文帝面前。

乾文帝想起身接龍珠，可已經沒有力氣，只得坐著，恭敬地接過，目不轉睛地盯著龍珠瞧，眼神越來越虛無，彷彿看到高祖皇帝在天上召喚他。

他扯扯嘴角，渾濁雙眼轉向寧王，用盡最後一點力氣對他說：「朕如了你的意，也望你能善待其他幾個兄弟。」

寧王聞言，已經變得平和的眼神又犀利起來。「要我善待他們？他們又何曾善待過我？我只有一個兒子，他們卻恨不能趕盡殺絕，最終害死與我患難與共的王妃。父皇，那時您怎麼不請他們高抬貴手，善待於我？」

話落，寧王見乾文帝的嘴角動了幾下，已說不出話來，眼睛越來越無神，可還是祈求地看著他，遂道：「請父皇放心，除去老五，兒臣定會善待其他兄弟。」

乾文帝無奈，嘆息一聲，倒在龍椅背上斷了氣……

另一邊，天色已經大亮，錢亦繡卻還在睡懶覺。曾嬤嬤心疼她一路勞頓，又是在特殊日子裡受累，就不忍心叫醒她。

曾嬤嬤帶幾個丫頭去上屋做針線，跟藍珠講著歸園的風景是如何漂亮，讓藍珠等沒去過的丫鬟眼饞不已。

幾人正說笑著，守門的小丫頭領著康壽慌慌張張跑進來。

康壽跑得上氣不接下氣，急道：「快、快，我要見大姑娘，出大事了！皇上駕崩了！」

話聲一落，唬得屋裡的人都慌起來。

曾嬤嬤和藍珠、紫珠奔進臥房，喊醒錢亦繡。「大姑娘快醒醒，康管家來稟，說是皇上駕崩了！」

錢亦繡被她們搖醒，趕緊坐起來。愣了愣神，才想到，悲空大師曾說「龍珠現世之時，真龍歸天之日」。寧王拿到龍珠，肯定會去皇宮，而乾文帝見著龍珠，就死了。

她穿上衣裳，丫鬟們服侍她簡單梳洗一番，便來到廳裡。

康壽上前稟道：「大姑娘，昨天入夜後，不知為何，全京城戒備。剛剛各處張貼告示，說先皇昨夜駕崩，寧王即位，下旨全國舉哀。」

錢亦繡早有準備，不甚慌張，吩咐道：「康管家趕緊讓所有下人換上素服，再帶人把家裡重新布置一番。」

康壽點點頭，忙往外走去。

錢亦繡又問：「我爹還沒有消息？」

康壽正要舉步，搖搖頭，抬腳走了。

錢滿江沒回來，讓錢亦繡擔心不已。不知寧王是不是鬧出政變，或者逼宮。若是那樣，總會有人死去。

錢亦繡和下人們換上素服，將頭上的金銀玉翠首飾取下，換成木簪。

大乾朝規定，皇帝駕崩，凡在京的文武百官，及一品至五品的命婦，都要進宮哭喪，闔家茹素。錢亦繡沒有封誥，除了錢滿江，有封誥的家人都在老家，她只需穿著素服，表示哀傷即可。

乾文帝算得上仁君，又是她嫡親的舅公，雖然只見過兩面，錢亦繡仍有些傷心。不知傅太后、朱肅錦怎麼樣了？尤其是弘濟，儘管有準備，肯定還是非常難過。

昨天回京後，她直接讓下人把雙頭金烏龍的蛇頭送去給傅太后和潘駙馬，不知傅太后吃進嘴裡沒有？她已經七十五歲，喪子之痛定讓她大受打擊，希望老人家能挺過這一劫。

第二日晚上，錢滿江才派人送信來，說他在宮裡一切都好，但現在是關鍵時刻，再過幾日才能回府，要錢亦繡別出門，一切小心。

錢亦繡便老老實實待在府裡，即使想去看看朱肅錦，也只能忍著。如今朱肅錦已搬進東宮，還要忙著為先帝理喪守靈，不是想見就能見到的。

這段日子，她雖然在家，但不時會有消息傳來，有潘駙馬和潘陽來說的，也有梁錦昭上門講的，還有康壽在街上聽到的巷議。

乾文帝駕崩後，寧王拿出蓋有玉璽的詔書，即位為乾武帝。

據說，五皇子的生母何淑妃捨不得先皇，先皇駕崩當晚，跟著駕鶴歸去。五皇子不滿先皇傳位給乾武帝，竟帶人逼宮造反，已被圈禁，同時，鼓動五皇子造反的王家、崔家等幾大世家全被收監，等待三司會審後發落。

接著，乾武帝認先皇的閔德妃為母，閔德妃無子，本以為晚景淒涼，沒想到會有這麼好的事。

乾武帝又下詔，即將大赦天下，加開恩科。

各地學子得到消息，紛紛收拾行囊上京，準備一展抱負，京城又開始熱鬧起來。

半個多月後的一個下午，錢亦繡坐在院子裡的桃樹下曬太陽。

早春的陽光暖暖的、柔柔的，曬得人直犯睏。去年嫁接的桃花已經盛開，粉色花瓣美豔妖嬈，芬芳馥郁，偶爾還有幾朵花隨微風飄下來，落在她臉上。

錢亦繡半閉著雙眸，眼前一片粉紅。

突然，一道熟悉的聲音傳來。「妹妹好悠閒。」

錢亦繡聽見，不用開口問，便知是許久未見面的朱肅錦。

她起身回頭，發現朱肅錦一身素服站在後面。他長高了，也更清瘦，眼裡沒了她熟悉的笑意和小屁孩特有的倔強。取而代之的，是與寧王相像的剛硬，還有……幾分憂傷。

錢亦繡忽然覺得，或許出不了幾年，朱肅錦的額上，也會出現一道深深的抬頭紋。

想著，她不禁眼眶發熱，走到他面前，抬手在那光滑的前額上抹了抹，似要將那道不存在的抬頭紋撫平。

她吸吸鼻子，哽咽道：「哥哥，你變了。」

朱肅錦輕輕拉下錢亦繡的手，緊緊握在手裡。他覺得，抓住這隻小手，悲傷的心就平靜許多。

他直直地看著她。「妹妹，我母妃死了。」說完，眼圈便紅了。

錢亦繡落淚。「寧王妃那麼好，老天真是不長眼。」

朱肅錦低下頭。「母妃是我害死的。要不是我著了壞人的道，獨自騎馬跑回家，就不會中毒箭，母妃也不會死……」

錢亦繡見狀，極為不捨，牽他進屋。

兩人坐在圓桌邊的錦凳上。朱肅錦拉著她的手，依然沒有鬆開。

錢亦繡寬慰他。「哥哥，這件事不怨你，是那些惡徒處心積慮想害人。」

朱肅錦搖頭。「怎能不怨我？父皇和母妃經常囑咐我小心，凡事多考慮，不要衝動，說那些人時刻想要我的命。可我還是衝動了，上當了。父皇雖然嘴上沒明說，但我知道，他心裡怨我。我蠢，真蠢。」

他說著，捶腦袋兩下，趴在桌上哭起來，卻不像以前那樣放聲大哭，而是極力想忍住，嗚嗚咽咽著。

見他這樣，錢亦繡也傷心了，起身抱住他，流著淚說：「哥哥，這不能怪你。你在鄉下長大，鄉人純樸，沒那麼多彎彎繞繞，咱們家的人又善良，更不需要防備。長年累月，你已經養成不設防的習慣，不是一年、兩年能改掉。他們或許就是知情，才設下這個局。」

朱肅錦反過身，抱住錢亦繡的腰，把頭埋在她胸前，嗚咽道：「妹妹，我母妃死了，我再沒有親人了。余先生說，以後，我不能把父皇看成父親，要看成君王；我們不再是父子，而是君臣。我和你們也是君臣，不能再管娘親叫娘，那樣會給你們招禍，受言官彈劾。

「如今，我無父無母，也無手足。喔，還有庶姊，可這麼多年來，我竟然從沒見過她。當皇子又怎樣呢？失去太多東西了。偌大的東宮裡，除了下人，就只有我一個……」

錢亦繡趕緊打斷他。「哥哥，有些話以後不能說出來，放在心裡就好。」

朱肅錦道：「我只跟妳講。昨天父皇告訴我，登基大典時會封我為太子，之後便要指婚。繡兒，嫁給我吧，這樣我在宮裡就不孤單了，我還有妳。」說完，抬起頭望著她。

看著朱肅錦祈求的眼神，錢亦繡為難極了。

今生，共有兩個男人當面向她表白，一個是梁錦昭，一個是朱肅錦。

這兩人，錢亦繡最心疼的當然是一起長大的小哥哥——錦娃。他們青梅竹馬、兩小無猜，一起度過無數難忘的歲月，一起經歷貧窮和困苦，一起把家園越建越好……

如果朱肅錦和梁錦昭同時掉進河裡，問她先救誰，她的答案只有一個——先救朱肅錦。因為她知道，腿長手長的梁錦昭會自己游上岸，但她的小哥哥必須靠她拉起來。

可是，她沒想過嫁給朱肅錦。她一直把他當弟弟看，更確切地說，是當成兒子……

朱肅錦見錢亦繡不回答，又懇求道：「繡兒，嫁給我。妳不用怕，為了妳，為了我們以後的孩子，我不會再衝動。我會努力像我父皇一樣，做個好皇帝，給你們最好的生活。」

錢亦繡暗道，他父皇好像沒讓妻兒過好日子吧？可是，以後的妻兒就不一定了。

她十分矛盾，想拒絕，可又說不出口，不知道該怎麼辦，只得低聲道：「哥哥，這種事，你讓我再好好想想吧。」

她要再想想，是隨自己的心，還是隨自己的情……

朱肅錦曉得，不能把人逼得太緊，便點點頭。「好，妹妹再想想。不過，妳不能拒絕，只能當我的太子妃。」

一聽「太子妃」三個字，錢亦繡立時清醒過來。有了太子妃，那有沒有良娣、良媛呢？她實在不喜歡皇宮，她的能力，好像玩不了宮鬥。但看到朱肅錦殷殷的目光，她說不出拒絕的話，她捨不得他難過，也捨不得他孤單。

兩人轉開話頭，談起傅太后的身子。朱肅錦說，傅太后豁達，先皇剛去世那幾天，雖因傷心過度病倒，但經過太醫診治後，這兩日好些了。

錢亦繡這才放心，告訴朱肅錦，潘月又懷了孕，而且，錢滿江已派人去接他們回京。

朱肅錦聞言，臉上才有了笑意。在他心底深處，還是習慣把錢家人當成真正的家人。

兩人正說著，去院子裡玩的猴哥和猴妹跑回來。

朱肅錦好久沒見到猴哥，握著牠的手說：「謝謝你媳婦，要不是牠飛快把我扛回王府，我就沒命了。」

猴哥聽了，含情脈脈地看猴妹一眼，意思是媳婦真能幹，讓相公臉上也有光。

猴妹對猴哥笑笑，還不好意思地捣住臉。

見牠們這樣，朱肅錦又若有所指地說：「妹妹，妳瞧牠們，不就是兄妹變成夫妻的嗎？過得多幸福。」

錢亦繡不好接話，看天色暗下，便親自去後院的小廚房，做了幾樣朱肅錦愛吃的素菜。

朱肅錦站在門口陪她，目光隨著她走動而移轉，讓錢亦繡有些臉紅，又無可奈何。

吃過晚飯，朱肅錦才回宮去。

# 第一百五十五章

朱肅錦回到宮中，直接去了太極殿。

身著龍袍的乾武帝正坐在龍案前忙著。這段時日舉喪，因此積攢許多奏摺，僅能趁夜裡批閱。

乾武帝見兒子來了，也沒抬頭，只道：「等朕一會兒。」

他把手上那本奏摺批完後，才放下手中的筆，問朱肅錦：「這麼晚了，錦兒有何事？」

朱肅錦躬身。「稟父皇，兒臣想娶妹——喔，想娶錢滿江將軍的長女錢姑娘，請父皇恩准。」說完，又彎下身行禮。

乾武帝看兒子一眼，斷然否決。「不行，朕不同意。」

朱肅錦愣住。之前父皇對錢亦繡的印象明明非常好啊，說她精明、目光遠大，又讚錢家良善、錢將軍忠勇，後來更是靠著玻璃廠的巨利辦了許多事。

他趕緊跪下，求道：「父皇，兒臣的表妹聰慧美麗，兒臣同她青梅竹馬，感情深篤，實在心悅她，只想娶她……求父皇成全。」說完，便磕下頭。

乾武帝把身子靠在龍椅上，盯著朱肅錦一會兒，才道：「若是以前，朕曾經想過要成全你。但是，現在朕改變主意了。」

「為何？」朱肅錦不解。

乾武帝說：「你願意讓她同其他女人一起服侍你？或者說，她願意嗎？」

朱肅錦聞言，又磕下頭，決然道：「父皇，兒臣娶表妹一個，足矣。」

乾武帝冷笑。「若她生不出兒子呢？」

朱肅錦笑起來，臉上泛起紅暈。這怎麼可能？

「我們一直生下去，不會生不出兒子的。」

乾武帝一聽，沈下臉色，斥道：「生兒生女天注定，你說了能算數嗎？朕之前有八個女人，如今四十歲，只有你母妃生下你這個獨子。錦兒，父皇在你母妃閉眼前答應過她，會讓你平平安安，朕的皇位也僅能由你繼承。

「朕有句話，你記在心裡就行。為讓你順利繼承大統，追封你母妃後，朕從此不再立后，也不會讓那些女人生孩子，只能靠你綿延子嗣。既如此，你說說看，你只娶一個女人，怎麼夠？」

朱肅錦倔強地說：「兒臣只想娶繡兒，求父皇再生龍子，繼承大位。」

乾武帝勃然大怒，拍著龍案大罵。「逆子！為了這個江山，朕忍辱負重幾十年，你母妃還因此丟掉性命，你居然敢輕言放棄?!

「你以為放棄了，就能泛舟湖上，過想過的日子？若朕有其他龍子，光憑你是朕的嫡長子、是朕最心愛女人的獨子，他想安安心心坐擁江山，豈能容你活下去？容錢姑娘活下去？先太子夫婦就是先例！」

朱肅錦聞言，立時癱坐在地，說不出話。先太子夫婦喪命，遺腹子弘濟當了和尚。這幾個人的命運，不是他對錢亦繡承諾的。

乾武帝見狀，換了口氣，語重心長地對朱肅錦說：「父皇雖然只見過錢姑娘幾次，卻看得出，她不是大度能容人的。她嫁給你，要的絕不只是寵冠後宮，還不會允許你有其他女人，哪怕她生不出兒子，也不肯讓你再娶。到那時候，你是要子嗣，還是要女人？」

朱肅錦明白，這的確是錢亦繡的作風，呆呆地繼續沈默。

乾武帝又道：「再說，為了朕的江山，多少人家鼎力支持，傾囊而出，甚至送掉性命。對於這些人家，咱們必須有所回報，他們認為最好的報酬，就是聯姻。還有那些在朝中勢力大，卻沒有完全臣服於朕的人家，都必須拉攏。這麼多戶，光父皇納妃還不夠，也得為你多娶。這樣，錢姑娘能心甘情願嫁給你？」

來時，朱肅錦信心滿滿，此時卻被乾武帝駁得啞口無言，心裡酸澀不已。他想娶錢亦繡，想給她、給他們的孩子最好的生活，可聽父皇的意思，竟是無法做到。不當皇帝，錢亦繡會送命；當皇帝，錢亦繡會痛苦。

乾武帝看兒子有些鬆動了，心下滿意。「錦兒，若你真心對錢姑娘好，就放手吧，讓她過自己想過的生活，嫁只鍾情於她的男人。強行把她娶進宮，你為難，她也不會幸福。」

朱肅錦眼裡湧起淚水，哽咽道：「父皇，兒臣、兒臣……」

乾武帝見狀，心裡氣惱不已，忍不住握了握拳頭。若非看在錢亦繡為他取出龍珠的功勞，加上錢家人良善養大獨子，錢滿江又忠心耿耿，他根本不想讓這個把朱肅錦迷得方寸大亂、寧願放棄江山的女人活命。

他收斂眼中的殺氣，又耐著性子說：「你不能給錢姑娘幸福，不如讓她嫁給心儀她的梁錦昭。你跟錢姑娘的感情勝似親兄妹，她的丈夫就是你最大的助力。

「你跟為父不同。為父出身行伍，可以帶兵打仗；而你，必須靠臣子保家衛國。梁錦昭是悲空大師的弟子，有奇才，又年少，是父皇為你培養的棟梁。對他，你必須拉攏、施恩。他心儀錢姑娘，朝中人都知道，這次更是幫助她取出龍珠，父皇才能順利即位。否則，我們率軍逼宮，大費周章，即使得了天下，名聲也不好聽。

「現在，大乾附近，除大元被朕打得不敢進犯外，其他幾國都蠢蠢欲動，羨慕我朝的繁華富庶，什麼時候會起兵攻打，誰都說不準……」

最後，乾武帝揮揮手，疲憊地說：「你母妃臨死前，仍對你放心不下。為對得起你母妃，為江山社稷，你也不該陷在兒女私情裡。回去吧，好好想想朕的話。」

朱肅錦聽了，正正身子，含淚磕頭退出去。

走出太極殿，朱肅錦的眼淚再也忍不住，掉了下來。

剛才，他已經看見乾武帝眼裡那絲殺機，不敢當著乾武帝的面落淚。

他回頭望望燈火通明的太極殿，裡面坐著的人是君，是翻手為雲覆手為雨的真龍天子，再也不是那個雖然威嚴，卻不失慈愛的父親。在乾武帝心裡，江山第一，誰擋了他的道，誰就得死。

如果母妃還活著，該多好？能夠說服父皇、願意幫他的，只有母妃。可惜，母妃再也回不來了……

朱肅錦轉過身，望向夜空，天上那輪明月皎潔純淨，也靜靜看著他，似乎知道他憂傷，灑下柔光輕輕撫慰他。

之前，他覺得錢亦繡是幽谷中的蘭花，耐著性子等待，等她吐露芬芳，便能攬入懷中，帶進家門。她只為他吐豔，他只為她傾心。

可到今天他才知道，其實她是天上那輪明月，美麗皎潔，卻不屬於他。當他傷心時，她會默默撫慰他、幫助他，但他永遠無法擁有她。

為讓她平安快樂，放手吧！

他願意，從此孤單一人，走上父皇為他鋪就的路……

另一邊，錢亦繡躺在床上，翻來覆去睡不著，不住嘆氣，

她不知該如何選擇。來大乾這麼久，除了朱肅錦和弘濟，接觸最多的外男就是梁錦昭。她救過他，他也幫她不少忙，彼此了解，是唯一一個讓她想嫁的男人。但因他娘反對，才沒能訂親。

而朱肅錦，她像弟弟一樣心疼他，捨不得他難過，想保護他、讓他快樂。可是，皇宮不是她想去的地方……

錢亦繡苦惱到大半夜，才迷迷糊糊地睡著。

第二天中午，朱肅錦遣人給錢亦繡送信來，裡面只有兩句話。

妹妹，對不起，我放手了。珍重！兄　肅錦。

簡單明瞭，沒有廢話。

他昨日的決心和誓言似乎還縈繞在耳邊，今天就斷得乾乾淨淨。

這樣也好，以後，他們只是兄妹，不，更確切地說，是君臣。

這雖是錢亦繡一直想要的結果，但鬆了口氣的同時，還是覺得悵然若失。

晚上，錢滿江終於從宮裡回來。

現在錢滿江十分忙碌，錢亦繡待在府裡的大半個月內，他只回來一個晚上。看他極累，她沒多打擾，說了幾句要緊話後，就讓他歇息。

第二天，錢滿江又急匆匆地走了。

跟對了人，再忙都是一身勁。過些日子，論功行賞，錢滿江或許會升官發財。尤其是她取龍珠的大功，若不好光明正大獎勵，肯定會賞在他身上。

這天傍晚，錢滿江直接來到香雪院，臉色有些凝重，出聲遣退下人們。

錢亦繡替他倒了杯熱茶，問道：「爹，有什麼事情嗎？」

錢滿江落坐喝茶，又招呼錢亦繡到身邊坐下，才道：「今日皇上召我去，說了幾句話，意思是，殿下是他的獨子，不僅肩負天下重任，也必須廣納妃妾，及早開枝散葉。冊封太子的詔書一下，就會為他賜婚，同時賜太子妃、太子良娣、太子良媛。」

說完，他仔細觀察錢亦繡的臉色，見她雖然有些怔住，卻沒有失望或痛苦的神色，就放了心。他曉得女兒的個性，女兒外表溫柔，實則非常有主意，不會肯與人共侍一夫。見女兒這樣，便說明她對朱肅錦沒有非分之想。

之前，他就不願讓女兒進宮，後來了解錢亦繡的個性，更覺得她不適合當皇家的女人。他效命於乾武帝，清楚他的脾氣跟稟性，手段可是直接又狠戾。

錢滿江非常滿意女兒的表現，神色輕鬆下來。「皇上還透露，以後或許會為妳賜婚。」

錢亦繡嚇一跳，忙道：「那可別亂點鴛鴦譜，隨便把我嫁了。」

錢滿江不贊同地搖頭。「繡兒，妳進京這麼久，怎麼還不懂『君讓臣死，臣不得不死』的道理？皇上賜婚，不管賜的是哪家，咱們都只能認下。」見女兒的眼淚快急出來了，又說：「放心，皇上還說，他記著妳取龍珠和咱們家收養殿下的功勞，應該不會亂指人家。」

錢亦繡還是不放心。「可是，他覺得好的，咱們不見得認為好呀。」又嘟嘴埋怨。「爹該說我已經訂親的。」

「訂給誰？梁家嗎？大家都曉得咱們已經退親了。」錢滿江道。

錢亦繡無奈，不說話了。

# 第一百五十六章

惴惴不安中，錢亦繡等來了新皇的登基大典。

三月十五日，乾武帝正式即位，封傅太后為太皇太后，先帝的閔德妃為皇太后，追封去世的寧王妃孫氏為元后，嫡長子朱肅錦則封太子，遠嫁外地的庶長女為大公主。

同時，他又下旨，封傅明蘭為太子妃，韓靈兒為太子良娣，霍淑琴為太子良媛，於明年三月同時完婚。皇家跟百姓不同，雖重孝道，但子嗣更重要，守孝一年即可。

錢亦繡聽了這個消息，半天反應不過來。傅明蘭和韓靈兒是最好的手帕交，以後成了大小老婆，讓她們怎麼相處？

不過傅明蘭和韓靈兒的本性都不錯，一個溫柔賢淑，一個嬌憨活潑，而且長得漂亮。韓靈兒雖然在太豐大長公主府長大，但並非大長公主的骨血，只是老駙馬弟弟的重孫女，所以只讓她做太子良娣。傅明蘭是太皇太后的重姪孫女，又是傅家嫡長女，所以當了太子妃。

至於霍淑琴，錢亦繡沒見過她，只聽說是霍立行的嫡姊，長得也漂亮。

她暗暗祈禱，希望朱肅錦能雨露均沾，把幾個漂亮小娘子安撫好，不要內院起火。又想著，如果她是這三個女人中的一個，怎麼辦？想破腦袋，也只有一條路，就是讓朱肅錦只能寵她，寵她，還是寵她。

不過，這麼做，乾武帝肯定不會放過她。

但是，讓她的男人，還是她從小調教大的錦娃，跟眾多女人雨露均沾後，再寵幸她，她不打昏他才怪。

最後的結果，不是她被收拾，就是無可奈何地妥協……

想到這些，她真的非常感謝朱肅錦。他是懂她的好哥哥，曉得她的個性，才選擇放手。

緊接著，朝中的重臣也換了。乾武帝同意首輔告老還鄉，命次輔翟樹補上，統領內閣；傅明蘭的祖父也入閣當了大學士。五軍都督、吏部尚書、兵部尚書、御林軍統領等重要位置的人，全換了。有從龍之功的人家，皆加官進爵。

錢家也不例外，錢滿江被封為御林軍正三品將軍，是保衛皇帝的近臣。官居三品，就算大員了。而且，乾武帝還私下告訴錢滿江，等錢三貴回京，會把鄉恩伯升為鄉恩侯。

但立下大功的梁家，卻是有喜有悲。喜的是梁錦昭跟對了人，被封為二品中軍都督府僉事，是大乾有史以來最年輕的二品大員。

而梁錦昭的爹，衛國公梁宜謙，因堅持效忠先帝，最後還是「病倒」才交出軍權，讓乾武帝十分不高興。但看在梁則重和梁錦昭的面子上，沒說要換下他的職務。

不過梁則重心裡有數，對兒子說：「你的職位是在皇上身邊保護他的安全，如今他不相信你，還是主動去把官辭了吧。」

父子倆去辭官，乾武帝還不願意，說：「梁副統領有能力，朕欣賞。」

梁宜謙感動得熱淚盈眶，磕頭謝過皇恩浩蕩，自云身子實在不好，難再肩負重任。

最後，乾武帝只得恩准，封他一個定國將軍的散官。又命萬二牛補上這個缺，升為御林軍副統領，事情才圓滿落幕。

三月三十日，錢滿江休沐，錢亦繡吃過早飯便去了惜月閣。一個主子領著一群下人住大院子，真的孤單又寂寞，好在潘駙馬會不時上門陪陪她，錢滿霞也來過兩次。

錢滿江也想閨女，拉她坐在廊下，喝茶聊天，都不記得父女倆有多久沒這麼輕鬆愜意地說話了。

春日的陽光溫暖而明媚，院子裡的許多花兒都開了，讓人看得心情大好。

聽錢滿江講著宮裡和朝廷的各種傳聞，滿足錢亦繡的好奇心，說起錢三貴和潘月快回京時，兩人更是開心不已。

潘月已懷孕四個多月。一般來說，三個月後，胎就穩了，又是坐船，應該沒什麼大礙。

下午，一個久違的客人來了錢府，正是弘濟。

弘濟更加清瘦，平和的目光裡，帶著些憂鬱。

弘濟也是錢亦繡從小心疼到大的弟弟，看他這樣，她也難過。

他是來辭行的，給先皇作完法事，超渡亡靈，便該和悲空大師回大慈寺了。

弘濟說：「可惜，走得匆忙，沒能等到嬸子和靜兒他們來京。」拿出一串紫檀佛珠。「這是貧僧給未出世的弟弟或妹妹的禮物。佛珠已請師父開光，定能護佑孩子平安長大。」

錢亦繡接過來，道了謝。

弘濟又問：「能不能把梁師兄和梁老施主請來聚聚？最好把錦……哦，把太子也請來。

我這一走，要年底才能相見。」梁則重是從小關心他到大的長輩，梁錦昭和朱肅錦是跟他玩得好的朋友。

錢滿江派康壽去東宮和梁家請人。大概半個多時辰，梁則重和梁錦昭就來了。

梁則重不好進內院，錢滿江便領著弘濟去外院見他們，錢亦繡回香雪院。

梁則重安慰弘濟一陣，說先帝仁德，又如願帶著龍珠歸天，已是求仁得仁，只要他過得好，活得快樂，另一個世界的親人才放心。

弘濟連連點頭。悲空大師也這麼說，他都明白，只是心中還過不去，過陣子便好了。

梁則重點點頭，又道：「我和錢將軍有事要談，你們年輕人自去玩吧。」

弘濟也想跟錢亦繡多敘敘話，便起身，打算去香雪院找她，梁錦昭自然跟著他走了。

梁錦昭是第一次來香雪院，心裡悸動不已。

護著錢亦繡和龍珠回京後，他先進宮見乾文帝，然後去了寧王府。當時，寧王問他，大業若成，有何願望？他說想娶錢亦繡，請求賜婚，寧王便笑著允諾，願意成全這樁美事。

梁錦昭遠遠望見，院子外的數十株紫丁香全開花了，密密麻麻，一簇簇擠在一起，紫色中帶著白色，如淡紫色雪花壓滿枝頭，美麗無比，而且花香四溢，老遠就能聞到。

他覺得，如仙女般的錢亦繡，就該住在這麼美的地方。又想著，得趕緊把院子收拾得精緻氣派，多種些美麗花草。錢亦繡好像特別喜歡花，他們第一次見面，她就是抱著花束在唱歌。

昨天，祖父和父親從宮裡回來後，祖父告訴他，乾文帝為他和錢亦繡賜婚的聖旨已經擬妥，好像還會給錢亦繡賜個封號，等錢三貴回京後，一起頒旨。

聽見這個消息，他一直提著的心，總算放進了肚子裡。

自從紫丁香開花後，錢亦繡就喜歡待在院子裡坐著喝茶或望天，也不關院門，欣賞美麗的小花，聞著馥郁的芳香，愜意無比。

見兩人來了，她起身請他們坐，繼續喝茶賞花。

錢亦繡發現，梁錦昭總是看著她傻笑，似乎還帶著篤定的神情，腦海裡突然閃過黃色聖旨的畫面。他該不會去求乾武帝賜婚了吧？若是這樣，再好不過。

連弘濟都看出梁錦昭的失態，問道：「師兄，你幹麼這麼看著貧僧的姊姊呀？」

梁錦昭臉紅，咳嗽一聲。「那個，好久沒見到繡兒了。」其實，他真想告訴錢亦繡，乾武帝會為他倆賜婚，但弘濟在這裡，不好意思開口。

幾人正說著，朱肅錦來了。他更瘦了，比弘濟還瘦，五官因此更加深刻俊朗。

錢亦繡起身曲膝，梁錦昭躬身抱拳，弘濟雙手合十作揖，各行了君臣禮。

朱肅錦不習慣這樣，卻無可奈何，抬手道：「都免禮。坐吧。」

幾人寒暄一陣，朱肅錦便揮手讓伺候的人下去。

看四周只剩可信的人，他才對錢亦繡低聲道：「妳二姨的事，我已經派人去辦。三日後，會讓她假死，屍體扔進亂墳崗，你們的人到那裡接應。以後送她遠離京城，換個身分活著吧。至於救她的兒子，比較困難，男丁全關在大理寺，戒備森嚴，本宮再想想辦法。」

朱肅錦說的是潘元鳳，當初潘駙馬讓她和離，她捨不下丈夫和兒子，如今也被收監。潘駙馬託錢亦繡求求朱肅錦，看能不能救她和她兒子？但那些日子錢亦繡根本見不到朱肅錦，只得讓錢滿江去東宮找他幫忙。

錢亦繡聞言，伸手給朱肅錦續茶，道了謝。

朱肅錦又說：「光是謀逆罪，或許尚能留下女眷和八歲以下的男丁，畢竟這些人是無辜的。可是，他們還暗殺本宮，間接害死母后。父皇震怒，誓不許這幾家人存活於世。」

梁錦昭聽了，臉色變得凝重。這段時日，崔氏天天以淚洗面，崔家再無情，也是她的娘家，她的祖父和祖母被收押不久，便先後病死在牢裡。這算好了，否則依乾武帝的手段，可不會走得這麼清靜。他們的屍首，梁錦昭已經想辦法弄出來，運到遠方埋葬。

前些天，他和梁宜謙偷偷去大理寺看望他舅舅，也就是崔氏的大弟。他求他們設法為崔家留後，最有可能救下的，就是潘元鳳的兒子。因為潘元鳳是珍月郡主的庶妹，若要求情，機會最大。

崔氏聽了弟弟的願望，又哭著求丈夫和兒子，甚至在梁則重面前下跪磕頭，請他們幫忙救救她娘家姪子。

但這次，就算梁則重手眼通天，也沒辦法保全崔家男丁，梁宜謙和梁錦昭更沒辦法。於是，梁錦昭又求到錢亦繡這裡，知道錢亦繡已經託錢滿江去找朱肅錦說情，才放了心。

梁錦昭起身，對朱肅錦抱拳躬身。「謝殿下。若臣的表弟能得救，臣定把他送至千里之外，隱姓埋名，永不返京，不給殿下惹麻煩。」

朱肅錦點點頭。

說完不開心的事，幾人繼續閒話。朱肅錦聽到錢三貴和潘月他們要回來時，露出笑臉，還問：「錢家老太太會來吧？本宮著實有些想她和珍月郡主了。」

「會。」錢亦繡笑道：「我太爺爺早想回京了，他來，太奶奶肯定要跟著。」頓了頓，悄聲對朱肅錦說：「傅姑娘和韓姑娘是跟我玩得好的手帕交，人很好，長得也好看。」

朱肅錦聞言，臉上浮起淡淡紅暈，瞪她一眼，咬牙道：「壞丫頭，真不知妳有沒有良心哪。」頓了頓，又悵然地說：「或許有心，只是不在我身上。」

說著，他的目光瞥向梁錦昭。「梁將軍心想事成，本宮要恭賀你呀。」

梁錦昭嚇一跳，自是知道朱肅錦對錢亦繡的心思，忙又起身抱拳。「皇恩浩蕩，臣感激涕零，以後自當肝腦塗地，為皇上和殿下效犬馬之力，死而後已。」

朱肅錦聽了，心裡又暗暗酸澀起來，卻不想讓錢亦繡為難，只得笑著應下。

晚上，錢家做了一桌素席，請弘濟和梁錦昭去外院吃飯。因為沒外人，錢亦繡也去了。飯後，送走朱肅錦和梁家祖孫，弘濟打算在錢府住一宿，明日一早再回寺。

錢滿江進屋坐下，笑著跟錢亦繡講了梁則重告訴他的好消息。

「皇上將為妳和梁將軍賜婚，好像還會賜封號給妳，我們猜測，應該是縣主或郡君。」說完，錢滿江朝北邊拱手。「真是皇恩浩蕩啊。」

錢亦繡聽了，徹底放下心。嫁給梁錦昭算是如願以償，不用再擔心會被嫁給不認識的男人；多個封號算是意外之喜，以後，她也能拿俸銀和祿米。乾武帝還是記情的嘛。

弘濟聽了，也很高興，對錢亦繡說：「姊姊，這樣極好。在京城，除了妳家，貧僧只跟梁家人熟悉。梁師兄文武雙全，品行也好，嫁給他，貧僧就不擔心妳相公會欺負人了。」

錢亦繡嘟起嘴。「你姊姊像是會被相公欺負的人嗎？」

弘濟笑道：「嗯，是不像。」又後知後覺地說：「怪不得剛才梁師兄笑得那樣開心，原來要娶姊姊當媳婦了。」

幾人說完話，弘濟又跟錢亦繡上香雪院坐一會兒，才在猴哥和猴妹的陪同下，去逍遙院歇息。

第二天，送走弘濟，錢亦繡去了榮恩伯府。

這是她今年回京後第一次出門。之前先帝駕崩，後來新帝登基，京城不是瀰漫著殺氣，就是太過熱鬧。前些天，進京朝賀的官員回去當差，各地軍隊也逐漸離京，才平靜下來。

潘駙馬聽了錢亦繡的話，知道女兒能活下來，又為剛滿十歲的外孫崔皓然擔心不已。

幾天後，潘駙馬上門，悄聲告訴錢亦繡，崔皓然也被救出來，已經連夜把他們母子送到湖州，回老家去，以後便隱姓埋名，不再返京。

潘駙馬嘆著氣說：「感謝太子殿下，這麼為難的事，他還是幫著辦了。」

錢亦繡笑道：「要救人，先自救。外公應該感謝太外公和自己，若非你們有眼光，能當機立斷跟那幾家斷乾淨，不然整個潘家就折進去了。要是那樣，哪裡顧得上救他們？」

想起這些，潘駙馬仍心有餘悸。「昨兒妳太外公還說，最該感謝的，其實是月兒。要不是找到她，發現她撫養太子，我們還無法下定決心跟幾大世家徹底決裂。妳娘是我們潘家的福星啊，可惜我欠她良多，讓她受那麼多的苦。」

錢亦繡拉著他的袖子，笑道：「我娘可不覺得苦。」

潘駙馬皺眉冷哼。「我知道，她在錢家再苦，都樂在其中。」

錢亦繡得意。「可不是。」

走之前，潘駙馬拿出一幅圖給錢亦繡。「這幅『西子湖畔』，是我最滿意的作品之一，也是在歸園時畫的，送給太子殿下，略表心意。」

錢亦繡打開畫卷，正是從當初朱肅錦住的臨風苑望向秀湖的風景，不僅畫得好，又極有紀念意義，朱肅錦肯定喜歡。便笑著收下，說改天交給他。

另一邊，梁錦昭送走潘元鳳和崔皓然，便回去悄悄跟崔氏說了，讓她放心。

崔氏喜極而泣。娘家能留條根，真是萬幸。從大理寺裡弄出人，只有手眼通天的太子才辦得到。

梁錦昭見狀，又乘機為未來媳婦講好話，說錢亦繡冒多大風險，磨多少嘴皮才請動太子，這個情，可是欠大了。

崔氏點頭。「娘知道，謝謝錢姑娘。這個情，娘一輩子記著。哎，之前是娘糊塗，若非胡亂說嘴，興許你們今年就能成親了。」

梁錦昭還沒把乾武帝會賜婚的消息告訴崔氏，覺得先讓老娘知道錢亦繡的好，再說做她媳婦的話。

崔氏不曉得兒子的心思。她現在的日子一點都不好過，罪臣之女，雖是出嫁的女兒，但這頂黑帽子，太難看了。原本最引以為傲的崔家嫡長女身分，現在卻是外人的笑話、自家人的恥辱。

雖然沒人對她多嘴，但她知道，像她這種身分的女人，或許已有不少人被婆家休離，即使沒被休，也受家人嫌棄，一如潘家的葉姨娘。

梁錦昭又勸道：「娘，您已經出嫁二十幾年，崔家犯的事，與您無關。雖然您的娘家是罪臣之門，但您是梁家婦，梁家滿門忠良……」

梁錦昭的話還沒說完，梁錦玉就進來了，笑著接口。「而且娘的大兒子還有從龍之功，受當今皇上賞識呢。您幹麼總惦著外祖家？應該多想想婆家的。」說完，不停搖著崔氏的袖子撒嬌。

崔氏聞言，臉上漾出笑容。如今，唯有看見這兩個兒女，還有……相公，才會覺得日子裡還有陽光。

她，算是幸運的。在她最艱難的時候，公婆未曾嫌棄她，丈夫沒有離開她，兒女還如此孝順關心她，應該知足了。

# 第一百五十七章

四月九日下午，錢亦繡接到下人來報，說錢三貴夫婦等人已經抵達南縣碼頭。因為潘月有孕，還有老人跟孩子，馬車跑得慢，晚上才進京。

錢亦繡一聽，激動得不得了，趕緊遣人去通知潘駙馬和錢滿霞。

夜幕降臨，華燈初上，在錢亦繡與聞訊趕來的錢滿霞等得心焦時，終於聽見外面婆子的聲音——

「大姑娘、姑奶奶，大爺讓人傳話進來，老爺、夫人跟大奶奶他們進城了。」

錢亦繡和錢滿霞大喜，連忙吩咐下人備好熱水與吃食，和動物之家來到正院垂花門外等著。又過了一刻多鐘，便看到幾頂小轎和一群人過來。

錢亦繡和錢滿霞激動地迎上前，除了錢三貴、吳氏、錢老頭、錢老太，還有潘月母子外，錢亦善和錢四貴一家也來了。

錢亦善要進松攀書院讀書，四房則是來嫁錢滿亭。錢滿亭的公公霍明已經調來京城，任霹靂營冀長，接了梁錦昭的班。雖然只是正三品的官，但這位置極重要，霹靂營相當於錢亦繡前世的導彈部隊，掌握最先進的武器，非皇上心腹不能勝任。所以，一家人便搬來京城。

眾人寒暄後，進了院子。

錢亦繡很想去扶已經顯懷的美美小娘親，可根本撈不到機會。錢滿江和潘月手拉著手，雙目含情地低語互訴別情，不能去討嫌。於是，她一手挽住錢三貴的胳膊、一手牽著錢亦靜，笑咪咪地走進正屋；錢亦明更高興，早被猴哥扛在肩上，大喊大叫，興奮得不得了。

待把錢亦善與四房一家安置好，讓錢三貴與潘月等人梳洗後，大家才到正院吃飯。

席間，錢四貴對錢滿江講起給錢滿亭送嫁的事。他們已經把嫁妝運來，還準備在京城買一座三進宅子，到時在那裡嫁女兒。

錢四貴說：「……這幾年我存了些銀子，想在京城買兩百畝地，再買間鋪子，給亭兒當嫁妝。」

錢滿江笑道：「四叔運氣好，此時正是買田地、鋪子的時機。可以問問繡兒，她最近也在讓下人看田地。」

五皇子一黨被抓，查抄所有家產，尤其是幾大世家，經營幾百年，在朝代更替時，發了不少財，每家的家底都快趕得上皇家私產了。

如今的國庫，是大乾建朝以來最充盈的，許多田地、莊子、鋪面都拿出來賣，價錢便宜。所以錢亦繡讓人到處打探，如果有適合的，就多買些。

聽了他們的話，錢亦繡笑著點頭。「叫康總管來問問。這些事，我都是派他去辦的。」

吃飯時，潘月才抽出空跟錢亦繡多說幾句，還嘟嘴埋怨女兒。「娘回來這麼久，繡兒也沒來跟娘親近親近。」

錢亦繡摟住她的胳膊撒嬌。「一看見娘，我就想過去，奈何爹爹擋著，擠不進去嘛。」

潘月紅了臉，瞋女兒一眼。「這麼大的人了，還信口胡說。」忽然想到什麼，紅起眼圈。「本來我們想在初六之前到京城，妳及笄的衣裳，娘全做好了。但路上遇到風浪，靠岸數日，結果沒趕上閨女十五歲的生辰……」

錢亦繡笑著安慰她。「我生日那天也挺熱鬧的。吃了白水蛋，收到不少禮物。太子、小姑姑、外公一家，還有些玩得好的姑娘都來恭賀。」

及笄禮本來應該在滿十五歲當天舉行，但家人都不在，所以錢滿江和錢亦繡商量，推後幾天，等潘月回來再辦。

飯後，眾人待在廳屋裡敘話，商量錢亦繡及笄禮的事。正賓是最重要的，看請誰適合？

吳氏道：「之前，我想請潘老夫人做正賓，她老人家福氣好，長壽，又德才兼備。可是，現在她的娘家出事，不好請她了。」

錢亦繡笑著開口：「我過生辰時，梁將軍說，他的太祖母願意來給我當正賓。」

錢三貴聞言，高興不已。「能請動梁老太君當正賓再好不過。她老人家賢名遠播，又有福氣。」

錢滿江也點頭。「聽說，梁老太君已經好幾年沒有出過門，現在竟要來給繡兒當正賓，真是謝謝她老人家。」

原來，錢亦繡生辰那天，不僅朱肅錦、錢滿霞一家、潘駙馬一家來了，梁錦昭和梁錦玉、宋懷瑾夫婦、傅明蘭姊妹、韓靈兒兄妹也上門道賀。

那麼多客人，弄得錢亦繡和錢滿江措手不及，趕緊派人去酒樓訂菜。

一下來了這麼多外男，不好不講究，男人在外院吃飯，女人便去香雪院。梁錦昭又讓梁錦玉帶話給錢亦繡，說她辦及笄禮時，梁老太君願意給她當正賓。

梁錦玉還想做贊者，傅明蘭和韓靈兒不樂意了，說好事怎能都讓梁家占去？最後商量的結果，傅明蘭當有司，韓靈兒當贊者。

錢滿霞嘖嘖笑道：「德高望重的梁老太君當正賓，太子妃與太子良娣分別是有司和贊者，繡兒的福氣可滿滿的了。」

最後，眾人議定，四月十二是良辰吉日，就在這天舉行及笄禮。商議完，便各回院子休息。

第二天，潘駙馬等不及，也不想端著長輩架子等潘月上門，一大早便親自來了惜月閣。

依然如之前一樣，潘月神色冷淡，多是錢亦繡、錢亦明和錢亦靜纏著潘駙馬說笑。不過，能一邊跟外孫說笑，一邊看著女兒，潘駙馬已是心滿意足。

在錢家吃了午飯，潘駙馬還想賴著不走，結果慈寧宮的太監來接潘月母子，只得回去。

太皇太后蒼老多了，頭髮斑白，行動遠不如去年見面時俐落，在宮女攙扶下，才能勉強走幾步。

兒子的死，對她打擊太大，五孫子一家的悲慘下場，更讓她心裡難過不已。太皇太后慈悲，也聰明地從不干涉朝政，但遇到兒孫有難時，會伸手保全孩子。當初寧王被攆出京城，也是她暗中出面，才保下他的庶長女。

太皇太后拉起潘月的手，就落淚了。「妳又懷上了，真好。沒想到，妳才是最有福氣的人。看來，生在皇家，也不是什麼好事。哎，本是同根生，相煎何太急……」

錢亦繡聽她拉拉雜雜說了些，五皇子夫婦好像還活著，但他們的子女已經病死三個。太皇太后不忍，向乾武帝求情，乾武帝當面應好，轉頭卻依然不放手。太皇太后便明白了，乾武帝不會輕易放過五皇子一家，要讓五皇子看到身邊的親人一個個死去，再要他的命……

還說，錢亦繡派人送的雙頭金烏龍蛇頭，一到宮裡便讓人燉了湯羹。或許正是因為吃下那稀罕物，她才能撐過來。

潘月和錢亦繡自是寬慰老人家，揀好聽的話勸她寬心。

正說著，朱肅錦來了。如今，哪怕功課再忙，每隔一天，朱肅錦都會來慈寧宮請安，陪太皇太后說說話。除了自己孝順，也是代父親盡孝道。

太皇太后經常嘮叨五皇子的事，乾武帝不耐煩聽，三、五天才來一次，講不了幾句話，便說忙，要趕緊回去處理朝政。

一個多時辰後，太皇太后有些精神不濟，幾人便起身告辭。

走時，太皇太后還拉著潘月的手，讓她無事就領兒女進宮瞧瞧她；又說太子是個孝順孩子，像先皇，經常來跟前陪她說話。

潘月應了，這才帶著兒女行禮，與朱肅錦一起離開。

出了慈寧宮，朱肅錦想念錢家人，便跟潘月母子一起回去。

錢老太、錢三貴夫婦見朱肅錦來了，極為高興，趕緊囑咐廚房做他愛吃的吃食。

朱肅錦笑道：「我特別想念在鄉下時吃的韭菜碎肉打滷麵，可御膳房做出來的，就是沒有錢夫人煮的好吃。」

吳氏聽了，起身笑道：「殿下等著，我做給您吃。」

不久，吳氏端來麵條，隨行太監拿出銀針，準備試毒，被朱肅錦一瞪，便不敢上前了。

及笄禮前兩天，傅明蘭和韓靈兒來錢家，同錢亦繡向曾嬤嬤學相關的禮儀。

當然，錢亦繡投桃報李，說些有關朱肅錦的事，講他如何聰明、如何能幹、如何勤奮、如何孝順等等，還說了不少糗事，像嘴饞便想方設法弄吃食，如何多吃一口之類的。

兩個小姑娘聽得臉蛋紅紅，不時捣著嘴笑。

錢亦繡有些佩服古代女人。不知她們心裡到底是怎麼想的，但至少表面依然跟以前一樣熱絡。唯一不同的是，韓靈兒對傅明蘭要恭敬些，傅明蘭卻是更加敦厚了。

錢滿亭一直和她們待在一起。雖然她已及笄，但仍跟著一板一眼地學，權當更了解京城貴圈的行事。

一晃便至四月十二的正日子，客人早早來了，除太子是單獨到之外，潘家、傅家、梁家、大長公主府、萬家、宋家、霍家都派當家夫人和姑娘上門觀禮祝賀。梁家的人最多，上自梁老太君，下至梁錦昭兄妹都來了。

霍淑琴也來送禮，朱肅錦的媳婦們全到齊了。三個姑娘都漂亮，各具特色，傅明蘭端麗，韓靈兒嫵媚，霍淑琴英氣。

朱肅錦親自向錢亦繡道賀時，錢亦繡悄悄對他道：「哥哥，看看你的幾個媳婦，當真都是美人哪。」

朱肅錦氣得抬手，想像小時候一樣敲她腦門，想想還是放下了，悄聲回她：「不用說我，妹妹也好事將近。今天，會有聖旨來。」

今天的及笄禮在院子湖邊的望荷廳舉行。廳內有幾扇玻璃做的落地窗，明媚陽光射進來，照得人暖洋洋的，外面風景也一覽無遺。一側是花園，奼紫嫣紅，鳥語花香；一側是湖，岸邊綠柳環繞，湖裡碧波蕩漾，比碗口還小的蓮葉隨之上下起伏。

哪怕現在大乾朝有玻璃廠了，但像望荷廳裡的這幾扇玻璃，也只有皇宮和少數幾家才用得起。

眾多客人觀禮下，錢亦繡跪坐在廳中央的蒲團上，穿著潘月親手做的紅色繡蝶穿牡丹錦緞禮服，待梁老太君吟誦祝辭，為她加釵後，身分便正式從女孩變成少女。

潘月沒有行過笄禮，那時她懵懂無知，婆家人也不曉得她的真實年齡，十五歲的生辰就這樣糊裡糊塗地過去。但此時看到美麗的女兒隆重行完及笄禮，得到這麼多人的祝福，激動得熱淚盈眶，覺得也算彌補自己的缺憾了。

潘駙馬也想到了，心裡酸澀不已。最疼的女兒沒行笄禮，這是她，也是他今生的遺憾。

剛剛禮成，下人便匆匆來稟。「宮裡的公公來傳旨，還有太皇太后與皇太后的賀禮。」

眾人一聽，急急趕去外院，跪下接旨。

錢三貴由鄉恩伯晉為鄉恩侯，承襲三代。錢老太、吳氏也晉封侯夫人；錢滿江為鄉恩侯世子。又賞一千畝地、二百兩金子、一千兩銀子、十盒東珠給錢家。

錢亦繡因賢良淑德，被封錦繡縣主，賜婚給梁錦昭。同時，為祝賀錢亦繡及笄，太皇太后、皇太后分別贈了玉釵和玉如意。

眾人謝過起身，錢滿江趕緊從懷裡取出幾個荷包，送給傳旨的太監。

太監又對梁則重和梁錦昭笑道：「老國公、梁將軍，還有你們的喜事，趕緊回府領旨吧。」

梁則重一聽，曉得是為梁錦昭賜婚的聖旨，哈哈大笑道：「謝謝公公提醒，請！」便趕緊先攜家人回府了。

走前，梁錦昭在人群裡找到那抹美麗倩影，衝她笑笑。她，終於是他的未婚小妻子了。

今日錢家的喜事不只成雙，而是好多件，剩下的客人都笑著恭賀他們。

錢家正式晉升為京城新貴，即使封號依舊帶個「鄉」字，卻不是能隨便嘲笑的人家了。

錢家人早得到錢三貴進爵的消息，但不知能承襲三代，而且，也沒想到會破例封錢亦繡為縣主。至於那些田地、錢財，雖然在錢家眼裡不算多，卻代表乾武帝對錢家的恩寵。

除了知情的人，大家都以為乾武帝這麼做，是為了感謝錢家對太子殿下的養育之情，不過，封錢三貴做侯爺已經夠意思，怎麼還會讓錢家孫女當縣主呢？有些過了。但也只是心裡想想，不敢說出來。

接旨後，錢三貴一直有些懵，紅著眼圈，嘴裡不停念叨。「皇恩浩蕩，皇恩浩蕩……」

他激動啊，沒想到一個泥腿子竟能當上侯爺，爵位還可以傳給兒孫，孫女也成了縣主。

錢老頭的眼睛也是紅的，不是激動，而是失望。他想不通，在鄉下時，他沒虧待朱肅錦呀，怎麼孫女孫子都有封號，唯獨少了他的呢？

吃席時，錢老頭多喝了幾杯悶酒，又見客人們向錢三貴、錢滿江舉杯，實在忍不住了，失聲痛哭起來，還大著嗓門衝朱肅錦說：「錦娃，小時候太爺爺對你可好了，自己捨不得吃、捨不得喝，攢錢給你買雞蛋……」

錢滿江嚇壞了，趕緊跑過去安撫錢老頭，又笑著對客人們解釋。「我爺爺太激動了，家裡得到這麼大的榮耀，老人家高興得不知該說什麼好……」

錢四貴也來幫忙，兩人連扶帶拽，才把錢老頭弄走。

朱肅錦紅了臉。他不是針對錢老頭，實在是不好給封號。

他和乾武帝感謝錢老太多年對他的疼愛，才加封錢老太，如果不封，錢三貴也能為母親請封誥命。錢老頭是錢三貴的父親，若要封，等級至少要跟錢三貴一樣高，別說乾武帝不肯，連他都不願意，只好作罷。

錢滿江和錢老頭回到內院，錢老太正在高高興興地撫摸著侯夫人的鳳冠霞帔。因為身子不好，她接完旨就回來，沒有陪著女客吃飯。

錢老頭看見鳳冠霞帔，更酸了，豎起眼罵錢老太。「瞧妳那樣，嘴都歪了，還能當侯夫人。我辛辛苦苦一輩子，婆娘跟兒孫都有封號了，唯獨老子還是白身……」

錢滿江氣得打斷他。「爺爺，您老人家不怕掉腦袋，也得為孫輩們想想。皇上做事，豈是您能挑理的？還有，以後要時刻記著，太子的太爺爺是皇上的祖父，不是您！」

乾武帝可不比先皇，如果大臣說得有理，就算當面罵先皇，他都不會計較。乾武帝的脾氣大多了，錢滿江實在怕錢老頭惹禍。

如今錢老太也不怕錢老頭了，反唇相稽。「你這死老頭子，灌多了黃湯，又開始胡說八道。我歪嘴怎麼了？我歪了嘴，還是侯夫人，氣死你！」

錢老頭不敢跟孫子頂嘴，又跟錢老太吵。「屁個侯夫人，還不是皇上偏心眼，才讓老婆子強壓我一頭。信不信，明天老子就去討個小妾，氣死妳這歪嘴老太婆！」

錢滿江怒極，粗著嗓門吼道：「爺爺還在混說！這話讓有心人聽到，上報朝廷，咱們全家都會被押進大牢。我看，留下爺爺，實在是害了您。」轉頭對錢四貴說：「四叔，您回冀安時，帶著爺爺吧，送他去花溪村的大伯家。」

錢老頭一聽，嚇得趕緊摀上嘴。「爺爺不傻，爺爺不會去外面亂說。」

「在家裡也不能說，如果咱們家有被政敵買通的下人，照樣能把話傳出去。」

錢滿江說完，讓錢四貴看住錢老頭，又回前院陪客去了。

送走客人後，錢滿江不放心，進內院找錢老頭，連說帶威脅，直到把錢老頭嚇得雙腿發抖，保證再不多嘴才罷。

# 第一百五十八章

第二天，天未亮，錢滿江就把錢亦善送到潘家，讓他跟潘陽一起去松攀書院。以後，他就待在書院裡，休沐時，再回錢家住。

康壽帶錢四貴父子去看宅院、鋪面和田地。錢老頭打扮得光鮮，去茶樓喝茶聽書。錢滿霞和錢亦繡陪楊氏和錢滿亭上街逛逛，給錢滿亭買嫁妝。京城的首飾、料子、擺件等物，要比冀安好些，但是，價錢也貴得多。

見楊氏每次掏銀子都咬牙，錢亦繡直搖頭。為了錢滿亭，四房的家底大概全填進去了。哪怕這門親事是高攀，但也不至於「舉家」嫁女兒吧。

又看錢滿亭雖然感動得眼圈發紅，不時說著謝謝娘之類的話，卻沒阻擋，錢亦繡也十分不贊同。換成是她，肯定捨不得讓娘家把整個家底掏出來給她置嫁妝。

不過，回到家裡，錢亦繡才曉得，四房不只是舉家嫁女兒，而是舉債。

聽錢三貴和吳氏說，錢四貴在船上時，就向錢三貴借了一千兩銀子。

吳氏搖搖頭。「這幾年，四房省吃儉用，能攢到二千兩銀子就不錯了，但想在京城辦嫁妝，哪裡夠用？」

在京城，一座位置偏僻的三進宅子，至少值八百兩，買個不怎麼樣的小鋪子，也得花五百兩，兩百畝地至少要一千兩，這些加起來，就是二千多兩。還有首飾、衣裳、料子、擺件、家什、壓箱銀子……算一算，嫁妝辦下來，至少要三千兩。

錢亦繡打趣道：「太爺爺不曉得他們會給這麼多嫁妝吧？」

吳氏笑答：「妳太爺爺最關心的是妳四叔有沒有把點心齋的股份送出去？知道沒有，就撂開手了。」

錢亦繡又道：「在京城，一些勛貴之家嫁庶女，也就花二千兩銀子，四爺爺這樣做，得不償失。況且，霍家不是不知四房的情況，陪嫁得再多，還能把亭姑姑看成官家小姐？」

錢三貴嘆氣。「在船上時，我就跟妳四爺爺說了，他的年紀不小，不該再那麼苦自己，還得為兒子想想。可妳四爺爺說，攀上這門親不容易，又怕亭兒進門受委屈，覺得多置些嫁妝好看，面子足。我想著，等亭兒出嫁時，那一千兩銀子權當我送的禮，不要他還了。」

錢亦繡一直覺得四房一家挺好，雖然錢滿亭虛榮，還有些小自私，卻不討人厭，便道：「想要霍家高看亭姑姑一眼，還有別的法子，幹麼非得用錢去砸呀？爺爺讓亭姑姑從咱們府裡出嫁，給大家瞧瞧，鄉恩侯府以後就是亭姑姑的倚仗，將來亭姑姑把咱們家當成娘家來往，比陪送再多銀子都管用。」

錢三貴聽了，覺得也對。在侯府出嫁，還會有許多得勢的人家來賀，或許是初到京城的霍家更願意看到的，遂笑著點頭。「是極，還是孫女聰明。」

晚上，錢四貴回來，臉色有些不好，擔心湊不出買宅子的錢。京城的東西再便宜，也比冀安貴得多。

錢三貴把他叫到側屋，說了讓錢滿亭在侯府出嫁的事。

錢四貴喜極。要是這樣，不僅錢滿亭臉面有光，身價被抬高，也能省下買宅子的錢，忙笑道：「謝謝三哥，這樣再好不過。在三哥家辦喜事，肯定會花不少錢，全由我來出，不好讓三哥一家勞累，還掏銀子。」

錢三貴擺手。「三哥家不缺這點錢。就拿我給你的一千兩銀子辦，剩下的給亭兒添妝，以後也不必還了。」

錢滿亭在侯府出嫁，面子足了，錢四貴也不用掏空家底來置嫁妝，便決定給一百畝田地、二百兩壓箱銀子，再加上家什、首飾等物，一共是一千二百多兩銀子，大約用去一半家底，比預期中少得多，精神也因此好些。

四房置辦嫁妝時，梁家和錢家也開始忙碌。錢亦繡的婚期訂在明年二月初六，雖是賜婚，除了納采，其餘五禮都得照走，還要置嫁妝，事情多得不得了。

五月，京城經歷了最殘酷的時刻，五皇子一黨全部煙消雲散。

五皇子妃王氏蛇蠍心腸，迫害皇家子嗣，鼓動五皇子造反，被賜鴆酒，死後挫骨揚灰，讓她永世不得超生。幾天後，兩人最後一個兒子患病夭折，五皇子隨即懸梁自盡。

而王家、崔家、晉家、謝家，以及其他五皇子下屬，謀逆、迫害皇家子嗣，罪證確鑿，人數逾千，包括嬰孩，於五月十五至二十日在午門外斬首。

許多大臣求情，說嬰孩無罪，能不能像先帝那樣，罪臣及八歲以上男丁處斬，孩子和女眷流放或充官奴，留他們一命？潘駙馬更是寫下萬言書，請求乾武帝從寬處置。但乾武帝十分堅持，即使有御史因此血濺金殿，也沒能改變他的決定。

據說那幾天，午門外血流成河，陰氣沈沈，整座京城籠罩在烏雲中，許多人不敢出門。行刑後，沒人敢去收屍，全被扔進亂墳崗。崔家人的屍首，還是梁錦昭偷偷帶人去領出來的，埋到崔家二老墓旁。

原本潘家人想去領王家的屍首，但朱肅錦讓人給錢亦繡遞話，要她轉告潘家，王家是五皇子的岳家，許多壞事都是王家直接辦或帶頭的，乾武帝最恨王家，讓潘家切莫再去招恨。

王家是潘老夫人的娘家，弟弟一家全部被殺，潘老太太一病不起，幾天後就去世了。

等潘家辦完喪事，錢亦繡就和錢三貴夫婦及潘月母子去了梅院。

他們實在不願繼續待在京城，不僅悶熱、陰沈，似乎連空氣裡都有一股消散不去的血腥味。

六月正是十里荷香最美麗的季節，綠浪翻滾、蓮花飄香。這裡的鄉人不似京城人一樣被時局所左右，該如何過日子，還是如何過。

看見他們的笑臉，錢家人都大鬆了一口氣。

此時也是金蜜桃收穫的季節。雖然園裡的桃樹多是樹苗，要等幾年後才能結果，但有數十株是移栽的大樹，去年嫁接，今年就結了桃子。

這種金蜜桃當然趕不上洞天池的桃子，但也是北方首度種出來的水蜜桃，果皮金黃，果肉香甜多汁。這種好東西當然不會賣了，除了孝敬皇宮，又送給潘家、梁家、傅家、大長公主府等幾戶親友，剩下的就自己吃，更要讓大肚子的潘月盡情享用。

潘月跟潘老夫人的感情並不深，小時候又多住在宮裡，難過幾天後，也就好了。

除了跳跳夫妻和初生的小狗崽留在東宮，其他的動物之家都跟來鄉下。跳跳生了一對漂亮的母狗，取名為歡歡和喜喜。

這天清晨，錢亦繡送動物之家去西山。走之前，錢亦繡不停囑咐猴哥，不要進太深的地方，因為白狼和大山也會去。

不過，猴哥還在生她的氣，不僅不理她，還一路對她翻白眼。

原因是，錢亦繡看見跳跳又生下兩隻小狗，就說了猴哥。「你跟猴妹成親這麼久，怎麼還沒給我生個猴姪子呀？」

不管是誰，一揭這個短，猴哥就生氣了。

送走動物之家，錢亦繡回到梅院，潘月已經在這裡等她了

娘兒幾個陪錢三貴夫婦吃完早飯。錢三貴無事，樂呵呵地幹起老本行，在外院廊下編草蓆；錢亦繡便扶著潘月，帶弟妹和幾個下人出門。到梅院後，他們會在清晨與傍晚時出去散步，大約各半個時辰。這時候涼爽，陽光又不大。

沿著梅院前的小路往東走一段，是太子的菊院。從荷塘朝北走，再轉向西，則是梁家的蘭院。繼續往南，就到錢家的桃院，再往東走，便回梅院。一圈轉下來，正好半個時辰。

菊院沒有主人，平時只有白狼和大山及下人住在裡面。之前梁則重經常會來蘭院小住，但現在京城多事，便沒過來。所以，這段時日清靜得很，有時錢滿朵和李阿草也會來玩。

玻璃廠與荷塘的事已經理順，不需錢亦繡再操心，遇到重要的事情，才會向她稟報。她極為輕鬆，難得悠閒地過起小日子。

每個月初十，梁錦昭休沐，逢九晚上便出京，夜裡趕到蘭院，第二天上梅院玩半天，吃完午飯，歇會兒後，又往京城趕，準備隔天上衙。錢滿江也是如此。

所以，錢亦繡等人住在這裡，一點都不寂寞，消息依然靈通，知道京城發生的事。

聽說，乾武帝封了新娶的趙家女為淑妃，晉升得真夠快的。據說，趙家女年方二八，溫柔嫵媚，賢淑有禮，極得乾武帝寵愛。

現在乾武帝有兩位妃子、兩位婕妤、四位才人。跟其他皇帝比起來，並不算多，除了趙淑妃，還有一位婕妤和才人是新人外，其餘五個都是寧王府裡的舊人。但錢亦繡想起死去的元后，總為她不值。

還聽說，朱肅錦的庶姊，多年前遠嫁嶺南的大公主朱佳倩，前段日子歿了。大公主身子不好，出嫁後，再沒回過京城，連乾武帝的登基大典都沒來。現在去世，也真夠可憐的。

之前朱肅錦提過幾次，想等這個庶姊身子骨好些，便接她來京城享享福。大公主也是個苦命人，生在乾武帝最不得勢的時候，後來他們夫婦去北地，朱佳倩雖有傅太后暗中護著，卻被葉貴妃遠嫁到嶺南。

元后善良大度，不只親自撫養庶女，還取了這個名字，定寄予美好心願，希望大公主優秀美麗。但大公主命運多舛，流落在外，最後年紀輕輕就死了。

這回錢滿江來時，說乾武帝得知大公主的死訊，非常傷心，聽派去的御醫回來稟報，大公主極瘦，好像是早年月子沒坐好，壞了根本。乾武帝震怒，覺得大公主的死有蹊蹺，命人徹查。

死了才查有屁用！錢亦繡腹誹不已。還好元后先去了，否則聽見這個噩耗，不知會有多傷心。

隔天下午，錢滿江要回京城，錢亦繡和潘月及弟妹送到門外，直到瞧不清錢滿江的背影，才收回目光。

每次送錢滿江，潘月的眼圈都會泛紅，錢亦靜也會癟著嘴，要哭不哭。

其實，最幸福的還是潘月。錢滿江專情，除了忙差事，心裡就只有老婆跟孩子了。

錢亦繡抱起錢亦靜哄著，遠遠望見潘守福的婆娘正推著嬰兒車在遠處散步。

看到她，錢亦繡笑起來，對錢亦靜和錢亦明說：「走，咱們看漂亮小寶貝去。」

嬰兒車是錢亦繡送給傑克家的。漂亮小寶貝正是傑克和潘鶯的兒子，取名傑倫，剛滿兩個月，漂亮得不得了。

錢亦靜歡喜地拉著傑倫的手，叫道：「弟弟好漂亮，娘也要生個這麼漂亮的弟弟。」

錢亦明也喜歡傑倫，揪揪他的耳朵，捏捏他的鼻子。雖然有些沒輕沒重，但傑倫大器，沒有哭。

潘大娘苦笑。「這孩子是長得俊，可是，長大後……哎，還好眼珠是黑色的。」

大乾可不像錢亦繡的前世，喜歡混血兒。

錢亦繡笑道：「潘大娘莫愁，男人有了真本事，就不愁找媳婦。再說，他爹給他掙下那麼多銀子，還怕沒好姑娘嫁他？」

現在，傑克擁有玻璃廠的半成股，每個月還有二百兩銀子的月錢，而且，潘鶯嫁人後，錢亦繡就把奴契還給她了。好些當初看笑話的人家，現在都極羡慕他們，說潘鶯是福星，雖然嫁了番人，卻是有本事、會掙錢，還幫太子和鄉恩侯府做事。乾武帝早把之前所占的玻璃廠股份全給了朱肅錦。

潘大娘想想，的確如此，這才寬心笑起來。

# 第一百五十九章

七月十九日，錢亦繡等人啟程回京。

天氣變涼，罩在京城上的陰霾也該散去了。還有，七月底錢滿亭出嫁，潘月的產期在八月中，該準備準備。

跟他們一起回京的，還有錢滿朵和李阿草，要在錢府住到喝完錢滿亭的喜酒。如今李阿財幫忙管著錢府的莊子，不比他爹李栓子掙得少，爺兒倆的進項，足以供四口之家過上小康生活，因此家裡買了婆子，讓母女倆當起少奶奶和小姐。

因為潘月有孕，馬車駛得非常慢，早晨出發，下午申時末才到家。

隔了一個多月再看錢滿亭，她又有了新變化。更具貴女的氣質，打扮跟京城官家小姐相同，舉手投足透著優雅；她身後跟著兩個眼生的丫鬟，雖說不上漂亮，但也白淨秀氣，應該是楊氏買給她的陪嫁丫鬟。

這次錢亦繡沒帶曾嬷嬷去梅院，特地請她留下，教錢滿亭貴圈的禮儀和穿著，看樣子頗有成效，便笑著對楊氏和錢滿亭說：「亭姑姑越來越優雅了。」

錢滿亭喜極。優雅和漂亮，她更願意聽人讚她優雅，高興得扭著手裡帕子，得意地瞥楊氏一眼。雖然動作很小，但錢亦繡還是看見了。

錢亦繡暗樂。錢滿亭跟她一樣，學的就是學的，一不小心便會露餡兒。

幾人回院子梳洗，便去正院吃飯。平日這時已經開飯，但因今天錢亦善要從書院回來，所以等得有些晚。

錢亦善到後，也帶來一個好消息。肖恩找到有情人了，是書院裡先生的女兒。對方今年二十五歲，雖是被和離的少婦，但據說博學多才、聰慧伶俐。肖恩託人去提親，先生十分佩服肖恩的學識和儒雅風度，便允了。

現在潘家服喪，不適合出面幫肖恩辦喜事，錢亦繡就把蔡老頭叫來，讓他後天跟錢亦善去書院，陪肖恩把親事辦妥，並在書院旁替他買座宅子，銀子由錢家出。

七月二十六，宜婚嫁，這天也是錢滿亭的大喜之日。

成親當天的花費加添妝銀子，三房一共為錢滿亭花了一千五百多兩，比四房出的還多些，錢四貴兩口子自是感激不盡。

雖然朱肅錦沒有來，但派東宮的官員到場，還帶了重禮。除了因服喪而不便的潘家外，其他如梁家、傅家、大長公主府、宋家等許多勛貴都上門恭賀，連壽王府也遣人送禮。梁錦昭和宋懷瑾特地告假過來，還是送親隊伍中的一員。

面子足了，讓霍明父子十分開心，雖然錢滿亭的出身低些，但有鄉恩侯府撐腰，還是配得上霍家庶子。

吹吹打打中，錢滿江揹著錢滿亭上了花轎。

錢滿蝶、錢滿霞、錢滿亭都是漂亮、善良、勤快的小姑娘。錢亦繡看著她們長大，又送她們一個一個出嫁。

出嫁時，三個小姑娘都對未來充滿期許，還各自帶了不同的心情，錢滿蝶覺得惶恐，錢滿霞則是幸福，而錢滿亭最與眾不同，躊躇滿志，似乎去的不僅是婆家，更是戰場。

錢滿亭出嫁後，四房回冀安去，但錢家依然不能平靜，因為潘月的產期將至，儘管她是生第四胎，但全家人還是嚴陣以待。接生婆和乳娘都找好了，接進府裡住著。

八月十五是中秋佳節，也是太皇太后的七十五歲壽辰。

五皇子一家的事，乾武帝知道自己忤逆了太皇太后，讓老人家的心情和身子一直不好，所以想趁這個日子大辦一番。於是下旨，壽辰當天，文武百官休朝，都去給太皇太后拜壽，五品以上的誥命也得去。

因錢老太身子不好，潘月在家待產，錢家只有錢亦繡和吳氏代表進宮。

一大早，文武百官便聚集在東華門內，在乾武帝和太子的帶領下，朝慈寧宮方向磕頭。命婦及有封號的女眷，則直接去見太皇太后。

太皇太后的身子不太好，只宣了高品級的命婦，其他人在殿外磕頭便罷。

錢亦繡扶著吳氏，等到快中午才進殿。太皇太后笑著把錢亦繡召到身邊，拉著她問潘月的情況。

如此折騰，祖孫倆回到家，已經是下午。

晚上，一家人正在院子裡一邊吃月餅，一邊欣賞明月，潘月卻突然發動，被送進產房。

這次非常不順利，潘月痛了一天一夜，還沒將孩子生下來。隨著時間逝去，她的叫聲越來越低，也越來越沙啞。

外面站了一群太后和太子派來的善婦科的御醫和醫婆待命。其間，錢亦繡用向珍珠娃要來的碧泉煮了荷包蛋及麵條，還調出紅糖水，讓人送進產房給潘月吃，幫她補充體力。

這是錢滿江第一次陪潘月生孩子。潘月在屋裡慘叫，他就在外面抱頭痛哭，靠在窗下說：「月兒，妳一定要挺住，我和孩子們在外面等著妳和寶寶，妳一定要好好的……」本來他還想衝進去，被醫婆攔在門外。

錢亦繡和吳氏也跟著哭，後來，連潘駙馬和錢三貴都開始抹眼淚。

起初，朱肅錦待在東宮等消息，讓人每個時辰回去稟報一次。十六日晚上，他再也等不住了，竟親自跑來錢府。聽見屋裡嘶啞的叫聲，也忍不住流淚。

經過漫長的等候，十七日寅時，隨著一聲兒啼，孩子終於生下來了。

接生婆跑出來報喜：「恭喜老爺、夫人，恭喜大爺，郡主生了個小少爺，母子平安。」眾人喜極而泣。

孩子過了秤，洗乾淨後，用包被裹上，被黃嫂子抱出來給大家瞧。孩子生得極好看，足足七斤九兩，又白又胖，胎髮也烏黑油亮。

吳氏抱著孩子直樂，錢滿江已經跑進產房，拉著潘月的手，又心疼地哭起來。

之前，潘駙馬一直覺得錢滿江有些配不上天仙般的閨女，但看到這幕情景，就釋然了。

如此癡情的男子，大乾朝似乎僅此一個。雖然有些沒出息，剛才的表現也難免被人笑話，但女婿心疼女兒，總歸是好事。

朱肅錦見母子平安，伸手輕捏孩子的小臉，吃了錢亦繡親自煮的荷包蛋後，才回東宮。

潘駙馬早已為外孫取好名字，如果是男孩，就叫錢亦源。活水源源不斷，永遠是清澈的，希望孩子多讀書、多學習，心思明澈。

錢家人都說這個名字好，只有錢老頭不喜歡。因為冀安方言裡，「源」和「遠」的音很像。錢亦源，那不是離錢越來越遠嗎？分明是讓他的孫子當窮光蛋嘛！

錢老頭心裡氣得要命，卻不敢說出來。他怕潘駙馬，在鄉下時就怕，到了城裡依然怕。只要潘駙馬沈下臉，他的心肝就發顫。

錢亦源生在錢家最富貴的時候，滿月宴辦得極熱鬧。

除了梁家、萬家、潘家這些姻親，還有壽王府、傅家、大長公主府等關係好的高門，幾乎京城裡大半有臉面的人家都來道賀，朱肅錦也來了。

裹進紅色襁褓裡的錢亦源本就長得漂亮，被抱著展示一圈，獲得無數讚美。

潘月比之前豐腴得多，滿月似的臉上笑意盈盈，少了以往的冷淡，不像出塵的仙女，更像世間的幸福小婦人。錢亦繡更喜歡現在的潘月，這樣的她，才是最幸福的。

吃飯前，錢滿江突然派人來內院，讓潘月等女眷抱著孩子去外院接懿旨。原來慈寧宮的太皇太后、慈安宮的閔太后，還有乾武帝的妃子都賜了禮物給小傢伙。

眾人又是一陣羨慕。

熱熱鬧鬧吃完席，把客人都送走後，錢家才安靜下來。累著的錢老頭回自己的院子歇息；錢三貴、吳氏領著兒孫進正院，也讓又懷了身孕的錢滿霞和萬大中帶兩個孩子過去。

錢三貴招手叫來錢亦繡和錢滿霞，拉著她們說：「明娃、靜兒、源娃都生在好時候，可憐霞兒和繡兒，生妳們時，家裡窮得吃不飽，從小受了許多苦。如今家裡日子好過了，我跟滿江商量，繡兒出嫁，要給多多的嫁妝，還要幫霞兒補嫁妝，不能讓她受委屈。」

錢滿江笑道：「妹妹出嫁時，哥哥不在家，家裡環境也不好。現在好了，應該補上。」

潘月也表態。「是，應該多給小姑補嫁妝。」

於是，錢三貴給了錢滿霞二萬兩銀子，還有一千畝地、兩間鋪子、一座京城裡的三進宅子，以及價值千兩的首飾和珠寶、擺件。這些東西加起來，值五萬多兩。

之前，幾大世家的產業被拿出來賣，錢家買了一萬畝地、十間鋪面、五座莊子、四棟宅院。不僅有京城附近的，還有膠東、江南等地的。

當錢滿霞拿著銀票和地契，以及一大匣子首飾時，笑得見牙不見眼，不停地說：「這下，連芳姊兒的嫁妝和伏哥兒娶媳婦的銀子都有了。」

萬大中也趕緊起身抱拳，謝過岳父母和兄嫂。

雖然萬家父子的官做得挺大，可是根基淺，幾乎沒什麼家底，即使乾武帝之前賞賜不少，但跟有錢人家相比，還是差得遠。京城花費大，現在錢滿霞又懷孕了，還得替萬芳跟萬伏攢嫁妝跟聘禮，加上人情往來，因此萬家人過得反而不如在冀安時寬裕。

有這筆意外之財，萬家手頭一鬆，錢滿霞的日子便能滋潤起來。

晚飯後，等錢老頭兩口子和錢滿霞一家走了，錢三貴便開始說起錢亦繡的嫁妝。

家什幾乎全做好了，嫁衣、被套等繡品，由幾個手巧的嬤嬤和丫鬟趕著，有些還會在祥雲閣買現成的。首飾、擺件、布料等物，該準備的都準備了，堆滿幾間大庫房。

今天錢三貴要給的，是最值錢的產業和壓箱銀子。

錢三貴說：「這份家業，有大半是繡兒掙下的。原本，我想拿出一半家底給繡兒當嫁妝，但繡兒不肯，說要為弟妹多留些。既然這樣，梁家送的聘禮，全給繡兒，咱們家再添這些東西……」

溪山縣的產業，小香山、正往京城遷移的蓮艾妝黛，以及同霧溪茶行合作的一成股份，都是錢亦繡的陪嫁；京城裡，則是玻璃廠的一成股、桃院和一千畝田地，還有一間鋪子及一座三進宅子；江南那邊，分出兩間鋪面及一千畝水田。荷塘就不給了，在十里荷香那邊，梁家也有幾百畝荷塘。另外，又給二萬兩銀子當壓箱錢。

以上的東西，除去玻璃廠的股份和蓮艾妝黛最賺錢又不好計算價值，其他嫁妝加起來，大概值十幾萬兩。

潘月又從自己的嫁妝裡挑出許多字畫、古董、擺件、首飾、錦緞絲綢及幾幅潘駙馬的大作送給錢亦繡。這些加起來，也有五萬兩之多。

這麼多年，雖然錢亦繡一直努力賺銀子，卻沒有管錢。現在手裡一下子擁有這麼多財富，還是有些激動。

她把幾樣用洞天池珍珠做成的首飾還給潘月，道：「這些珍珠，以後再也得不到了。娘留著自己用，或是給弟弟妹妹。」

洞天池裡的珍珠，錢亦繡拿了些給錢三貴，但沒取出最值錢的白色珍珠和藍色珍珠。這兩顆珠子太耀眼，他們這樣的人家最好別拿出來，留著以後有機緣時獻給皇家，或跟番人做生意。

錢亦繡的四個丫頭，藍珠、紫珠、白珠、粉珠，還有曾嬤嬤會跟著去梁家。藍珠已經訂親，未婚夫婿一家也會過去。再選三房不錯的人家當陪房，其中包括白珠家，正是蔡老頭和兒子蔡和他們。

蔡老頭年紀大了，退下來養老。蔡和當上新成立的一繡商行大掌櫃，主管錢亦繡名下的產業，相當於錦繡行裡錢華的角色。

轉眼到了臘月底，年節將至，京城熱鬧，錢家更熱鬧，因為溪山縣來了許多親戚。

秋天時，李占冬中舉，錢香夫婦帶著大孫子上京陪他考春闈，正好趕上錢亦繡的婚禮。

參加今年春闈的舉子運氣好，來年乾武帝會行一連串的施恩舉措，春闈時增收進士和同進士各一百人。本來應該加開恩科，但今年已有春闈，乾武帝務實，為減少不必要的浪費，便直接在春闈時加人。

聽說錢香要上京，錢家大房和二房也動了心，都說去給錢亦繡添妝，同時，大房要看錢亦善，二房探望錢滿朵。所以，錢大貴夫妻、錢滿川帶孩子來了，錢二貴和錢滿河也領著孩子去。唐氏得到消息後，想找錢滿朵，偷偷跟著他們，中途才被發現，請鏢局把她押回村。

錢家院子多，各給三家收拾出一間院子，又遣人把錢滿朵母子接來。

汪氏聽楊氏說，錢滿亭得宮中出來的嬤嬤教導過，不僅氣質好了，還抬高身價，便紅著臉求吳氏。「雖說我家多多不是嫁進京城，但她婆家也是大戶，有當官的親戚，所以……」

現在曾嬤嬤日日跟著錢亦繡忙，沒工夫，吳氏就讓錢亦靜的教養嬤嬤胡氏指點錢亦多。

當汪氏聽說胡嬤嬤是出自慈寧宮的女官時，高興得連連唸佛，讓錢亦多跟著她好好學。得這樣的嬤嬤教導過的姑娘，連冀安省都沒幾個，婆家人肯定會高看一眼。

原本錢亦多一來，就想住去香雪院，跟錢亦繡好好玩玩，現在沒工夫了，天天跟著胡嬤嬤學禮儀。

錢老頭看到這麼多兒孫都來京裡，吃飯要坐滿兩大桌，高興得眼眶發熱。上午依然雷打不動地出門喝茶聽書，下午就回府陪家人聊天說笑。

大年三十，錢家的男人去小祠堂拜祖宗，吃了熱熱鬧鬧的年夜飯。

大年初一，錢三貴父子、吳氏、潘月及錢亦繡按品大妝，去宮中拜年。

大年初二，錢滿霞一家和錢滿亭兩口子回娘家。因為現在家裡男人多，萬大中和霍立行由男人們陪著，坐在外院，錢滿霞則帶孩子和錢滿亭進內院。錢滿亭也懷孕了，大家發現，她的丫鬟梳起了婦人頭。

錢滿亭笑道：「如今我身子不便，讓她服侍我相公。」

吳氏等人聞言，賞了禮物給丫鬟。

錢亦多悄悄問錢亦繡：「霞姑姑也有孕，卻沒給相公通房或丫鬟，為什麼亭姑姑懷孕就要給呢？」

錢亦繡笑道：「亭姑姑賢慧唄。」

# 第一百六十章

轉眼到了二月初，許多親戚朋友來錢家，給錢亦繡添妝。

初三，梁錦昭領著幾個兄弟朋友，攜禮上錢家催妝。

初四，錢家送嫁妝，實實在在的一百二十八抬，整整走了大半天才到梁家。嫁妝擺在錢亦繡未來住的院子裡，先給大家瞧瞧，讓富貴的梁家女眷也著實羨慕不已。

除了曾嬤嬤和四個貼身丫鬟，其他陪房都先去了梁家，幫錢亦繡打理院子。全福夫人是傅夫人，也在這天去鋪床。

初五，錢三貴開始捨不得了，眼圈一直是紅的。

吳氏悄聲對錢亦繡說，這幾天錢三貴都沒睡好，還哭過。錢亦繡極心疼，只要有空，就在正院陪錢三貴，摟著他的胳膊，聽他念叨。

錢滿江也捨不得閨女，覺得跟閨女沒相處多久，她就要出嫁了。但他和潘月有自知之明，曉得搶不過錢三貴，只得作罷。

晚飯後，吳氏忍不住說錢三貴。「當家的，你讓繡兒早些回去準備準備，她和她娘肯定還有悄悄話要講。」

錢三貴紅著眼圈點點頭，揮手讓錢亦繡和潘月等人回香雪院。他已經說不出話，怕一張嘴就哭出來。

錢老頭和其他幾房見狀，都有些不可思議，覺得錢三貴當了侯爺後，怎麼變得如此軟弱，連婦人都比不上。

進了香雪院，錢滿江又跟錢亦繡念叨半天，說到動情處，也有些哽咽。說到底，還是捨不得閨女嫁人。

一會兒後，潘月給他們使眼色，錢滿江便帶著孩子走了。

錢亦繡看潘月紅起臉，不知從哪裡拿了一本書出來，還有個荷包，樣子嬌羞又扭捏，便知道，小娘親要教她男女之事，遂低下頭，扭著手中的帕子。

潘月把書和荷包塞進錢亦繡手裡。「等娘走後，妳仔細看看。明兒晚上，妳要聽女婿的話，他讓妳做什麼，就做什麼。這樣妳才能當娘親，生娃娃。」

錢亦繡點點頭。這真像當初吳氏跟潘月說的話。

潘月伸手理了理錢亦繡的頭髮，不捨道：「繡兒，出嫁後，妳就是別人家的人。娘知道妳能幹，有主意，但在婆家還是得柔順些。雖然女婿的脾氣不錯，妳也不要太任性……」

她每說一句，錢亦繡就點一次頭。

潘月忍不住了，把女兒抱進懷裡，哽咽起來。「前些年，妳爹不在家，娘的腦子又不清楚，妳小小年紀就要照顧娘，還要賺錢養家，受了那麼多苦。現在妳爹回來，娘的病也好了，可是，妳卻要出嫁了……」說到後面，哭出了聲。

錢亦繡也流下眼淚。「娘，快別這樣，咱們兩家離得近，女兒無事就會回來看你們。」

潘月馬上道：「不要，別回來得太勤，那樣婆家會不高興。看看妳小姑姑，上面只有公婆，但一個月能回娘家一次，就不錯了。梁家家大業大，長輩又多，妳別讓人挑出錯來。」

娘兒倆又絮叨一陣，鞏嬤嬤進來，說讓大姑娘早些睡下，才把潘月勸走了。

待他們走後，錢亦繡翻翻那本畫冊，果真是男女打架的書。不過，畫風太寫意，也沒什麼美感。把書放下，又將荷包打開，裡面竟然是兩個疊在一起玩打架的小木頭人。

錢亦繡有些好笑。誰說古人保守，這些東西在前世也屬於淫穢之物，現在，卻是婚前必讀。

第二天，卯時正，藍珠便叫醒了錢亦繡。

錢亦繡先去淨房，泡了兩刻多鐘的澡，出來後，她的臥房已經收拾一新。羅帳、床單、被子全換上繡有百子圖、鴛鴦戲水等花樣的七彩錦緞。

接著，曾嬤嬤只准她吃兩小塊點心，喝口水，就不讓她吃了，怕她失儀。

錢亦繡換了衣裳，剛坐到床上，送親和觀禮的親友及全福夫人便擠進來。

錢亦繡紅起臉，垂首聽著眾人的調侃與祝福。全福夫人高唱祝辭，替她淨面梳頭後，喜娘上前，幫她綰髻、化妝、插釵，戴鳳冠、穿喜服。

另一邊，錢家長輩和一些觀禮的客人去了廳屋，等著新郎官上門。

爆竹聲和鼓樂響起，有人喊著：「來了、來了……」

隨著那些喧鬧，一張喜帕搭在錢亦繡頭上。

錢亦繡瞬間泛淚，眼前氤氳成濃濃的紅色。活了兩世，今天終於把自己嫁出去。她好命地穿越到這個有愛的家，還嫁給優秀又愛她的男人，足了。

在眾人的哄笑中，梁錦昭走進來。

錢亦繡看不到他的人，只能瞥見一截紅色袍襬和一雙皂靴，聽他輕輕喊了聲「繡兒」。此時，不知誰打趣了一句。「喲，新郎官看新娘子看呆了！」

眾人又是一陣哄笑。

喜娘扶起錢亦繡，跟梁錦昭走出香雪院，來到正廳。

梁錦昭帶著錢亦繡，依次給錢家長輩磕頭。錢三貴、錢滿江及潘月開了口，要錢亦繡做個恭敬賢慧的好媳婦。

錢滿江還撐得住，錢三貴和潘月卻是極為不捨。尤其是錢三貴，斷斷續續的囑咐裡，夾雜輕聲抽噎，讓錢亦繡再忍不了，哭出了聲。

梁錦昭見狀，磕頭道：「請長輩們放心，我必會善待繡兒，敬她、愛她、護她，盡己所能，讓她幸福。」

接著，吉時已到，錢亦繡被喜娘扶起身，蓋頭下，看到一個男人走過來，彎下腰，以為是錢亦善。之前說好，由他揹她上花轎。

孰料，她卻聽見朱肅錦的聲音。

「妹妹，上來，哥哥揹妳。」聲音輕緩，口氣執拗，一如多年前那個霸道小哥哥。

錢亦繡爬上他的背，當初那小小的背已經長寬、長厚，變得堅實。她似乎看到多年前那條經常走的小路上，梳著沖天炮的小男娃揹著又瘦又小的小女娃，一搖一晃地走著。

她的鼻子又酸了，輕輕地喊了聲：「哥哥。」

朱肅錦低聲笑道：「妹妹要幸福一輩子。」

周圍爆竹齊鳴，鼓樂喧天，但兩人的話，卻讓彼此都聽到了。

花轎到了梁府，錢亦繡被人扶下來，懷裡塞進紅綢，在眾人的哄笑和祝福聲中，被梁錦昭牽著跨馬鞍、拜堂，再去新房蓮香院。

梁家請的全福夫人是岳夫人，她對梁錦昭笑道：「梁將軍，該掀蓋頭了，大家都等著看新娘子呢。」

掀開喜帕，錢亦繡的眼睛瞇了瞇，才適應明亮的光線。屋裡都是婦人，大多是她認識的，不過不怎麼熟悉。

眾人自是讚聲連連，誇新娘子如何漂亮，如何有福氣。

一個年紀大些的夫人笑道：「怪不得梁將軍等到二十幾歲才成親，這麼好看的媳婦，等再久都值。」

這話把眾人說得大笑，梁錦昭也笑著點點頭。

錢亦繡嬌羞地坐在床西，滿臉傻笑的梁錦昭坐在床東，聽岳夫人一邊唱著吉祥辭，一邊對他們撒棗子、花生等喜果。

丫鬟端來一盤餃子，岳夫人挾了一粒餵錢亦繡，還問她：「生不生？」

錢亦繡小聲道：「生。」這餃子根本沒熟哪……

眾人又是一陣哄笑。

吃過生餃子，她和梁錦昭剛喝下交杯酒，就有人來報。「聖旨到了，請世子爺和大少奶奶去外院接旨。」

梁錦昭聽了，趕緊領著錢亦繡出蓮香院。

大概走了一刻鐘，來到外院，香案已經擺好。梁則重和梁宜謙等人正陪幾個太監說話，大夫人、二夫人則扶著梁老太君。梁家有官職的男人，及有誥命在身的婦人，都大妝等在這裡。

待新人一到，眾人便跪下來。

太極殿的太監先宣旨，說錦繡縣主秀外慧中、賢良恭順，今日嫁給僉事，封為二品夫人。

接著，是太皇太后的賞賜，首飾六套、宮緞八疋。再來，皇太后也有賞，玉如意兩柄、妝花緞兩疋。

梁家人謝恩，梁宜謙親自上前打點了幾個太監。

錢亦繡向長輩們曲膝見禮，再和梁錦昭及女眷回內院。女眷去花廳吃席，新人則進蓮香院。

剛才走得急，冒了汗，錢亦繡拿出帕子擦擦前額。

梁錦昭見狀，步子慢下來，低聲道：「不急，慢慢走。」

他把錢亦繡送回院子後，才去前院，陪客人喝酒。

錢亦繡在新房裡坐定時，已是未時，女客們都去吃席了。這裡沒有外人，只剩下藍珠和一個眼生的丫鬟。

丫鬟懂事，上前行禮。「奴婢彩雲，見過大少奶奶。」

錢亦繡點點頭。「嗯，起來吧。」又看看藍珠。

藍珠會意，拿荷包賞給彩雲。

錢亦繡問藍珠：「曾嬤嬤她們和猴哥、猴妹都安置好了嗎？」

藍珠回答：「都安頓妥當了。曾嬤嬤她們住後院的後罩房，猴哥跟猴妹則住前院西廂，怕牠們搗亂，暫時把牠們哄到後院玩。」

蓮香院是三進院子，梁錦昭和錢亦繡住在前院上房，下人們在後院。

這時，另一個丫鬟拎著食盒進房，先把食盒放在桌上，再過來向錢亦繡行禮。「奴婢彩月，見過大少奶奶。」

錢亦繡讓她起來，藍珠又給她一個荷包。

彩月謝過，從食盒裡拿出四菜一湯、一小碗米飯，笑道：「大少奶奶餓壞了吧？先將就著吃點，墊墊肚子。」

錢亦繡真餓壞了，從早上到現在，只吃兩小塊點心，又折騰那麼久，便先喝下半碗烏骨雞湯，把那碗飯吃完了。

吃完飯，她對鏡補妝，再盤腿坐在床上。

下午的客人不多，斷斷續續來了幾批，道賀幾句，便離開了。

天色漸漸暗下來，彩月便道：「時辰差不多了，大少奶奶可以更衣。」又說：「世子爺讓小廝來傳話，說還要陪幾個朋友喝酒，晚些才能回來。」

錢亦繡暗暗吁口氣。終於熬過去，鳳冠已經把她的脖子壓得沒感覺了。

在幾個丫鬟的服侍下，她摘掉鳳冠，脫了禮服，去淨房沐浴。淨房設在臥房後面，隔著一道小門。淨房另一邊也有門，讓婆子加水、倒水。

沐浴完，錢亦繡換上一套朱紅灑金蓮花的中衣，頭上只插根珠釵。雖然二月初還很冷，但房裡燒著地龍和炭盆，依然溫暖如春。

丫鬟點上幾對大喜燭，屋裡又亮起來。家什是清一色紫檀木所製，有雕花的，也有嵌玉、描金的，全是錢家打的嫁妝。在紅綢紅花的映襯下，更是富麗喜氣。

錢亦繡看著這個新家，不出意外，以後幾十年都會在此度過。馬面好像說，她這世的陽壽是八十八歲，在錢家待不到十年，卻與這裡有七十幾年的緣分，太漫長了。

看著那張富貴至極的鏤花嵌玉五進大床，錢亦繡的臉紅起來，便來到東次間，坐在北窗下的炕上，把玩炕几上的粉釉小瓷杯，以此緩解心裡的緊張。

戌時，隨著外面一陣喧囂，梁錦昭回來了。

錢亦繡心跳著，趕緊下炕。

梁錦昭已經大步走進房，臉色微紅，眼裡有了幾絲醉意。

錢亦繡對他曲膝，喊道：「大爺。」

梁錦昭滿面含笑，拉住她的小手。「繡兒，等急了吧？那幾個傢伙一直喝到現在，好不容易才把他們攆走。」

這人，真的是醉了……

錢亦繡囁嚅道：「不著急。」

梁錦昭又笑。「妳是不著急，所以讓我等了那麼久。」又說：「我要沐浴。」拉她一起進了臥房。

彩雲和彩月也跟進來，取下梁錦昭的帽子，褪去外衣。待他坐定，又幫他把皂靴脫掉，換上木屐。

錢亦繡站在那裡看著，根本插不上手。

最後，彩雲開衣櫥找出中衣中褲，遞給梁錦昭。

梁錦昭拿著衣褲，走入淨房，兩個丫鬟沒跟進去。

錢亦繡暗忖，這傢伙還算自立，至少沐浴是自己來，不用丫鬟們伺候。

片刻後，梁錦昭頂著濕漉漉的頭髮走出來。

彩雲和彩月拿著乾帕子，想上去幫他擦乾，梁錦昭卻揮手道：「妳們出去吧，給少奶奶擦。」

錢亦繡聽了，接過乾帕子，命彩雲、彩月和藍珠退出去。今天是藍珠值夜，彩雲和彩月回後院歇息，藍月留在東次間。

梁錦昭坐到桌前，從懷裡拿出一本書，放在燈下看著，讓錢亦繡幫他擦頭髮。他的個子高，頭擋住她一半的目光，加上書拿得低，被桌面擋住，她實在不知他看的是什麼書。

但不管是什麼書，愛學習就是好青年，她欣賞。怪不得他年紀輕輕就能弄出火器的陣法，二十二歲便當上二品大員。

只是，他的頭髮又黑又密，她擦了好一陣子，仍只是半乾，忍不住想著，若有吹風機該多好？

不耐煩，手勁就有些重，梁錦昭被扯得頭向後仰，錢亦繡因此瞧見那本書的內容，竟然是「打架」的書。

錢亦繡羞得滿臉通紅，把帕子甩在他頭上，罵道：「要死了，看這種書。」

梁錦昭反手拉住錢亦繡，起身解釋。「這書平時不敢看，看了難受。今天，那個……呵呵，咱們現學，現做，這裡的招式多得緊。」

「說什麼呀，討厭。」講得這麼直白，讓皮厚的錢亦繡害羞不已，掙開他的手，向旁邊躲。

梁錦昭從後面抱住她，俯下頭親她的頸窩，感覺小媳婦身上有股好聞的花香味，便抬起頭，扣著她的肩膀，把她轉過來。

他伸手取下錢亦繡頭上的珠釵，頭髮瀑布似的傾瀉下來。他托起她的下巴，見她的臉色緋紅，像春陽下開得正豔的花朵，眼睛水汪汪的，目光有些迷離，帶著羞澀，還有歡喜，小嘴紅潤，讓他忍不住想一親芳澤。

他的小媳婦一直都是這麼好看的！

梁錦昭順過她的頭髮，感覺像緞子一樣柔滑。又輕輕撫摸她的眼睛、鼻子、嘴巴，這精緻的五官，再沒有哪個姑娘能比得上。

他的喉嚨發緊，乾澀地說：「繡兒，我等妳這麼久，今天終於如願了。」說完，捧起她的臉吻下。

他嘴裡的味道不光有酒味，還有甜膩膩的果子露香味。

不太好聞的酒味讓錢亦繡有些不專心，想著，定是梁錦昭怕他喝了酒，味道不好聞，才又吃了果子露。這個男人，一直是這麼體貼和細心的。

喜燭下，紅帳邊，兩人雖非乾柴烈火，卻也是纏綿繾綣……漸漸地，錢亦繡被他挑動，有了回應。

突然，她覺得身子一旋，竟被梁錦昭橫抱起來，嚇得叫出聲，趕緊用手摀住嘴。

梁錦昭把小媳婦抱上床，反身放下羅帳。紅羅帳遮擋了外面的燭光，帳子裡只朦朦朧朧透著豔豔的紅。

兩人身上也被鍍了一層紅暈，那些抑制不住的情愫，更是被刺激得洶湧起來。

梁錦昭俯身親吻錢亦繡一陣，才起來把自己脫得只剩褻褲，再去解她的衣裳帶子。待錢亦繡身上僅剩一件肚兜時，又壓了下去。

他手上動著，嘴裡還在說：「繡兒別怕，我不會弄痛妳。我聽他們說了，要讓媳婦少些疼，得這樣……」

錢亦繡聽了，又開始胡思亂想。即便是二品大員，辦起事兒，也還是毛頭小子。

突然，一陣劇烈疼痛傳來，她緊咬牙關，才沒像潘月當年那樣發出尖銳的慘叫，但眼淚還是落下了。

兩世為人，錢亦繡知道會疼，但沒想到會這麼痛。

毛頭小子就是毛頭小子，一到這時候，總沒有那麼體貼。

不知過了多久，梁錦昭完事，她才沈沈睡去……

# 第一百六十一章

第二天，兩人剛起床，梁老太君屋裡的嬤嬤來了，手裡還拿著一只錦盒。

梁錦昭和錢亦繡上前問好，讓藍珠拿荷包賞人，曾嬤嬤隨即把墊在床上的白綾摺好拿給她。

那嬤嬤打開白綾看看，才笑著放進錦盒裡。「恭喜世子爺，恭喜大少奶奶，老奴去給老太君交差了。」

錢亦繡紅著臉點頭。古人哪裡含蓄了？有時候比前世的現代人還大方。

兩人梳洗完，來到東次間，炕几上已經擺好早飯。

看到蒸蛋，錢亦繡想起猴哥跟猴妹，問道：「猴哥牠們呢？」

曾嬤嬤道：「昨兒怕牠們搗亂，讓紫珠和白珠哄著，在後院住一宿，今兒早上醒來，猴哥已經很不耐煩了。我想著，世子爺和大奶奶要進宮謝恩，還得認親和拜祠堂，等這些事情辦完後，再讓牠們來前院。」

錢亦繡點頭。前幾天，她就讓猴哥與猴妹去東宮跟其他的動物之家玩，但牠們不願意，非得跟著她出嫁。

梁錦昭道：「等我們從宮裡回來，就把牠們請到前院，跟我們一起去認親。我知道猴哥好面子，不能怠慢。」

曾嬤嬤曲膝點頭，應下了。

梁錦昭和錢亦繡到宮裡時，乾武帝還在上早朝，兩人便先去慈寧宮。太皇太后的身子已經好些了，坐在羅漢床上，把錢亦繡招呼過去，拉著她的手，同小倆口說笑一陣。

然後，他們又去慈安宮拜見閔太后。

閔太后還不到五十歲，看起來端莊慈祥。聽說，乾武帝已經讓記錄典案的人把她的年紀改成五十五歲，雖然無法欺騙當下知情的人，但足以蒙蔽後世了。

閔太后很會說話，不管誰跟她交談，都不會感覺不自在。

三人正說著，幾個妃子過來請安。

趙淑妃果然貌美，似乎還有些寧王妃年輕時的影子，怪不得品級升得那樣快。

一群女眷嘻嘻哈哈地說笑，讓梁錦昭有些不自在，正好宮人來稟，乾武帝下朝，遂告辭去了太極殿。

梁錦昭拜見乾武帝，謝了恩，又講幾句話，才折返慈安宮，接錢亦繡回府。

進門後，小夫妻直接回蓮香院，趕緊換下品服，準備去認親，猴哥與猴妹也被領過來。

今天猴哥和猴妹也穿著大紅衣裳，不過猴哥的是短褲，猴妹則繫裙子。兩隻猴子的臉色都不好，比平時紅得多，看得出來，猴哥的心情已經瀕臨暴怒邊緣了。

猴哥見梁錦昭拉著錢亦繡的小手，就用力把他推到一邊，要不是梁錦昭人重樁子穩，再加上練武，肯定會被推得向後栽倒。

猴哥抓起錢亦繡的手，猴妹又去拉她的另一隻手，兩隻猴子擺出誓死保衛主人的架勢。

錢亦繡愣住，想想便明白過來。赤烈猴耳朵靈，定是聽見昨晚的動靜，以為梁錦昭欺負她了。

這時，她可不敢惹牠們。說了許多好話，又幫牠們捏後脖子，直到把兩隻猴子侍弄舒坦，才說要去萬和堂認親。

梁錦昭趕緊跟著討好，邀請牠們一起去。

路上，兩隻猴子走在錢亦繡左右，把梁錦昭擠到一邊，讓他無奈又好笑。

到了萬和堂，梁家人已經等在這裡。

這些人，錢亦繡都認識，過去依次給梁老太君、梁則重夫婦、梁宜謙夫婦及另外幾房的長輩磕頭，收下他們的禮物。

接著，平輩們來見錢亦繡，喊她大嫂，錢亦繡也分別送了見面禮。

認完親，梁錦昭趕緊隆重而正式地介紹了猴哥和猴妹。

梁則重了解這兩隻猴子，知道牠們受不了怠慢，又欣喜兩隻靈獸跟來梁家，遂大笑道：「歡迎你們。以後，你們也是梁家的主子，主子有的分例，你們都有。」又吩咐多擺兩張椅子，請猴哥夫妻坐，還送見面禮。

其他人見狀，皆不敢怠慢，紛紛表示歡迎，送上禮物，兩隻猴子的臉色才好了些。

待眾人坐定，當家人梁則重開口了，現在梁錦昭已經成親，說不定年底家裡又要添丁，稱呼也該改改，再按排行喊人。於是，梁老太君改稱老祖宗，他和妻子宋氏那一輩是太爺和太夫人，梁宜謙夫婦這輩是老爺與夫人，梁錦昭夫妻為大爺和奶奶，再來是小姐和少爺。

之後，男人們領錢亦繡去祠堂拜祖宗。在大乾，女人一輩子只有這一次進祠堂的機會。

錢亦繡磕完頭，梁則重便把她的名字寫進宗譜，讓她正式成為了梁家婦。

小夫妻吃完午飯，回到蓮香院已是未時。

錢亦繡還不能休息，得見見院子裡的人。伺候梁錦昭的丫鬟、婆子並不多，他多半住在外院，又經常去大慈寺，主要由長隨和小廝服侍，也沒有管事嬤嬤。

這倒是好分工，又不用得罪人。曾嬤嬤直接當了蓮香院的管事嬤嬤，藍珠、紫珠、彩雲和彩月是大丫鬟，白珠、粉珠和其他兩個丫鬟是二等，再來就是三等跟粗使婆子。

見完下人，睏極的錢亦繡就去臥房睡了。

但猴哥和猴妹還坐在臥房不肯走，不時瞪著梁錦昭，想把他攆出去。

錢亦繡很感動，這兩個小傢伙一直都是她的貼心小棉襖。除了錢家人和朱肅錦、弘濟外，都覺得外人可能傷害自家主子，得隨時護著。

不過，看到梁錦昭無奈的樣子，錢亦繡有些好笑，便使了眼色，梁錦昭只得去東次間。

接著，她一手拉著一隻猴子，輕聲說：「你們不要誤會大爺，他沒有欺負我。我們人類成親就是如此，每個女人都要過這一關，以後便慢慢好了……」又笑道：「你們也要努力才是，不要等我像跳跳一樣，都生下幾個孩子了，你們還沒生。」

猴妹聽見生孩子，羞紅了臉；猴哥雖然還是有些生氣，但明白主人的話，便點點頭。

晚上，梁錦昭好話成筐，哄著錢亦繡，又行了一回事。

錢亦繡欲哭無淚。之前她想著，梁錦昭跟著悲空大師長大，心思純淨高潔，沒有貴公子的壞毛病，慾望也應該不太強。現在才知道，物極必反，憋久了，發洩出來更可怕。

不過，也有個好處。

由於原主的底子差，後來養好身體，也依然畏寒，又在特殊日子去洞天池受了寒氣，更加怕冷。以後靠著梁錦昭這個滾燙的大炭盆睡覺，很溫暖，就不需要湯婆子了。

翌日，錢亦繡和梁錦昭吃完早飯，崔氏的丫鬟拿禮單來，是他們回門要送的禮。

丫鬟道：「大夫人說，今兒大爺和大奶奶不用去請安，收拾好便直接去錢府，別讓親家老爺跟夫人惦記。」

錢亦繡起身笑道：「回去替我謝謝婆婆。」

丫鬟笑著點點頭，出門時，紫珠拿了荷包塞給她。

錢亦繡打開禮單看，禮物很豐厚。現在崔氏越來越會做人，昨天對她的態度不錯，給的見面禮也挺好。

兩人收拾妥當，便帶著猴哥與猴妹回門。梁錦昭沒騎馬，而是跟錢亦繡一起坐車。

馬車到了錢府門口，錢亦善已經領著錢亦明等在那裡。見梁錦昭扶錢亦繡下車，便過來行禮。尤其是錢亦明，動作一板一眼，表情很嚴肅。

梁錦昭向他們回禮後，就對錢亦明笑道：「怎麼，不讓我舉高高了？」

錢亦明紅了臉，跩跩地說：「姊夫，我現在是你的小舅子，不能再當我是小娃娃。」

梁錦昭聞言，忍住笑，趕緊正色又回了一次禮。「明弟好。」

錢亦明點點頭，轉過身巴住錢亦繡的腿，紅著眼圈說：「姊姊，妳不在家，大家都不習慣，娘親和爺爺都哭了。」

錢亦繡抱起他，親親他的小臉。「姊姊也想你們。」

因為錢三貴太想孫女，沒按大戶人家的規矩分開男客與女客，而是全請到正院。

今天有許多客人，大房、二房、錢香三家還沒走，錢滿霞一家、錢滿亭兩口子也來了，連潘駙馬和潘陽夫婦都領著兩個兒子上門。

男人們聚在廳屋，女人們則進側屋坐，極熱鬧嘈雜。潘駙馬一家和潘月母子不喜湊熱鬧，就去東廂喝茶。

李占冬終於見到偶像潘先生，激動無比。潘駙馬聽錢亦繡說，錢香過去對他們幫助頗多，便耐著性子指導李占冬一天。幾天後就要春闈，經過名師提點，李占冬可謂受益匪淺。

而錢滿亭的相公霍立行則跟在梁錦昭屁股後面轉。他的姪女婿和連襟，一個是乾武帝的寵臣正二品大員，一個是太子的心腹從三品將軍，別說他的幾個兄弟，就是他父親都想巴結他們。因此，他在霍家的位置比之前高多了，連他的親娘都得寵些。

午飯後，錢三貴先拉著錢亦繡講了一陣悄悄話，在吳氏的干預下，潘月才把錢亦繡拉到東廂，又說起悄悄話來，知道閨女在梁家很好，女婿疼她，崔氏也沒再找麻煩，便放下心。

錢亦繡知道大房和二房兩日後就要回冀安，分別送了一百兩銀子的程儀，還給錢亦多添妝，禮物是兩套漂亮的頭面。

錢亦繡要回梁家時，錢亦多拉著她和錢滿亭的手，眼淚都快掉出來了。「亭姑姑與繡姊姊以後還能經常見面，我怕是再難見到妳們。」

錢亦繡笑道：「聽說妳婆家也做船生意，方便得很。以後想我們，就坐船來玩。」想著錢亦多是誠實性子，又道：「嫁出去後，自是要溫柔孝順，好好跟婆家人相處。但若婆家欺人太甚，妳也別一味忍著，有事便讓人給娘家帶話。如果他們處理不了，就送信來京城。」

錢滿亭又教她。「以後定要想辦法把夫君的心收攏，才能在婆家過得舒坦。要是他想討小也沒關係，妾室不可怕，只要拿捏得恰到好處，既討夫君歡心，又能成為妳的助力……」

錢亦多含著眼淚點頭，才依依不捨地向錢亦繡告別。

錢亦繡和梁錦昭坐車回到梁家時，已是華燈初上。猴哥和猴妹沒跟著回來，住在錢府。還是牠們自由，東宮、梁家、錢家、莊子，想住哪裡，就住哪裡。

梁錦昭摟著眼圈微紅的錢亦繡，笑著安慰她。「兩家離得這麼近，若想他們，回去瞧瞧就是。」想想，又道：「不過，在京城不好時常回娘家，等天熱時，爺爺會上蘭院避暑，到時我讓妳藉著服侍長輩的名義一起去。妳爺爺和岳母他們也會去梅院，便能多聚些日子。」

錢亦繡聽了，這才破涕為笑。

折騰一天，兩人也累極，吃過飯便歇下了。

隔日，錢亦繡睜開眼睛，梁錦昭已經不在房裡。

紫珠和彩月見她的玉手掀開羅帳，趕緊過來把帳子掛上蓮花玉鉤，服侍她起床。

紫珠說：「大爺上早朝了，不讓我們吵醒大奶奶。」

錢亦繡點頭，洗漱完，吃過早飯，便正式開始新手媳婦的生活。

早上先去正院向梁宜謙夫妻請安，等這房人到齊，再一起進榮慶堂見梁則重夫婦，然後上萬和堂，闔家給梁老太君請安。要上朝的男人可自行出門，不必按這規矩走。

接著，梁則重父子去前院理事；而女眷們，除崔氏需主持中饋外，其他人都會陪著梁老太君說笑一番，再各自散去。

午飯各吃各的，晚上再聚到萬和堂，一家人一起用晚膳。

吃完午飯，歇過午覺，錢亦繡回到蓮香院時，已是午時。

吃完午飯，歇過午覺，錢亦繡單把彩雲留下問話，讓其他人退出去。彩雲的娘是內院副管事，有些事，她知道得要多些。

今天錢亦繡去正院請安時，發現崔氏的眼睛有些紅，雖然崔氏極力壓抑情緒，但還是看得出來，她哭過了。

錢亦繡道：「彩雲，妳跟我講講內院的事。過去大爺很少在家，又多半待在外院，內院的事，他實在不清楚。」
彩雲心思通透，曉得主子為什麼這麼問，便回道：「大奶奶，咱們府裡，除太老爺和大爺只有正室外，其他爺們不僅娶妻，還有姨娘或通房。」紅著臉看錢亦繡一眼，聲音放得更低。「最近大老爺又看上一個好人家的閨女，想納進來當良妾，但大夫人不願意……」
錢亦繡雖然對崔氏沒多少好感，但梁宜謙做得委實有些過了。這一、兩年，聽說他已經多納一位姨娘、兩個通房，怎能再弄良妾進門呢？怪不得哪，她之前就覺得梁則重好像對孫子的重視大大超過兒子，這個兒子還真是……
她無奈，只得搖搖頭。「公爹都那麼大歲數了……」
彩雲道：「其實，老爺原來不是這樣的，跟大夫人很是恩愛，是從大夫人回娘家說……」臉更紅，看看錢亦繡，不好繼續往下明說，含糊道：「那件事開始，他們便不如以前和睦了。再加上崔家出事，老爺總覺得現在不受皇上重用，或許跟大夫人的娘家有關……
「其實，老爺已經算長情了。許多出事人家嫁掉的女兒，不是被休，就是進了佛堂，只有咱們家大夫人仍管著中饋，老爺也常常宿在正院。」
原來公婆不睦，竟然還跟她有關係！
錢亦繡想著，崔氏能繼續管中饋，可不光是梁宜謙長情，肯定還有梁老太君、梁則重及梁錦昭的堅持。梁錦昭是崔氏的兒子，自然會幫母親；梁老太君和梁則重雖然精明，但為人還算厚道，又特別看重梁家聲譽，肯定不會讓崔氏的處境雪上加霜。
不過這件事，她做兒媳婦的不好說話，暗暗腹誹梁宜謙幾句後，便撂開了。

# 第一百六十二章

申時，錢亦繡換上玫瑰紅蝴蝶穿花雲錦小襖、緋色灑花百褶裙，帶著彩雲去萬和堂。路上，主僕倆碰到三少奶奶應氏。應氏同三爺梁錦琛在去年秋天成親，已經懷了身孕。

「大嫂。」應氏笑著招呼道。

應氏是太常寺少卿的嫡女。應大人乃進士出身，官至四品，學問很不錯，對走科舉之路的梁錦琛幫助很大。去年梁錦琛能考上舉人，就多虧丈人的指點。

從這門親事看，崔氏對庶子還算疼愛，找的親家尚可，並沒有打壓。

錢亦繡對應氏笑笑，兩人一起向萬和堂走去。

到了萬和堂，許多人都聚在這裡。

梁老太君對錢亦繡笑道：「這些天重孫媳婦都在忙，我沒好意思向妳要蒸蛋糕吃。明兒妳閒下來，再給老婆子做點。不知為何，廚房婆子做的，就是沒有妳弄的好吃。」

錢亦繡笑著應下。「是。我正想明天多做些孝敬老祖宗呢，再送些給太皇太后。」

聽錢亦繡把這麼大的人物搬出來，梁家女眷充滿了羨慕。

三夫人夏氏馬上道：「還是老祖宗有眼光，早瞧上這個心靈手巧的好媳婦，若不抓緊些，被別家搶去，那咱們家可虧大了。」

梁老太君笑瞇了眼。

二夫人曾氏又說：「弟妹忘了提錦昭。錦昭夠癡情，等了這麼久，還請皇上賜婚呢。」

眾人又是一陣笑，崔氏的眼神卻暗下來。

錢亦繡很無奈。這兩個妯娌誇了梁老太君和他們夫妻，但言外之意卻刺了當初極力反對她嫁進梁家的崔氏。

這幾天下來，錢亦繡看得出，梁家人大抵還算和睦，梁老太君和梁則重厲害，絕不許自家人鬧事，選媳婦時把了關，不與家風不好的人家結親，唯有崔家是個例外。

但平靜的波濤下，還是有些暗湧，主要是崔氏與二夫人曾氏、三夫人夏氏之間有些不和，原因不外乎是爭寵之類的。

原本，崔氏是三個妯娌中最強的，人漂亮，有才情，男人和兒子都能幹，娘家又是世家。但自從出了崔氏回娘家說嘴的事後，她在婆家就不受喜愛了。後來崔家被滅，她成了罪臣之女，更是抬不起頭。

崔家出事後，曾氏和夏氏本以為這下會徹底剝奪崔氏的管家權，至少分家前，她管不了家。但沒想到，當家人完全沒說話，依舊讓崔氏掌中饋。

另外要爭的，還有梁老太君的寵，她不僅有權，還有錢。梁老太君嫁進梁家六十年，梁家又一直富貴，積攢無數私房，老人家鬆鬆手，就夠這些晚輩們用好一陣子。

目前雖然讓崔氏繼續管家，但所有人都看得出來，她已經失了當家人的心。

即使梁錦昭和梁錦玉等晚輩看出兩個嬸嬸說話時時針對母親，明面上也不好相幫。

現在，看到崔氏沒臉，梁錦玉和應氏也僅能低下頭，不敢說話。

錢亦繡也不好開口。她是晚輩，又剛進門，只得笑笑裝糊塗。

眾人說笑一陣，十二歲的六爺梁錦真先回來，他沒去書院，是在前院跟著先生讀書。這位小爺被慣壞了，雖然極聰明，卻不喜讀書，氣跑好幾位先生。

他一回來，就坐去梁老太君身邊，梁老太君抱著他，「寶貝、心肝」地喊起來。梁老太君不僅疼愛這個么重孫，也是憐惜二房太夫人連氏守寡不易，給她長面子。

接著，三爺梁錦琛也來請安。馬上要春闈了，他待在前院書房裡，夜以繼日地用功。時辰差不多，梁家男人先後下衙，眾人一起用晚膳，飯後才各回院子。

第二天是二月十日，如遇男人們休沐，梁家體恤兒孫，早上便不需去問安，下午到萬和堂見梁老太君，晚上留在那裡吃飯即可。

不過，這天媳婦也不敢睡懶覺，怕傳出去丟人。錢亦繡咬牙在卯時起床，不僅是因為做了媳婦身不由己，還因要給梁老太君做蒸蛋糕。

今天梁錦昭沒在蓮香院裡吃早飯，而是拿著第一鍋蒸出來的十個蛋糕去正院，順道在那裡陪爹娘用膳。

錢亦繡忙了一上午，蒸出一百多個蛋糕，給宮裡與錢家各送四十個，其他的全給梁家大小嚐嚐。

中午，梁錦昭才回來，說梁老太君也不同意他爹再納良妾，讓他想辦法把人安撫好。

「繡兒，錦玉幾個月後就要出嫁了，我又忙，以後妳多去我娘跟前盡孝，哪怕陪她說幾句話也好。我娘本是性子高傲，目下無塵，可崔家的變故讓她備受打擊，我爹又……哎，其實，我娘為人真的很好，妳接觸得久，就知道了。」

錢亦繡點點頭。雖然她做不到像潘月跟吳氏那樣，與崔氏情同母女，但仍希望婆媳關係和睦。不為別的，就為相公和以後的兒女著想，也為讓自己更好過。

錢亦繡對崔氏頗多微詞，但不得不承認，崔氏的心腸並不壞，不像許多大宅裡的主婦那樣，往死裡整庶子和庶女。其次，是崔家對不起崔氏在先，但娘家遭遇困難時，崔氏還是竭盡全力幫忙。再來，崔氏似乎領了她幫忙救出崔皓然的情，嫁進來這些時日，並沒有端著婆婆的架子整治她。

雖然之前的事崔氏做得不厚道，但她得的教訓，已經夠慘痛了。

梁錦昭見錢亦繡很痛快地點頭答應，極為高興，還以為要費許多口舌才能說服她呢。他的眼光真好，找的媳婦美貌、能幹又賢慧。

梁錦昭笑著，用筷子挾了一顆水晶丸子給錢亦繡。錢亦繡用碗去接，他搖搖頭，往她嘴邊送。錢亦繡只得張開嘴，吃下丸子。

旁邊服侍的丫鬟瞧見，紅著臉低下頭，曾嬤嬤笑得眼睛瞇成一條縫。

轉眼過了幾日，這天上午，錢亦繡剛回蓮香院，就聽蓮艾妝黛的金師傅，以及一繡商行的蔡掌櫃求見。

蓮艾妝黛已經搬來京城，作坊設在西郊，離十里荷香不遠。

錢亦繡讓人把他們領到正廳，聽完鋪子最近的情況，收下蓮艾妝黛的新品，還留他們吃午飯。兩人告辭之前，錢亦繡拿了二十顆洞天池的珍珠給金師傅。

「這是我讓人花重金在番人手裡買的珍珠，最是美容養顏。金師傅把它們磨細了，一顆珠子放十瓶香脂或十支唇膏，做出四十套珠光蓮艾妝黛。記住，只能做這麼多，且不許擅自出售，價錢待定。」

他們一走，錢亦繡便拿著幾瓶按摩膏和幾支唇膏去正院。不僅梁錦玉和應氏在這裡，還有一名中年美婦。美婦穿得華麗，卻站在崔氏身後服侍，應該是梁錦琛的生母秦姨娘。

梁錦琛已經入考場，好幾天沒回府，幾個女眷都在談論這件事。今年的機會多年難遇，要加招那麼多人，希望他能考得好些。秦姨娘更是雙手合十，不停地求菩薩保佑。

錢亦繡將按摩膏與唇膏分送給崔氏、梁錦玉、應氏、秦姨娘，說是新品。特別囑咐梁錦玉，她五月分出嫁，這幾個月每三天按摩一次，能讓皮膚更白皙瑩潤。

女人都愛美，又喜歡蓮艾妝黛，聽說是新品，十分高興。

現在按摩膏已經在京城貴婦圈裡流行開來，梁家女眷也經常讓丫鬟幫著按摩。秦姨娘見物心喜，馬上想幫崔氏試試。

崔氏點頭，讓秦姨娘為她按摩，錢亦繡在一旁指點，還會做做示範，告訴她們一些訣竅。

崔氏淨面後，果真覺得皮膚更加光滑，心裡自是高興。倒楣事接二連三，她都覺得自己老多了。

於是，她把錢亦繡、梁錦玉和應氏打發去另一間屋子，讓丫鬟們給她們按按臉，才低聲對秦姨娘道：「妳回去也好好妝扮吧，儘量把老爺的心留在院子裡。要真把良妾弄進來，又是個不省心的，我厭煩，妳更不好過。尤其是琛兒，良妾的兒子，定比他的地位高……」

秦姨娘是從小服侍崔氏的丫頭，忠心又信得過。過去，梁錦昭有大半工夫不在府裡，想兒子的崔氏就把心思用在梁錦琛身上，梁錦琛等於是在她跟前長大的，如此，崔氏自是對他們母子好得多，也會為他們打算。

秦姨娘紅了臉，點點頭。「夫人說得是。不過，婢妾老了，老爺怕是看不上。那兩個通房的年紀也大了，要不要再抬個自己人？」

崔氏想想也是，沈吟著不說話，見錢亦繡幾人按摩完進來，便先帶著容光煥發的小媳婦們去萬和堂，把這事暫時擱下。

見過梁老太君，錢亦繡又送按摩膏給其他女眷，更自告奮勇，幫梁老太君按摩一回。

轉眼到了下課的時辰，六爺梁錦真的嘴特別甜，一來就說：「哎呀，太奶奶變得好年輕，我還以為是奶奶的姊姊呢。」

梁老太君聽了，喜得猛誇他，笑得更開心了。

幾日後，錢家派人送信，說弘濟來家，請錢亦繡回府吃午飯。

錢亦繡近一年沒見到弘濟，極為高興，馬上去正院向崔氏告假。

梁家主子都知道弘濟的真實身分，多年來，視他為特殊的客人。聽說錢亦繡要去見他，崔氏自是應允。

錢亦繡趕到錢府，笑著與眾人寒暄。

弘濟瞧她改梳婦人頭，微笑道：「姊姊怎麼變樣了？」又說：「對不起，姊姊的好日子，我沒來恭賀。」

看見清瘦的弘濟，錢亦繡紅了眼圈，拉著他的手問：「怎麼樣，病好了嗎？」

弘濟回大慈寺後，病了許久，本來說好去年底進京的，也沒來成。

弘濟點頭。「無事，已經好了。」

一旁的潘月，眼睛都哭紅了，嗔道：「還說無事，看你都瘦成這樣了。這幾個月別回報國寺，嬸子讓人給你多做些好吃的補補。」

弘濟笑著應下。「貧僧的師父要在報國寺同弘智師兄閉關修行幾個月，貧僧無事就會住在這裡，還想再跟肖恩多學些知識。」

潘月聞言，高興極了。「那嬸子跟我爹說說，請肖恩每隔幾日就來府裡，專門教你。」

錢三貴趁著兩人說話的工夫，趕緊把錢亦繡拉到身邊，左看右看，覺得孫女沒瘦，才滿意地笑起來。錢亦明和錢亦靜見狀，又來跟他搶人，拉著錢亦繡講故事。

要吃午飯時，朱肅錦趕來，連跳跳一家都來了。歡歡和喜喜已經長成漂亮的大狗，身上的毛跟跳跳一樣雪白。不過，歡歡的左耳是灰色的，喜喜則是右耳，隨了牠們的爹笑笑。

錢亦繡笑著盛情邀約。「這些天，你們就去我家玩吧。」

猴哥夫妻也在，給她一個本來就這麼打算的眼神。

朱肅錦見潘月不錯眼地瞧著弘濟，便對弘濟說：「弘濟，你還俗吧，這樣我們便能經常看見你，我娘——喔，我姑姑也不用天天掛念。」

弘濟道：「貧僧的師父說，貧僧跟佛門只有二十年緣分，到貧僧二十歲時，就是貧僧不想還俗，也不行。」

錢亦繡道：「還要等四年多啊，覺得好漫長。」

朱肅錦笑起來。「悲空大師的話，自是要聽。別說四年，即使四十年，也不過彈指一瞬而已。」

錢亦繡看看朱肅錦，這話說得有些顯老了。

朱肅錦見錢亦繡看他，又道：「妹妹不覺得嗎？小時候我們待在鄉下的事，就像昨天才剛發生而已。現在我們已經這麼大了，妹妹已經嫁作人婦，我也將……」

聽了這話，錢三貴也道：「是啊，日子過得真快。還覺得你們是小娃，轉眼間，嫁人的嫁人，娶媳婦的娶媳婦。」

吃了午飯，朱肅錦再坐小半個時辰，便起身走了。現在他非常忙，不僅要跟余修等人學習經濟學問，也得進內閣歷練，晚上乾武帝還會親自出題考他。

# 第一百六十三章

傍晚，因為錢亦繡難得回娘家，潘駙馬被請來吃飯，挺著大肚子的錢滿霞也帶一家人上門。沒多久，錢滿江帶著朱肅錦和梁錦昭一起回府。因下朝的時辰早些，朱肅錦又過來坐。

錢三貴和吳氏樂極，家裡人難得齊全，趕緊請朱肅錦和潘駙馬上座。

朱肅錦先拉著錢老太說了幾句，才去男桌吃飯。

如今錢老太最得意的事，就是太子對她另眼相看，還拉她的手，一點都不嫌棄她。她跟家裡人說了一遍又一遍。「想當初，咱們家窮的時候，一個小小的汪里正，就威風得不得了，拿個大鼻孔瞧我。現在，堂堂的太子，卻對我那麼好……」說到感動處，還會流出幸福的淚水。

這會兒，她又拉著錢香說開了。

錢香笑著捧她的場。「是、是，咱們都羨慕娘。」

因為弘濟在，男人們不能喝酒，便以茶代酒，聊起國家大事，照樣興奮。

朱肅錦已向乾武帝提出開放海禁，說市通，則寇轉而為商；市禁，則商轉而為寇。

乾武帝很矛盾，既覺得閉關自守弊端大，但解除海禁又像敞開自家大門，給敵人可乘之機。他命內閣商議，但似乎阻力不小，半數閣老和許多大臣都不贊同。

潘駙馬道：「多數臣子慣於墨守陳規，況且解除海禁，瑣事極多，起步艱難。」

錢滿江也擔心。「若是如此，倭寇來勢可能更凶猛。」

梁錦昭說：「那咱們應該大力發展水軍。自家強大了，誰來犯，就把誰打回去。」

朱肅錦頗有氣勢地點頭。「本宮也麼認為。自己強大了，誰敢來犯！」又道：「但凡歷朝歷代，推行改革都會遇到阻力，本就不是一朝一夕的事。」

朱肅錦的理念大多是錢亦繡過去灌輸給他的，但也有許多自己的想法。他穿著蟒袍，戴九珠金龍冠，氣質沈靜，別人講話時，他認真傾聽；換他開口時，款款而談，有理有據。

錢亦繡欣慰不已。那個霸道又執拗的小男娃終於長大，越來越像英明之君。

錢亦繡豎起耳朵聽男人們說國家大事，冷落幾個纏著她的孩子，錢亦靜的眼淚都湧上來了。

錢滿霞瞧見，笑著說：「繡兒從小就是如此，不僅喜歡跟男娃玩，還對男人喜歡的事感興趣。」

錢亦繡嗔道：「小姑姑，您這話沒說對，什麼叫我從小喜歡跟男娃一起玩呀？好在相公了解我，不然我跳進黃——綠春江也洗不清了。」差點把黃河講出來。

吳氏也嗔錢滿霞。「都幾個娃的娘了，說話還不經腦子，萬一讓孫女婿誤會怎麼辦？」

錢滿霞趕緊笑著解釋。「我是說，繡兒從小就跟梁將軍玩得好，沒說錯啊。那時梁將軍是不是已經看上繡兒，所以才經常送東西給咱們？」

錢亦靜聽了，立刻問潘月。「娘親，弘濟哥哥也送禮物給靜兒，是不是看上靜兒了？」

她的話，把一桌人都逗笑了。

吳氏笑罵。「傻丫頭，弘濟哥哥是出家人，不能娶媳婦。」弘濟二十歲還俗的事，只有朱肅錦、潘月、錢亦繡等少數幾個人知道。

「喔……」錢亦靜噘起小嘴，一副很遺憾的樣子。

眾人笑得更厲害。

錢亦繡發現潘月的眼睛一亮，剛想說什麼，又忍回去，似乎想到什麼不能說的秘密，抿著嘴直樂。

錢亦繡也笑了。若真能像她所打算的那樣，再好不過。

弘濟不知她們這桌在笑什麼，又聽見自己的名字，便轉過頭問：「什麼事那麼高興？」

錢亦明大聲道：「奶奶說你是和尚，不能娶媳婦！」

弘濟紅著臉呵呵笑起來，男人們也笑了。

朱肅錦笑完，又低聲問潘駙馬。「潘先生還願意為朝廷分憂嗎？若願意，本宮稟明父皇，請你出山。」

潘駙馬淺笑婉拒。「謝謝殿下，老臣少年時的雄心壯志早被歲月磨平了，現在只想過過舒心日子，逗弄孫兒，教書育人。」

朱肅錦點頭。「也好，潘先生教書育人，也是為我大乾培養股肱之臣。」

飯後，眾人恭送朱肅錦離開，又送梁錦昭夫妻。

梁錦昭對弘濟說：「我太奶奶和祖父都非常掛念你，無事來我家坐坐。」

弘濟笑道：「貧僧明天就去，還給老施主帶了禮物。」

錢亦繡和梁錦昭帶著動物之家浩浩蕩蕩回梁府時，哪怕天黑也引來許多看客。來到新居，動物之家很是新奇，參觀蓮香院一圈，才由白珠領著婆子把牠們打理乾淨，進房歇息。

二月底，曾嬤嬤提醒錢亦繡，她可能懷孕了。

錢亦繡這才想起，對啊，她的月事很準，這個月卻沒有來。但時日尚淺，還不確定，等等再說。

三月初一，會試放榜，梁錦琛考上三百五十六名，名次靠後，不出意外，將是同進士。梁家子弟，除了三老爺梁宜暢，其餘都是武官。三老爺的官是恩蔭，到目前為止，梁錦琛是梁家第一個通過科舉當官的子弟。

而梁家的未來女婿韓錦添，考了第二名。

當初，太豐大長公主想讓錢亦繡嫁給韓錦添，請太皇太后作媒，可因兩個孩子都無意，只得作罷。孰料，此舉卻激出韓錦添的真正心意，求大長公主去梁府說親，只要梁錦玉答應嫁他，便考個解元給大家瞧瞧。

梁府和大長公主府的交情非常好，梁家長輩看著韓錦添長大，知道他雖然頑劣，本性卻不壞，還異常聰明。聽說他發下這個宏願，便允諾，只要他考上解元，就把梁錦玉嫁給他。

結果，去年鄉試，韓錦添真的考上解元，如願跟心上人梁錦玉訂親。

全家人都高興，尤其是梁宜謙一家，只有二夫人曾氏有些吃味，回院後對兒媳說：「要不是今年皇上施恩，加兩百個名額，錦琛能考上？氣死人，一個小婦養的，還得意呢。」

錢亦繡也得到錢家送的信，說李占冬考了第三百八十五名，雖然名次靠後，但也非常好，錢家和錢香母子開心得不得了。

三月初五殿試，三月初七便放榜。

這天上午，除了上衙和上學的男人，還有一大早出去看榜的梁錦琛，梁家所有主子都待在萬和堂。今天情況特殊，連秦姨娘都坐在最末的錦凳上等消息。

巳時，有人進來稟報。「大喜！三爺是二甲一百六十九名，進士出身！」

殿試竟比會試考得好許多，若說乾武帝不是給梁家面子，任誰都不信。

眾人聽了，笑逐顏開，梁老太君和宋氏不住唸道：「菩薩保佑，祖宗保佑，皇恩浩蕩……」秦姨娘也拿起帕子擦眼淚。

崔氏急道：「大姑爺呢？」

報信的人道：「大姑爺被皇上點了探花。聽說，大姑爺能中榜眼的，但因長得太俊，所以皇上壓下一名，改成探花。」

崔氏和梁錦玉喜極，梁老太君又是唸佛，喜道：「今天我們梁家是雙喜臨門哪！賞！凡是報信的，賞二兩銀子；家裡的下人，月錢翻倍。」

廳裡的下人聽了，都笑著過來給主子們磕頭。

報信的人又道：「三爺還說，錢府的表公子也考中了，三甲同進士出身。」

眾人也恭賀錢亦繡。

這一鬧，錢亦繡直到下午才回院子，疲憊極了。頭一沾上枕頭，便沈入夢鄉。

曾嬤嬤見狀，覺得是時候了，遣人去正院稟報，說錢亦繡身子有些不好，想請大夫進來看看。

半個多時辰後，御醫來了，曾嬤嬤叫醒錢亦繡，讓御醫替她把脈。

御醫診完，笑道：「恭喜大奶奶，是滑脈。雖說日子尚淺，但能確定是有身孕了。」

曾嬤嬤喜極，趕緊給御醫賞銀，又派丫鬟分別去給梁老太君、宋氏、崔氏報喜。

這一喜，更勝過了前兩喜。梁錦昭是衛國公世子，年紀這麼大還沒有孩子，聽到這個消息，梁老太君激動得哭了，直說：「菩薩保佑，祖宗保佑，昭兒終於有後了。今天，我們梁家是三喜臨門！」

然後，她立刻派人拿著許多燕窩、人參等補品去蓮香院，囑咐錢亦繡好好養胎，以後早上不用給長輩請安了。

宋氏與崔氏稍慢一步，但也帶著人趕來蓮香院。

錢亦繡躺在床上，聽宋氏和崔氏走到院子裡了，吩咐下人們要小心當差，不許吵著大奶奶。

之後，院子裡靜得針落有聲，沒人敢喧譁。

錢亦繡摸著肚子，感慨萬千。兩世為人，她終於要當娘了。

這胎會是男孩還是女孩？不管男女，她都喜歡。鬼使神差地，她竟想起嬰孩時期的錦娃和剛出生的小亦繡……健康有精神，才是最重要的。

不過，上午時她真的累著了，頭一歪，又沈沈入夢。

一覺醒來，錢亦繡便見藍珠和紫珠正坐在桌前做針線，看到那些要給孩子穿的小衣裳，心柔得能滴出水來。

屋裡已經點上蓮花座底的玻璃宮燈，窗簾也拉上了。錢亦繡嫁來時，蓮香院的窗紙已經換成玻璃窗，所以必須掛窗簾。

錢亦繡問道：「天黑了？」

紫珠和藍珠忙起身。「大奶奶醒了？已經酉時末了。今兒咱們府裡三喜臨門，晚上不僅主子們吃酒慶賀，下人們也擺席呢。大爺去喝酒了，看大奶奶睡得香，沒讓我們吵您。本來曾嬤嬤和彩雲她們不想去吃席，卻被拽走，說我們蓮香院出了天大喜事，不能沒人當代表。」

兩人一邊講，一邊笑，還說錢亦繡睡著時，得知消息的吳氏和潘月來探望，不過沒讓人叫醒她。吳氏還說，要派人去東宮送信報喜。

錢亦繡埋怨道：「我奶奶和我娘第一次來這裡，妳們怎麼不叫醒我？」

兩個丫鬟呵呵笑著，不理會她的抱怨，一個服侍她把衣裳穿上，一個去後院小廚房把晚膳拿來。飯菜一直溫在鍋裡，隨要隨有。

錢亦繡剛吃完飯，梁錦昭就回來了。喝了不少酒，臉色酡紅。

他笑著抱住錢亦繡，道：「繡兒，妳真能幹，進門一個月就有了身孕。當然，我更能幹……長輩們極高興，都盼著妳能一舉得男。」

錢亦繡嘟嘴。「萬一我生的是閨女怎麼辦？」

梁錦昭樂道：「我也喜歡。像妳一樣好看的女兒，我愛不夠。」

聽見他的醉話，紫珠和藍珠紅了臉，摀著嘴偷笑。

錢亦繡又問：「閨女不好看，你就不喜歡嗎？」

梁錦昭頗有信心地說：「龍生龍，鳳生鳳。咱們倆長得都好，生的閨女怎會不好看？」

錢亦繡道：「那可說不準……」隔代遺傳怎麼辦？像潘駙馬和潘月當然最好，像崔氏也不錯。但錢老頭有八字眉，錢三貴的下巴是方的，梁則重的鼻子有些大。這三位的特點，長在男孩身上不算什麼，要生在女孩身上就不好看了。

梁錦昭說：「即使在別人眼裡算不上最好看，在她爹眼裡，也是最美的。」

這個答覆讓錢亦繡很滿意，抿嘴笑起來。

梁錦昭在外面給人的印象是沈穩儒雅，言語不多，但面對小妻子時，經常會說些甜言蜜語討她歡心。

之後幾天，得知喜訊的相好人家與宮中相繼送禮來，主要是適合孕婦吃的補藥、吃食以及給小嬰兒做衣裳的好料子，把蓮香院的小庫房擠得滿滿當當。

三月十八日，太子朱肅錦大婚，娶太子妃傅明蘭進宮。不僅梁家送了大禮，梁錦昭和錢亦繡也送了禮物。婚禮前，梁錦玉去傅府添妝，錢亦繡請她幫忙帶過去。

如今懷孕，錢亦繡不能去觀禮，聽回來的梁錦昭說，東宮熱鬧至極，乾武帝、閔太后，以及後宮妃嬪全都到了，連太皇太后都拖著病體去坐一會兒。京城五品以上的官員及女眷都來恭賀，因為人太多，面子大的才能有張錦凳坐，品級低的，站一會兒就得走。

梁錦玉也說，新娘子的嫁妝可謂十里紅妝，比錢亦繡的還壯觀。這些嫁妝，宮裡出了一半，傳家出了一半。

六日後，朱肅錦納太子良娣韓靈兒，梁錦昭去吃酒。過了五日，再納太子良媛霍淑琴，梁錦昭又去道賀。

雖然錢亦繡不喜歡小老婆，但韓靈兒是她的手帕交，霍淑琴是錢滿亭的小姑子，而她們的相公是朱肅錦。所以，她還是準備次於太子大婚時的禮物，請梁錦玉分別幫她添妝。

錢亦繡暗道，這段日子，朱肅錦應該是最幸福的男人吧？嬌妻美妾，夜夜春宵，是多少男人的終極目標。

二十九日晚上，吃完朱肅錦三場喜酒的梁錦昭回府了。

錢亦繡笑問他：「羡慕太子嗎？」

梁錦昭搖頭。「有什麼好羡慕？最難消受美人恩，殿下都瘦了。呵呵，實在太辛苦。」

這話把錢亦繡逗樂了，想想又有些心疼朱肅錦。他才十六歲，夜夜耕耘，如何吃得消？乾武帝哪裡是疼愛兒子，簡直是在摧殘幼苗。

不過，人不同，想法也不同。哪怕父子天性，梁錦昭和他爹的性情也大不一樣。

下午她聽彩月說，今天梁宜謙多納了個喜姨娘，是崔氏主動給的人。崔氏還說，喜兒的名字喜氣，長得也喜氣，跟了梁宜謙，或許是個好兆頭。連通房丫頭都沒做，直接提了姨娘，簡直是八百里加急的速度。

中午，秦姨娘出面辦了幾桌席，請府中的姨娘和有臉面的下人過去吃，權當喜酒。

一連串的打擊讓崔氏傻了吧，連這招都使出來，真是令人無語。

錢亦繡十分不理解她的做法。再喜歡一個男人，再想留住他，但用這種手段，姿態都低到塵埃裡去了。

這哪裡是幾年前她見過的、神采飛揚、精明能幹的高傲麗人？那樣的婦人，應該挺直脊梁數佛珠，也不會做出這種事。

錢亦繡斟酌著，跟梁錦昭說了梁宜謙納姨娘的事。

梁錦昭的臉有些紅，嘆道：「我爹原來不是這樣的。年輕時，他跟我娘很恩愛，連秦姨娘都是我娘為了子嗣，硬逼他納的。如今，我爹正值壯年，卻不得皇上賞識，陡然從高位跌落，鬱悶心情無法排解，就變成這樣了。爺爺也很生氣，說……」

他不好繼續說下去，抱住了錢亦繡。「其實，我娘的心情更糟。妳坐穩胎後，多陪陪我娘，多說些讓她開心的事。」又從懷裡掏出懷錶看。「現在是戌時，娘應該還沒睡。我去瞧瞧她，妳先睡，別等我。」

錢亦繡曉得他的為難，點頭應下。

梁錦昭走出蓮香院，深深嘆口氣。

過去，在他眼裡，他爹睿智又沈穩，他娘則聰慧自信，可是，遭逢巨變後，兩人承受不住，最後，連感情都壞了。

他實在不能理解，現在府裡沒倒，依然富貴，祖父還從正一品的位置主動退下來，閒散在家，過得其樂無比；可他爹被爺爺硬逼著退下後，脾氣卻越來越怪異，行事也越來越荒唐。還好爺爺擔下當時給他爹下藥的事，如果他爹知道這是他的主意，即使知道兒子做得對，但沒了面子，也會把他打得下不了地。

還有他娘，過去多聰慧、多能幹，夫妻恩愛，得長輩疼，連外面的生意都做得比別的婦人好。可現在，也太委屈自己了吧？以為大張旗鼓給男人納妾，就顯示自己的賢慧，便能把男人的心拴在院子裡，讓他不再遷怒於她？

想起崔氏，梁錦昭的眼圈有些發紅。年輕時，崔氏天天操心他，怕他的病不好，活不久，大房會因此失勢。

後來他病好了，建功立業，給她爭光，可她卻做錯事，被太皇太后打臉，惹婆家不喜。接著，娘家被滅門，背上罪臣女的名聲，夫君又因此給她難堪……這一連串打擊，壓垮她的人，也碎了她曾經高傲的心。

梁錦昭越想越難過，深吸一口氣，讓自己平靜下來，才舉步去正院。

# 第一百六十四章

正院靜悄悄的，崔氏正坐在臨北窗的炕上想心事。見兒子來了，面上一喜，拉他坐到旁邊。

她看著他微紅的臉，道：「才從東宮回來？」又高聲吩咐人去煮醒酒湯。

母子倆低聲說話，有默契地避開梁宜謙的納妾之舉，主要說些梁錦昭小時候的種種，以及為梁錦玉備嫁的事。說到高興處，兩人還笑出聲。

直到很晚，梁錦昭才回去。

來服侍崔氏沐浴的嬤嬤笑道：「大爺孝順，曉得您心情不好，特地來陪您。」

崔氏嘆氣。「是啊，若非有兩個孩子，這府裡真沒什麼可留戀的。」

嬤嬤又道：「其實，老爺還是顧念夫人。崔家出事時，他去大理寺探望過。」

梁家人好面子，梁宜謙不去，梁則重和梁老太君會不高興，也正因為如此，她的日子遠比那些罪臣之女好過得多。或許，梁宜謙心裡還是有她吧？只是，想到年輕時的歲月，那些恩愛的日子，崔氏的心便一陣陣鈍痛。

她的面子已經被踩進塵埃了……不，是她自己跌進去的。

嬤嬤又問：「給大爺挑好的通房丫頭，明天還領去蓮香院嗎？」

崔氏想了想，搖搖頭。「暫時別去。昭兒正跟他媳婦好得蜜裡調油，去了會討嫌。我也不是那種惡婆婆，喜歡給兒子塞女人，只是心疼昭兒這麼久沒人服侍，想找人幫兒媳分擔。過些日子，昭兒耐不住，錢氏的胎也坐穩了，再去吧。

「哎，錢氏還是小家子氣些，這種事，她應該自己張羅。看看應氏，自己剛懷孕，就把丫鬟開了臉。」

之前崔氏給過通房，梁錦昭不要不說，還怪她多事。現在她已經失去丈夫和長輩的歡心，當然不想再討兒子的嫌，也不願得罪曾經幫過她的兒媳婦。所以，梁錦昭成親後，根本沒想過要幫他準備人。

還是前幾天聽秦姨娘提醒，沒碰過女人的男人可以沒有女人，但碰過女人的男人，就離不開女人了，梁錦昭的想法有變，也不一定。再說，錢氏是鄉下長大的，或許不知大宅子的規矩。

崔氏想想，也有道理，才給梁錦昭挑個漂亮丫鬟，又讓婆子調教幾天。為公平起見，還給梁錦琛選一個，昨天讓應氏領回院子。

此後，錢亦繡待在蓮香院裡養胎，無事便做做針線活，頂多在院子裡走走。她已經挑人主管小廚房，時常做些愛吃的東西享用。有時趁人不注意，便往吃食裡偷加些碧泉，然後送給她珍視的人，包括朱肅錦。

梁老太君讓她好生養胎，滿三個月後再出門。幸好梁錦玉經常來找她聊天，猴哥與猴妹也時常陪伴，倒不覺得日子難打發，反而覺得，這是她穿越以後，最清心平靜的日子。

一個月後，潘月來看她，帶來一個好消息，說朱肅錦的三個女人都懷孕了。

錢亦繡吃驚不已。朱肅錦也太、太、太能幹了吧！

潘月抑制不住笑意，輕聲道：「日子過得真快，娘就要有一個外孫、三個內孫了。妳爺爺和奶奶樂得不得了，弘濟還特地陪妳奶奶去報國寺上香。」私下裡，還是把朱肅錦看成自己的兒子。

潘月看著依然年輕，即使比原來豐腴些，仍是二十四、五的模樣。

錢亦繡笑道：「娘這麼年輕，就要當外婆、當祖母。」

潘月搖頭。「不年輕，你們都十六了。」今年七月，她就要滿三十，總覺得時光飛逝。

錢亦繡可不這麼覺得，躲進潘月懷裡撒嬌，像以前一樣喊她美美小娘親，逗得潘月嗔她胡鬧，母女倆又笑起來。

四月底，京城才下了入夏後的第一場雨，先是兩天兩夜的瓢潑大雨，之後才慢慢變小。

自從下雨後，梁老太君便派人送信，說晚輩們不用來萬和堂請安了，晚飯各自在院子裡吃。特別囑咐胎未坐穩的錢亦繡，哪兒都別去，好好待在蓮香院裡。

這天下午，天空還飄著綿綿細雨，梁錦玉領著兩個丫鬟走在遊廊上，繡花鞋外套著木屐，行動時啪啪有聲，在這寂靜的雨天裡，顯得清脆又響亮。

她似有心事，輕蹙眉頭，抿著小嘴。

在萬和堂，她無意中聽見二嬸曾氏跟梁老太君說起崔氏替兩個兒子準備通房的事。梁老太君十分不快，說幾大世家都沒了，有些陋習卻還在梁家延續。
梁老太君不喜歡給兒子塞女人，也從沒有塞過。
更讓她不高興的是，前些日子，崔氏為留住男人的心，竟提丫鬟當妾，還說什麼喜不喜的。她孫子是堂堂衛國公，哪怕只掛閒職，也是二品大員，需要一個姨娘的喜？真是笑話！
梁老太君氣道：「之前崔氏還算精明，夫妻和睦，把府中打理得不錯，聽說外頭的生意也做得極好。現在是怎麼了？行事越來越不著調。想把男人的心留在身邊，不從自身找原因，卻弄個什麼喜姨娘，平白給人家看笑話……」
梁錦玉拉回思緒，嘆口氣。再半個月，她就要出嫁，以後難得回娘家；梁錦昭太忙，又是男人，不清楚後院的事，不好插手。崔氏已經沒有娘家和男人可倚靠，長輩又不喜歡她，妯娌還經常使絆子。以後，她最好的同盟就是錢亦繡，為什麼要把這個親兒媳越推越遠呢？
出了遊廊，丫鬟為梁錦玉撐開棕底紅花的油紙傘，不時提醒她注意腳下。哪怕是青石板鋪的路，地上也積了不少水，還有滿地落花。
來到正院門口，碰見服侍崔氏的向嬤嬤領著一個穿著水紅衣裳的丫鬟出來。這個丫鬟面生，水蛇腰，眉清目秀，頭上那支孔雀金釵眼熟，應該是崔氏賞的。
向嬤嬤笑道：「大姑娘來了，快請屋裡坐，等老奴把人送去蓮香院，就回來給您煮玫瑰滷。」
梁錦玉看那丫鬟一眼，對向嬤嬤笑道：「我就是想吃嬤嬤做的玫瑰滷了。嬤嬤，妳先幫我煮，再去做別的。」

向嬤嬤一聽，笑眯了眼，一迭連聲地說：「好、好，大姑娘喜歡，老奴馬上去做。」又對丫鬟說：「妳先去後面坐，等我忙完，再送妳去。」

丫鬟點點頭，又對梁錦玉曲曲膝，便回去了。

梁錦玉見狀，把向嬤嬤拉到一邊，兩人耳語一陣後，才走進院子。

上房西屋裡，崔氏坐在西窗下的羅漢床上，肚子已經非常大的應氏坐一旁的椅子，秦姨娘站在崔氏身後，不時遞東西服侍。幾人正說笑，清脆聲音飄出小窗，讓梁錦玉又皺起眉。

崔氏看見女兒，極為高興，嘴上仍道：「玉兒不在屋裡準備嫁妝，來娘這裡做什麼？」

梁錦玉過去，坐到羅漢床上，摟住崔氏的胳膊說：「女兒想娘了，來說說話。」又對應氏道：「三嫂肚子大了，雨天還來這裡，萬一摔著，別人不會說三哥、三嫂孝順，只會說我娘不賢，這種天氣，還讓有孕的庶子媳婦來跟前立規矩。」

梁錦玉是梁老太君調教出來的，雖然溫柔，個性卻爽快，說話不喜歡兜圈子。若是前一刻，她不會如此擠對應氏，但剛才聽了向嬤嬤的話，心裡怒極，不想給秦姨娘和應氏面子了。

應氏的臉脹得通紅，含著眼淚說：「我、我不是……」

秦姨娘也趕緊解釋。「大姑娘誤會了，三少奶奶是……」

梁錦玉冷笑。「我跟主子講話，什麼時候輪到一個姨娘插嘴？」又對崔氏道：「娘，您之前是怎麼教我的？妾不過是個玩意兒，心情好，給兩分面子；心情不好，打發走就是。」

秦姨娘聞言，嚇得趕緊來到崔氏跟前跪下，應氏也站起來。

梁錦玉又道：「三嫂快請坐，我跟姨娘講話，妳站起來幹什麼？以後凡事多跟三哥商量，不要跟著有心人瞎起鬨。」

梁錦玉這麼說，一是不信梁錦琛有歪主意，梁錦琛聰明，又是崔氏當親兒子疼大的；再者，若梁錦琛真有別的想法，她暗暗警告便罷，不希望他跟自家兄長和母親徹底離了心。

崔氏嗔道：「妳這丫頭，今兒是怎麼了？」看女兒抿起嘴生氣，就對應氏和秦姨娘說：「妳們先回去吧，我跟玉兒講講話。」

應氏和秦姨娘走到門口時，梁錦玉又道：「現在我娘雖六神無主，但我們還不傻。有些心思，還是收起來的好，不要得隴望蜀，臨老失了臉面。」

秦姨娘聽見，腳步頓了頓，才走出去。

見秦姨娘與應氏走遠，崔氏才指著炕几上的精緻點心說：「玉兒嚐嚐，這是妳大嫂讓人送來的。有什麼話慢慢說，小姑娘家的，氣性那麼大。」

即使出不了院子，隔三差五，錢亦繡也會派人送點心孝敬長輩。

梁錦玉點點頭，又看看崔氏的耳朵，開口問道：「這珍珠耳墜是大嫂送的吧？很別致。」

崔氏摸摸耳墜上的珠飾。「是。別看妳大嫂出自鄉村，對打扮倒是很有一套。她送娘的幾樣小東西，都很好看，娘也喜歡。」

梁錦玉笑著勸她。「娘，別再把大嫂出自鄉村的話掛在嘴邊了。大嫂有皇家血脈，又是縣主，比您女兒的身分還高。」

崔氏張了張嘴，原本想說，幾百年前，崔家連正牌公主都看不起，別說皇家的遠親。但崔家已經被乾武帝滅了，又趕緊閉上嘴。

梁錦玉知道崔氏的想法，摟住她的胳膊，輕聲把曾氏去萬和堂跟梁老太君嚼的舌根說了。

崔氏氣得臉通紅，咬牙罵道：「那曾氏太缺德，心凶又心厚，恨不得把我踩死，好把老祖宗的私房全掏過去。我給兒子一個丫鬟又如何？那是我心疼兒子。以為大家都像她，自私、善妒。聽說，二叔的通房都被她灌了藥。」

梁錦玉搖頭。「咱們先不管二嬸善不善妒，那是他們那房的事，只說娘和二嬸的關係。二叔跟爹是親兄弟，妯娌還在各打小算盤，互相拆臺，娘為何就那麼相信秦娘姨和三嫂？

「我知道秦姨娘從小跟著娘，但您怎麼不想想，現在三哥要做官，她們會不會為了一己私利，對大哥和大嫂不利？至少，秦姨娘在這時攛掇娘替大哥準備通房，就是別有用心。」

崔氏說：「這又怎麼了？別人家都是這樣幫兒子準備的。」

梁錦玉說：「但咱們梁家跟別家不一樣，老祖宗和爺爺都不喜歡這一套。娘這麼做，惹了長輩們不喜，又讓二嬸和三嬸抓住娘的錯處。再說大哥和大嫂，大哥不喜歡，大嫂更不喜歡，娘何苦去得罪人？」

崔氏聞言，氣得臉都紅了。「真是牆倒眾人推，我失了勢，連送個丫頭給兒子都是得罪兒媳婦。」將兒媳婦三字咬得極重。

梁錦玉暗嘆，無奈道：「女兒說錯了，不是得罪，是讓妳們婆媳之間生了嫌隙。娘想想大嫂家，她們家就沒什麼通房、姨娘的，夫婦之間非常恩愛。尤其是珍月郡主和錢將軍，他們的感情讓多少人欣羨，甚至被文人墨客稱為神仙眷侶。

「大嫂嫁進來前，爺爺常說錢家人良善，家風清明。老祖宗和爺爺看中大嫂，說不定也有喜歡錢家家風的原因。」

崔氏猶豫。「我不討長輩們的喜，秦姨娘和應氏能得什麼好處？」

梁錦玉道：「好處可大了。娘越不受長輩喜歡，又跟大哥、大嫂離心，若跟大嫂交惡，更孤立無援，便會倚靠三哥和三嫂……」

崔氏並不傻，只是一連串的打擊讓她失了分寸，又太信任秦姨娘，才沒有多想。聽了女兒的話，便沈吟起來。

梁錦玉繼續說：「秦姨娘過去或許真的一心一意跟著娘、倚仗娘。但現在三哥長大，又有出息，她這個生母的胃口也大了，定希望娘把心思全放在三哥身上，讓應氏幫您管著內院。娘不只掌中饋，私產又極多，秦姨娘沒嫁妝，應氏的娘家又清貴，自是缺少銀錢。

「娘，大哥才是您的親兒子，大嫂才是您嫡親的兒媳婦，她肚子裡的，才是承續您血脈的孫兒，我這麼說，並非挑撥您和三哥的感情。我曉得，大哥從小到大，大半時日在府外生活，我也在萬和堂長大，幾乎都是三哥陪在您身邊。

「我相信，三哥還是孝順娘，沒那麼多歪心思，但秦姨娘和應氏，我就不敢肯定了。至少給娘出的這個主意，便沒安好心……」

這時，向嬤嬤把玫瑰滷做好送進來，盛在透明小玻璃碗裡，上面還撒了些白色椰子粉。她把托盤放下，將兩碗紅豔的玫瑰滷放在几上，也道：「大夫人聽聽大姑娘的勸吧，秦姨娘出的那個主意，老奴也覺得有些損。大爺和大奶奶還是新婚燕爾，況且，大爺性子冷，除了大奶奶，老奴真不覺得他會喜歡別人……」

梁錦玉聽了向嬤嬤的話，點點頭，又勸崔氏幾句，才讓人回萬和堂稟報，說她要留在正院吃飯。

一會兒後，飯剛擺上東屋炕桌，梁錦昭就來了，手裡還提著一只罈子。

他笑道：「我趕得巧，妳們還沒動筷。」把罈子放上桌。「這是繡兒今天下午讓人熬的蓮子鯽魚湯，用的是一號金蓮子。不只味道好，還美容養顏，讓我給娘送來。」

梁錦玉樂得眉眼彎彎。「今天我運氣好，能一飽口福了。」又對崔氏說：「大嫂進門後，哪怕出不了院子，也沒少孝敬娘。」

幾人邊吃邊說話，直到時辰已晚，兄妹倆才告辭。

梁錦昭送梁錦玉回萬和堂，兩人嘀咕一路。現在崔氏日子難過，不知該怎樣幫她重新立起來；又說秦姨娘的事，覺得該防著她。所幸崔氏肯聽話，不會把那丫鬟塞給梁錦昭了。

平時梁錦昭忙於朝務，加上在家的日子實在少，根本不懂大宅裡的彎彎繞繞。聽了這些話，著實不舒坦，卻不得不承認，梁錦玉的話的確有些道理，心中有底才好。

# 第一百六十五章

隔日，雨勢轉大，下了大半天才驟然停歇，天邊出現一彎七色彩虹。

錢亦繡站在廊下，凝視碧空中那彎美麗的彩虹橋。哪怕穿越了十年，她還是喜歡這種不常見的風景。

她穿著鵝黃色灑花妝緞褙子，褙子合身，讓她看起來肚子微凸，腰身滾圓。錢亦繡覺得她的胎長得有些快，才剛三個月，看上去卻是別人四個多月的樣子。

她實在不想穿褙子，如果換上襦裙，就不會這麼顯眼。

可曾嬤嬤十分堅持，恨不得所有人第一眼便注意到她的肚子，還勸她：「這是好事，有什麼好藏著掖著的？大奶奶這樣，不僅大爺看了高興，長輩們也高興。有的人還沒顯懷，就穿上小些的衣裳，恨不得把肚子挺出門外去呢。」

片刻後，小轎來到院門前，院子裡的水窪也被婆子們清乾淨，彩月便扶著錢亦繡上轎。

今天是錢亦繡懷孕後，第一次出現在眾人面前。幾日前，胎剛滿三個月，本來應該去請安，但天氣不好，梁老太君特地遣人傳話，讓她安心在院子裡歇著，等放晴了再過去。

雨後的天氣濕潤又清新，錢亦繡掀開轎簾，看著一路的風景。明媚的天光下，樹葉上的雨滴還在往下滴落，好些天沒出巢的小鳥也興奮地在枝上跳來跳去，吱吱喳喳叫著。

遠遠地，她看見應氏的丫鬟跟著一頂小轎，向正院走去。

前幾天錢亦繡才聽說，她院子裡或許會出現險情。崔氏已經為梁錦昭選好通房，等她坐穩胎，就會送來。

她裝作不知，想著等人來了，看梁錦昭如何處理？

有時候錢亦繡會想，若嫁給朱肅錦，有些話是不是能直截了當地說？生氣了，便揪他耳朵也不一定。但跟梁錦昭之間，哪怕已經肌膚相親，還是沒有那麼熟稔，不敢太放肆。

結果，昨晚梁錦昭便跟她說了，還說是秦姨娘別有用心出的壞主意，他和梁錦玉已經說服崔氏，讓她另外安排那個丫鬟。還讓錢亦繡無事多去跟崔氏聊天，既能增進婆媳感情，又能讓崔氏少受挑唆。

今天出門，錢亦繡考慮過，是先給崔氏請安，還是先去見梁老太君？最後，感情占上風，她想先看看那位強勢又可愛的老太太。

錢亦繡到得早，只有梁則重夫婦先來萬和堂，正陪著梁老太君說話。

梁老太君看見錢亦繡，喜得把她招過去，拉著她笑道：「喲，一個多月沒見面，肚子長這麼大了。」

宋氏也笑。「嗯，是比別人同月分的大得多。」

一旁的嬤嬤笑道：「依老奴看，大奶奶像是懷了雙胎。」

錢亦繡摸摸肚子，的確有這種可能。生雙胞胎雖然好，但那得多遭罪啊。

幾位老人家一聽，高興得不得了，梁老太君哈哈笑道：「有可能。珍月郡主生過雙胎，女肖母。」

梁錦玉聽說錢亦繡來了，也跑來這裡，跟梁老太君撒了一陣嬌。

梁老太君笑道：「知道妳們小娘子要說悄悄話，去吧。」

梁錦玉聽了，笑著牽起錢亦繡，去另一間屋子說悄悄話了。

梁則重看她們走遠，才捏著鬍子笑道：「這丫頭，真如悲空大師說的那樣，是個有福的，一進門就懷了娃。」他還是習慣如此稱呼錢亦繡。

梁老太君瞥宋氏一眼，對梁則重說：「最有福氣的，是你媳婦。自從你媳婦嫁進這個家後，就沒操過什麼心。」

宋氏趕緊站起來，惶恐地說：「兒媳有婆婆作主，就偷懶了。」

梁老太君擺擺手。「快坐下，我並沒有怪罪妳的意思。妳從年輕時就老實厚道，又賢慧知禮，比那些不省心又自覺聰明的好多了。我只是想說，等我死了，內院的事，妳多同錢氏商量。那孩子心正、大器，沒什麼私心，讓她幫著妳管好這個家，別給男人們扯後腿。」

說著，她又嘆道：「咱們家裡的這些媳婦，倒沒有心術不正的，只是有些小心思。有小心思不要緊，畢竟水至清則無魚。身為當家人，既要心裡有數，又要裝糊塗……」

梁老太君教著宋氏管家的門道，不久後，其他女眷也過來，便收了話頭。

梁錦玉在側屋聽見眾人的笑聲，唯獨沒有崔氏的，不禁嘆氣，悄聲說：「大嫂，我娘雖然做了些傷害妳的事，但看在大哥和我的面上，原諒她吧。我走以後，內院裡，只有妳能幫著她了。」

錢亦繡點頭。「小姑放心，我是婆婆的親兒媳，自然會跟她同進退。」

兩人說完話，去了廳屋。

眾人看見錢亦繡的肚子，都有些吃驚，連崔氏都抑不住臉上的笑意。曾氏和夏氏自然又猛誇錢亦繡，說大人生得好，孩子就長得壯，肚子尖，像是懷了男胎，逗得梁老太君直樂。

錢亦繡暗道，這就是曾氏和夏氏的聰明之處，曉得梁老太君和梁則重希望家庭和睦，在打壓崔氏的同時，又捧著她的兒媳，讓人感覺她們沒有私心，不過心直口快，以事論事。

等男人們都回來後，梁則重跟兒孫笑談朝中局勢。乾武帝好像採納了梁錦昭的提議，下定決心要大力發展水軍，已下旨讓工部、兵部加緊準備，連新任從七品官的梁錦琛聽了，都極為興奮，與兄弟叔伯交換看法，唯獨梁宜謙左顧右盼，不說話，似跟誰嘔著氣。

梁宜謙那副樣子，看得梁則重和梁老太君直皺眉。

錢亦繡暗暗感嘆。幾年前，梁宜謙志得意滿，崔氏神采飛揚，如今崔氏被打垮還情有可原，畢竟遭逢的是大難。而梁宜謙，只因從權力巔峰落下，就如此想不開，真不像梁老狐狸培養出來的兒子。或許是原來的路太順，陡然來個打擊，就受不了。

飯後，梁老太君和梁則重留下梁宜謙，讓其餘人各自回院子。

梁錦琛吩咐應氏先回去，他扶崔氏回正院。

小半個時辰後，梁錦琛步出正院，去了蓮香院。

看見梁錦琛上門，梁錦昭以為是來下棋的，忙請他坐，又叫丫鬟擺棋盤，讓錢亦繡把金蛾翼拿出來待客。

梁錦琛沒坐，而是紅著臉，對梁錦昭和錢亦繡彎腰鞠躬。

「大哥、大嫂，我已經說過應氏和秦姨娘，請你們大人大量，別跟她們一般見識。那些婦人的心眼，只像針孔那麼大。」看了錢亦繡一眼，又趕緊改口。「對不起，我沒有說大嫂的意思。大嫂是女中丈夫，自然不是一般婦人能比。」

梁錦昭趕緊擺手。「三弟，你這麼說就見外了，咱們是親兄弟，不管是誰，都無法壞了我們的手足之情。之前我不在府裡時，都是你在娘跟前盡孝，大哥知道你的心。」

梁錦琛很感動，道：「謝謝大哥體諒。剛才我去母親那裡請罪，母親也極大度……」他沒好意思繼續往下說。崔氏雖然對他冷淡，但他相信總能把她哄過來，畢竟有這麼多年的母子情分。

至於應氏和秦姨娘，就難讓崔氏消氣了。今天，秦姨娘去正院跪足一日，崔氏都沒見她。雖然看在應氏有孕的分上，見了她，說話卻是夾槍帶棒。

梁錦琛覺得，應氏和秦姨娘是該受些教訓，心大，又不懂審時度勢。別家的庶子，被嫡母打壓，甚至迫害至死，而他何其有幸，嫡母拿他當親子一樣疼愛，嫡兄與嫡妹也沒瞧不起他，當他是同胞兄弟。她們卻不知感恩，不曉得幫他把嫡母哄好，還生出不該有的心思。

於是，兄弟倆把話說開後，便去西側屋下棋，錢亦繡極賢慧地親手為他們沏茶，這場風波總算結束了。

第二天早上，錢亦繡剛送走梁錦昭，就見應氏來了蓮香院，約她一起到正院給崔氏請安。

錢亦繡裝作什麼事都沒發生，笑嘻嘻地請她在屋裡坐坐，然後才去正院。

路已經全乾了，兩個孕婦就自己走，權當是活動筋骨。

一進正院，就看見秦姨娘紅著臉站在房簷下，下人進進出出，卻無人理會她。應氏的臉立時脹紅，錢亦繡則當沒看見，兩人越過她，進了上房。

側屋裡，梁宜謙和崔氏正盤腿坐在炕上吃早飯。昨天是梁宜謙留宿的日子，崔氏的眼角眉梢帶了喜氣，看著比往日柔和得多。

錢亦繡見狀，想起前世的一句話——被愛情滋潤過的女人格外美麗……

等他們吃完飯，幾人才去萬和堂，都像沒看到秦姨娘一樣，越過她走出去。

轉眼到了五月十六，是梁錦玉出嫁的日子。

梁錦玉不僅是衛國公的嫡長女，夫家還是太豐大長公主府，夫婿韓錦添又是今科探花，如今已在翰林院任編修。

梁家人打足精神準備，嫁妝自不必說，公中拿出六萬兩銀子，梁老太君掏出一萬兩私房，崔氏則貼了二萬兩。錢亦繡提前幾天去添妝，送了貴重頭面、最頂級的蓮艾妝黛，還有一套最時興的四十六件紫色玻璃器皿，是梁錦玉指定的。

成親當天，身為孕婦的錢亦繡沒去觀禮，站在蓮香院的海棠樹下發呆，忽然聽見兩道熟悉的聲音從院子外傳來——

「大姊，我搶了兩個紅包。」

「我搶了三個！」

是錢亦明和萬伏。

錢亦繡樂起來，笑容比樹上的海棠花還燦爛。

兩個多月來，她忙著安胎，只見過吳氏和潘月，極想念其他親人。之前錢滿霞又生了個兒子，她也沒去看。

錢亦繡剛走兩步，便看見院門被撞開，滿身喜氣的錢亦明和萬伏瘋跑進來，被緊隨其後的乳娘拉住，叫道：「哎喲，別衝撞到大姑奶奶。」

兩個孩子雖被乳娘抓著，仍大聲說：「我們也堵了門，出題考新郎官……」

接著，錢三貴、吳氏、錢滿江、潘月、錢滿霞、錢亦靜和萬芳隨後進來；潘駙馬竟然也來了，他想外孫女，沒去大長公主府，而是過來這裡。

錢亦繡一手拉著錢三貴，一手拉著潘駙馬，請眾人去了廳屋。

眾人熱熱鬧鬧說了一陣子話，才去花廳吃席。

飯後，梁家請了京城最著名的戲班唱戲。本來錢亦繡不喜歡，但聽說今天要唱「陌上花開」，便興味盎然地去看了。

這齣戲雖是以前朝為背景，但所有人都知道，戲中的主角錢郎和月娘，是在影射錢滿江和潘月，歌頌他們堅貞不移、可歌可泣的愛情故事。

如今，不僅戲班會演他們的故事，文人墨客更把他們的愛情寫進詩詞歌賦裡。除了這齣「陌上花開」，還有另一家戲班排的「錦屏記」，也是錢滿江與潘月的故事。不過，「陌上花開」主要是說月娘在鄉下癡癡等待，盼望去邊關打仗的夫君快些歸來。而「錦屏記」則是錢郎以國家為重，到敵人陣營去當暗樁，為掩飾身分，還娶了平妻。當他看見月娘繡出來的錦屏，淚流滿面，不顧一切千里回鄉尋妻。

兩齣戲一面世，就在大乾朝引起風潮，觀看的人絡繹不絕，偶爾還會進宮唱給貴人聽。最受老百姓和婦人喜歡的，是詞曲皆美的「陌上花開」；最讓士大夫讚譽的，是有愛國情懷的「錦屏記」。

錢滿江先偷偷帶潘月去戲園子裡看了，之後又特地把兩家戲班請去家裡唱堂會，讓更多人欣賞。

潘月和錢家人是兩部戲都喜歡，而錢亦繡一聽「錦屏記」的內容，就不喜歡了。本來挺美的故事，非得弄個平妻進來，實在讓人噁心。

潘月看完「陌上花開」，又再次被劇裡的主角感動，哭得眼睛和小鼻頭通紅。

錢亦繡今天是第一次看這齣戲，雖然親眼見證錢滿江和潘月的愛情，卻也被這齣戲深深吸引。扮演錢郎和月娘的演員漂亮，唱得又好，尤其戲裡的唱詞優美綺麗、文彩斐然，卻又直白易懂，讓不喜歡古文的她也咀嚼再三，欲罷不能。

女眷們都落淚了，但哭得最厲害的，卻是崔氏。或許這齣戲裡有她的追求，卻沒有得償所願吧。

見她這樣，錢亦繡對她的怨懟一下子全沒了。

崔氏喜歡寫詩吹簫，又不顧一切追求真愛，如今卻過這種日子，也是可憐。

況且，真心愛丈夫、疼子女的女人，總是值得人尊敬。

之後，錢亦繡再去正院給崔氏請安時，笑容真誠，殷勤許多，哪怕崔氏嫌棄她，也一笑而過。

心變了，看待事物的眼光也跟著變。

崔氏不是傻子，別人對她真心好，她感覺得到。況且，親閨女嫁去別人家，兒子跟男人也天天忙，之前庶子媳婦生出歪主意，有些離了心。這時錢亦繡送上真溫暖，再加上向嬤嬤時時在她耳邊念叨梁錦昭和梁錦玉的叮囑，才真心接納了這個兒媳婦。

婆媳關係改善，最高興的莫過於梁錦昭。

這天晚上，梁錦昭從崔氏那裡回來，拿出一只極好的翡翠鐲子給錢亦繡。「這是娘平時戴的，讓我交給妳。」竟是樂得笑逐顏開。

錢亦繡抿著笑接過。崔氏送出平時戴的東西，算是徹底接納她了吧？

之後，梁家又辦了兩件大事。

六月二十八，梁府四爺娶親。

七月六日，應氏生了一個女兒，取名梁思秋。

梁府第五代有了姊兒，卻還沒有兒子，長輩們失望不已。不過，御醫順道給錢亦繡把脈，說她懷的是雙胎，又讓長輩們高興起來，盯著她的肚子，希望能一舉得男，最好生下兩個大胖小子。

應氏好強，作夢都想生兒子，得知是女兒，難過得哭了，對不起夫君，又讓婆婆失望。梁錦琛低聲笑勸她。「傻瓜，生個閨女才好。我的出身在這兒，比也比不過，徒增煩惱。若生下長孫，讓他有了爭強好勝的心思，反倒不美。風頭讓大哥、大嫂他們出，咱們埋頭過日子，冷暖自知。至於姨娘，我會勸她的……」

應氏聽了，心裡才好過，頓時覺得能找到這樣一個心胸寬廣的男人，實在是幸事。

七月二十八日，是潘月三十歲壽辰。這回，錢滿江卯足了勁，要為潘月好好辦生辰宴，一個月前就開始準備了。

本來錢亦繡想親手為小娘親做雙層生日蛋糕，但她的肚子已經很大了，梁家長輩嚴禁她再進廚房做吃食。

錢亦繡無奈，只得在禮物上花心思，送了兩樣生辰禮。一樣是最頂級的珠光蓮艾妝黛，裡面加了洞天池珍珠磨的粉，絕對美白養顏。

另一樣是用龍香樹製的香露，名字就叫「龍女」。這種香水好聞，氣味淳厚，又極具誘惑力，最適合美麗的中年女人。所用的龍香樹葉是高價從波斯人手裡買的。

前幾天，錢亦繡送了一小瓶「龍女」給崔氏，崔氏用了後，聽說梁宜謙最近幾乎天天都往正院跑，喜得崔氏又送她幾疋好緞子。

潘月壽辰當日，錢家賓客盈門，不僅有京城的權貴，連遠在千里之外的張仲昆父子及錢四貴都來道賀。

今天，錢亦繡終於又看到好久不見的朱肅錦，帶著三個大肚子妻妾來給潘月祝壽。他瞪了對傅明蘭等人的肚皮燦爛笑著的錢亦繡一眼，紅起臉，有些不好意思。

依舊美麗的潘月端坐在椅上，接受自家兒女與晚輩的跪拜。朱肅錦則領著三個妻妾，對她長躬及地。

拜完壽，錢亦繡就以廳裡人多，怕衝撞貴人，驚著皇家血脈為藉口，帶梁錦昭和朱肅錦、傅明蘭等人去了香雪院。

# 第一百六十六章

眾人還沒到大門口，就看到動物之家向他們奔來。

除了大山和白狼，所有成員都在。前段時日，牠們去鄉下玩了半個多月，前兩天才回來，住在香雪院。

牠們猴急地圍著朱肅錦和錢亦繡打轉，知道錢亦繡懷了寶寶，不能對她瘋，伸出舌頭舔舔她後，就跟朱肅錦玩起來。

猴哥過來牽著錢亦繡的手，咧著嘴笑，指了指站在兩步遠的猴妹，猴妹正對他們溫柔地笑著。

錢亦繡問道：「猴妹怎麼不過來跟姊姊親熱親熱？」

猴哥拉拉錢亦繡，摸摸自己的肚子，比劃出大的樣子。

錢亦繡恍然大悟，猴妹應該是懷孕了，笑道：「猴妹要當娘了嗎？」見猴妹羞澀地點點頭，不禁大喜。「太好了，恭喜你們，這真是咱們家的大喜事。姊姊馬上讓人給猴妹做營養吃食，好生個健康的壯寶寶。」

朱肅錦聽了，也起身道賀。「猴哥要當爹了，恭喜恭喜。」

猴妹這才過來，一手拉著錢亦繡、一手拉著朱肅錦，不好意思地低下頭。

梁錦昭也笑。「猴妹還不好意思了。這有什麼？當娘是好事，咱們都替你們高興。等你們的寶寶生出來，正好跟我們的寶寶，還有太子殿下的寶寶一起玩，多熱鬧。」

幾人想到幾個孩子跟一隻小猴子鬧成一團，便大笑起來。

自從錢亦繡嫁給梁錦昭後，猴哥對梁錦昭就有些不滿意，但這話牠愛聽。這麼久以來，第一次給了梁錦昭大大的笑臉。

和動物之家寒暄後，大家才進了香雪院。

現在是秋天，幾人沒進屋，坐在院子裡的樹下喝茶聊天。動物之家或坐，或是趴在草地上，悠閒地玩鬧。

女人們多說著養胎經，哪怕傅明蘭她們已經知道錢亦繡懷的是雙胎，但看見她的肚子大得多，還是羨慕不已。尤其是韓靈兒，嘴都嘟起來了。這幾個人裡，她的肚子最小。

錢亦繡笑道：「胎兒長得壯當然好，卻也不能太大，否則不好生。」

她還發現，朱肅錦很會搞平衡，這幾個女人看起來相處融洽，至少表面如此。不知是真的姊妹情深，還是未到起衝突的時候？

之前錢亦繡聽潘月講過，朱肅錦尊重正妻傅明蘭，卻寵愛韓靈兒，又照顧霍淑琴。幾個女人偶爾會鬥嘴，但沒有大鬧。

潘月很佩服朱肅錦。「太子能幹，當他的女人，真的很省心呢。不像有些男人，娶了那麼多女人，又管不住，後院被弄得一團糟……」

今天一見，果真如此。三個女人，他都顧及到，而且嚴格遵守等級。

熊孩子，帝王的平衡之術先用在家裡了。

錢亦繡有些好笑，又為沒嫁給朱肅錦感到萬幸。小哥哥再好，未來是皇帝就不好，太多身不由己。

錢亦繡徵求朱肅錦的意見後，遣人把弘濟、張央和宋懷瑾、錢滿霞請來，這些人都是在鄉下一起玩的。想了想，又去請梁錦玉。

人一多，更加熱鬧。張央還給四個孕婦把脈，說胎兒都好；又勸錢亦繡多動動，她的肚子太大，可能會早產。

他的話，不僅讓梁錦昭緊張起來，朱肅錦和弘濟也有些擔憂。

張央趕緊解釋：「沒有大礙，就是平時多走動，最好控制食量，別讓胎兒長得大太。」

弘濟急道：「姊姊，聽見沒有，別嘴饞，多吃素食。」

中午，這些人沒去前院，向廚房要了酒菜，還給弘濟單開一桌素席。

弘濟擔心錢亦繡，硬把她領到他那桌，跟他一起吃素。

飯後，年輕人回了前院陪潘月說話，看完戲後，便陸續告辭。

隔天起，錢亦繡開始遵照張央的交代，每天繞著內院長廊走兩圈；還特意控制吃食，不像原來那樣想吃就吃，也不敢多吃肉食和點心。

八月十五，太皇太后過生辰，錢亦繡挺著大肚子進宮道賀。這次沒有大辦，只有皇親和一些高門女眷去慶賀。

錢亦繡看見，朱肅錦身後除了三個大肚子妻妾外，又多了兩個眼生的女人。他也不像往日那樣謙恭，臉上似有戾氣。

錢亦繡沒機會跟他多說話，打過招呼就退開了。

後來，她聽潘月說，那兩個眼生的女人是閔太后賜的，分別出自她娘家與白家，閔氏封良娣，白氏封承徽，說是三個妻妾都懷孕，服侍不好朱肅錦，需要添人。但朱肅錦似乎不喜歡這兩個女人，對她們的態度遠不似對三個妻妾的好。

潘月也頗有微詞。「閔太后有些拿大了。她雖然被封太后，卻不是皇上的生母，也沒養過皇上，所有人都知道，她被封太后，只是皇上的權宜之計。現在突然弄兩個女人進東宮，太子才十六歲，還是個孩子……」

錢亦繡了解朱肅錦，很同情他。朱肅錦在鄉下長大，又受錢家的氛圍感染，聰慧正直，善良厚道，起初娶三個妻妾是萬不得已，想趕快開枝散葉。現在再弄兩個女人進來，搞得他像好色的人一樣，肯定不高興。

一晃到了十月，錢亦繡的肚子大得像要炸開，走路的步子邁得再大，都看不到腳尖。梁錦昭和長輩們擔心得要命，已經早早請來兩個厲害醫婆與接生婆備著，宮裡又派兩個善婦科的御醫過去。

弘濟也住進梁府。他是常客，有專給他準備的院落。他不放心錢亦繡，每天都來蓮香院看看；又應錢三貴和潘月的請求，每天派人送信回錢家，報告錢亦繡的情況。

錢亦繡的產期是十月底或十一月初，但大夫都說她要早產，隨時都可能生。

十月初二上午，錢亦繡正坐在萬和堂裡陪著梁老太君說笑，突然覺得肚子痛起來。梁老太君一驚，趕緊讓人用小轎把她抬回蓮香院，送進已經收拾成產房的西廂。陣痛開始，錢亦繡的嚎叫不時從屋裡傳出來，梁家女眷全在這裡守著。不久，接到消息的吳氏和潘月也趕來。

錢亦繡知道生孩子會痛，但沒想到這麼痛，痛得恨不得去死。

接生婆說，她的胎位不正，不停按摩她的肚子，希望把胎兒的頭順到下面來。生到第二天，孩子還沒生下來。

錢亦繡一陣清醒，一陣迷糊，覺得自己要死了——或許已經死了——因為她好像重返前世，身子還飄了起來，看到尚青雲……

尚青雲老了許多，像近五十的人。

此時，尚青雲正怒視一個三十多歲的美豔女人，指著地上摔爛了的玻璃鏡框，咬牙切齒地說：「妳竟敢把『她』摔到地上！」

錢亦繡飄過去，看到玻璃碎片下的，居然是她和尚青雲的合影。

這是她和尚青雲某次去踏青時，她用手機自拍的。拍完後，尚青雲還開玩笑說：「刪了吧，要是妳將來的丈夫看到妳有個這麼優秀的異性朋友，會不高興。」

錢亦繡白他一眼。「我當然會刪，不用你操心。」然後，拿著手機按幾下。

其實，她沒刪，因為捨不得。

尚青雲蹲下來，移走鏡框，拿出照片。一不小心，玻璃碎片割破他的手指，血滴在照片上。

女人見狀，趕緊找來醫藥箱要幫他包紮，竟被他躲開了。

女人再忍不住，哭道：「她再好，也死了十幾年；我再好，卻永遠比不上她。你的手機裡、電腦裡，都存著她的照片……既然你忘不了最愛，還娶我幹什麼？」

尚青雲淡淡地說：「娶妳之前我就說過，這個世上，她才是我最喜歡的人，任何女人都比不上。」

女人說：「是，是我傻。我以為能感動你，能讓你忘了她，真心愛上我……活人永遠比不過死人，這死人快把我這個活人壓死了……」

錢亦繡吃驚不已。原來前世也過了十幾年，只是，她什麼時候變成尚青雲的最愛了？

她正納悶，就隱隱聽見梁錦昭的喊聲和哭聲。「繡兒，妳要挺住，我不能沒有妳……」

好像還有潘月的哭喊，錢三貴的嗚咽，朱肅錦叫「妹妹」的聲音……

對了，她已經穿越到另一個時空，還成了親，正在生孩子。丈夫愛她，親人愛她，她還是縣主，是女富豪……

尚青雲再好，追求的永遠是前面的人，而不是在身邊守候他的人……

又是梁錦昭的聲音。「繡兒，妳醒醒……」

兩世第一次當娘，她第一次要有自己的孩子了……

這個男人是真心愛她的，她要活下去，把孩子平平安安生下來！

錢亦繡忽然感覺身子一重，瞬間恢復了神志。

她猛地睜開眼睛，下身使勁，大叫後，一陣兒啼傳出來。

接生婆興奮地喊道：「生了，生了，是個小子！」

此時已是十月初四的申時，蓮香院裡站滿了人，連潘陽的媳婦傅氏及錢滿霞都來了。太皇太后還派太監上門探消息。

猴哥與猴妹也站在人堆裡，手牽手抹眼淚，生怕主人有個好歹。

紅著眼睛的梁錦昭被梁錦琛拉住，崔氏也守在他身邊，生怕他不顧一切衝進產房裡。

看到兒子傷心的模樣，崔氏直皺眉。男人疼媳婦是好事，可這樣也太沒出息了。

突然聽見嬰孩的啼哭聲傳來，眾人先愣了一下，才歡呼出聲；又聽接生婆喊道是個小子，又是一片大笑與道賀。

崔氏拍拍傻了的梁錦昭，紅著眼圈說：「傻小子，你有兒子了，娘有孫子了。」

錢三貴高聲問道：「還有一個呢？」

另一個醫婆高聲回答：「正在生。」

第二個比較順，大概半刻鐘後，又傳出一陣兒啼哭，接生婆喊道：「又是小子！大奶奶生了兩個小子！」

梁老太君立刻激動得哭了，連錢三貴都流出眼淚，梁則重直喊：「老天保佑！」梁家第五代終於盼到男娃了。

來等消息的太監笑道：「恭喜老國公，咱家這就回宮向太皇太后報喜，讓她老人家也樂樂。」

梁則重笑著塞了個荷包給他，送他出院子。

兩個孩子洗乾淨後，用包被裹上，過了秤，由兩個接生婆抱出來。都還閉著眼睛哭，聲音奇大。

錢亦繡也被醫婆與曾嬤嬤收拾乾淨，由產房抱進東屋歇下。

梁錦昭顧不得瞧孩子一眼，先去看望錢亦繡。

兩個接生婆把孩子抱到梁老太君跟前，笑道：「左腕上繫紅繩的是大哥兒，五斤整；右腕上繫紅繩的是二哥兒，四斤三兩。」

怪不得肚子那麼大，又生得這樣辛苦，兩個孩子加起來足有九斤多呢。

梁老太君看到還張著大嘴嚎的小子，眼睛都笑瞇了，朗聲道：「哎喲，這兩個小子長得可真俊，聲音夠響亮。」

宋氏也笑。「是啊，皮膚白，頭髮也好。」

潘月一改平日的矜持，直接衝進看孩子的人堆裡，把崔氏擠得踉蹌，笑道：「外婆的外孫，好壯實的小後生。」

幾個長輩和朱肅錦輪著看一遍，梁老太君就讓接生婆趕緊把小娃抱回屋裡，別吹了風。

擠不上去的錢滿江很想大吼：「我這個外公還沒看到呢！」話卻卡在嗓子眼，眼睜睜看孩子被抱進了屋。

錢亦繡再次睜開眼已經是深夜。梁錦昭正坐在她身邊，拉著她的手，深情地凝視她。

靈魂回了前世一趟，看見愛得心碎、至今仍會想起的尚青雲，錢亦繡似有所悟。

對身邊這個男人，她沒像愛尚青雲那樣，愛得死去活來，更沒像潘月和錢滿江那樣愛得驚天動地，甚至不像對朱肅錦那樣上心。之所以嫁給他，是基於各種理由，甚至因為不得以的賜婚。

但是，每當處於危險或困難時，都是梁錦昭在身邊保護她、守著她、幫助她。

他的眼裡，沒有算計、沒有衡量、沒有別人，始終如一，只有她。

他寬厚坦蕩、善良平和，還英俊挺拔、聰明睿智、才華橫溢、出身高貴……身上有那麼那麼多優點，身邊有那麼多喜歡他的姑娘，卻始終如一，喜歡她這個鄉下丫頭。

他，才是她今生的良人，是值得她全心全意去愛的男人。

像錢滿江和潘月那樣，愛得轟轟烈烈又長久的神仙眷侶實在太少，等得又太苦太苦。

還有乾武帝和元后，「依舊桃花面」又如何？人活著時，給不了忠貞和安逸；死後，追封再多都沒用。

她何其幸運，天天守著相愛的男人，過著平凡日子，這才是最幸福的……

錢亦繡拉回思緒，抬起另一隻手，摸著梁錦昭的臉、鼻子、嘴，輕聲道：「我是你喊回來的，回來給你生兒子，回來守著你。」

說完，她咧開嘴笑起來，眼淚卻順著眼角流下。

梁錦昭低頭看她，兩滴滾燙淚珠落在她臉上，吻她一下，笑道：「我把妳喊回來了。妳給我生了兩個胖小子。」

話音剛落，睡在旁邊床上的兩個孩子又嚎上了，聲音高得能掀翻房頂。

錢亦繡坐起身，想餵奶。家裡也找了兩個乳娘，準備在錢亦繡的奶不夠時，換她們餵。曾嬤嬤端著托盤進房，笑道：「大奶奶，先把這碗雞湯喝了再餵。」

錢亦繡也餓了，接過碗，把雞湯喝完了。

兩個小子被乳娘抱在懷裡，還在哭。

錢亦繡先接過大哥兒，乳頭一塞進孩子嘴裡，他就大力吸起來。剛開始沒有奶，大哥兒又死命吸，痛得錢亦繡哎喲出聲。等吸出奶後，小傢伙才悠閒地吃起來。

左邊吃完，錢亦繡把二哥兒抱過來。二哥兒的勁稍微小些，但也痛得她直皺眉。

兩個小傢伙還不夠，又吃乳娘的奶才飽，打了嗝，躺回床上繼續睡。

隔天，梁則重為兩個重孫取了大名，大哥兒叫梁思誠，二哥兒叫梁思信。

# 第一百六十七章

日子過去，兩個小子能吃能睡能鬧騰，嗓音又奇大無比，是長輩們的心頭寶。

每天巳時，梁老太君都會和宋氏來蓮香院看他們，說是一天不看就睡不著；梁則重隔三差五也會厚著臉皮，待晚上梁錦昭回家後，等在廳屋裡，讓乳娘抱出孩子，瞧兩眼就走。

現在，崔氏都會陪著兩位老人家到蓮香院，既能跟她們修好，又能看孫子，兩全其美。至於手頭的中饋，不再那樣重視。她看出來了，把這個家管得再好，也比不上攏住長輩的心，比不上有孫子的底氣。

這天上午，外面陰沈沈地颳起大風。

白珠拎著食盒進來，還帶進一股涼氣。

曾嬷嬷嗔道：「天氣變了，以後先在外面把涼氣驅散再進來。」

白珠伸伸舌頭，答應一聲，把食盒裡的吃食一一端出來。一小碗羊奶荷包蛋、一小碗花生豬腳湯、兩顆肉包、兩個小藕粉糕。這就是錢亦繡營養的發奶早膳。

兩個孩子能吃，為供應足夠的奶水，錢亦繡也使勁吃，還好她像了潘駙馬和潘月，吃得再多也沒有胖得變形，只比之前豐腴些。

二十五天來，小兄弟倆已經長開許多，又白又胖，頭髮油亮。

但兩個小傢伙長得不是特別像，梁思誠像梁錦昭，要高些、壯些；而梁思信像錢亦繡，比較俊美。但兄弟倆長得都好，比同齡的孩子健壯高大，也有力得多。

辰時末，兩個小傢伙準時醒來，先用小拳頭揉揉鼻子，又揉揉眼睛。今天多了新動作，就是這個打了那個的臉，那個揪了這個的耳朵，接著，便是大哭。梁思信先張嘴嚎，然後梁思誠跟著，嗓門大得連院子外面的人都能聽見。

錢亦繡笑道：「喲，今天會掐架了。等會兒講給老祖宗聽，讓她也樂樂。」

於是，她讓人把哭得打嗝、臉脹得通紅的梁思信先抱來。沒辦法，會哭的孩子有奶吃。餵了左邊的奶，再給乳娘繼續餵。又抱過哭聲震天的梁思誠，餵完右邊的奶後，同樣交給乳娘。

兩個小傢伙吃飽喝足，拉了臭臭，清乾淨後，被放在錢亦繡的大床上。

兩個孩子躺在床上時，錢亦繡不許人把他們裹緊，讓他們隨意動。

此時是小傢伙最滿足的時候。睜著葡萄般的大眼珠到處看，還啊啊叫著，偶爾吐幾個泡泡，由於嘴裡還有些奶，吐出的泡泡像前世的泡泡糖。或許剛才的架還沒掐夠，不一會兒，兩個小人又抱在一起，一個啃鼻子、一個咬下巴。

錢亦繡笑咪咪地看得正來勁，見又哭起來，趕緊把他們分開，哄好了，才讓人抱回他們的小床睡下。

萬和堂裡，梁老太君已經走到門口，看到陰沈的天氣，還是聽了眾人的勸，沒去看玄孫。坐回羅漢床上，心裡像貓抓一樣難受。

崔氏笑道：「老祖宗，孫媳婦代您去看您的玄孫子，再回來向您稟報。」

梁老太君連聲說：「好，快去快去，看看我那兩個玄孫子長胖沒有？再問問昭兒媳婦，孩子滿月時，他們娘家有哪些要請的客人？」

崔氏咯咯笑著，對梁老太君曲膝便向外走去。如今，她不只話多，笑聲也大了。出門時，她意味深長地看了曾氏和夏氏一眼。她娘家是倒了，但她又添了兩個大胖孫子，這個倚仗更硬。這就是命好，失去那樣，老天會另補給她這樣。

來到蓮香院，崔氏看看兩個小傢伙，又聽錢亦繡和曾嬤嬤繪聲繪色地講了他們掐架的事，用帕子捂著嘴笑了好一陣，才回去向梁老太君稟報。

晚上，下起小雪。

梁錦昭沒按時回來，派小廝告訴錢亦繡，他有事，讓她別等他。

大概亥時，才聽到他急促的腳步聲，錢亦繡笑著對兩個剛拉完臭臭的小傢伙說：「你們爹爹回來了。」

這時，側屋裡的彩雲說：「大爺，外面冷，您先暖和暖和，換了衣裳再進屋。」

梁錦昭喔了聲，換完衣裳，先去淨房淨面洗手，才進臥房，過去親錢亦繡一下，伸手摸摸兩個小傢伙，卻沒像往日一樣逗弄他們，臉色微沈。

看樣子，梁錦昭或許遇到了什麼麻煩。若是差事，他願意說，她便認真聽，偶爾還會出出主意；若他不願意說，她也不會主動過問，完全尊重他。

梁錦昭沈默一會兒，對錢亦繡說：「朝裡出大事了，我今天一直陪著太子。」

錢亦繡聽跟朱肅錦有關，便急了，問道：「什麼大事跟我哥哥有關？」一著急，總會把朱肅錦叫成哥哥。

梁錦昭回答：「大公主的婆家譚家，被查出曾經虐待大公主和她的女兒，致使母女倆死於非命。皇上震怒，下旨滿門抄斬，誅三族，男女老少，一個不留。」

他嘆了口氣，繼續說：「太子殿下極傷心，覺得從未謀面的姊姊死得太可憐；還有小外甥女碧姊兒，死的時候，還不到六歲……但是，殿下仁慈，覺得譚府一家該殺，可那些不知情的旁支，尤其是幾個孩子，罪不致死。

「哎，他既恨譚家，又可憐孩子，矛盾極了。但現在，或許只有殿下的話，皇上才能聽進去，不大開殺戒。」

大公主朱佳倩在乾武帝和元后還是寧王與寧王妃，被發配北疆時，讓葉貴妃嫁給嶺南梅州譚知府的兒子。

譚知府是葉家的小爪牙，揣測葉家讓他兒子娶寧王之女，就是存心想讓他們折騰她。所以，朱佳倩嫁進去，譚知府就把她身邊的人全打發走，縱著兒子與女眷使勁折騰，致使她的身體一直不好。

後來，寧王解禁回京，葉家也倒了，譚家因為娶了寧王的女兒，竟逃過一劫。

寧王和寧王妃派人去梅州看女兒，譚家怕事情暴露，居然拿捏朱佳倩的女兒威脅她，不許她跟來人說真話。朱佳倩膽子小，又善良，便沒敢跟去看她的人開口。

後來，寧王登基為乾武帝，朱佳倩被封為大公主，譚家才真的怕了。乾武帝狠戾，要是知道他們虐待大公主，肯定饒不了，便給大公主餵毒，說她身子不好，病死了。

大公主過世後，譚家又怕她的女兒碧姊兒亂說話，畢竟碧姊兒已經懂事，遂喪心病狂地溺死她，說那孩子因為喪母難過，失足落水。

錢亦繡聽了，氣得直咬牙，流著眼淚罵：「喪良心的東西，該殺！」頓了頓，又說：「不過，那些不知情的旁支，的確死得冤枉；還有那些孩子，他們什麼都不知道……」

她擦擦眼淚，對梁錦昭說：「現在太子殿下肯定難過極了，明天大爺把他請來家裡，我再派人去請我娘、我奶奶，還有弘濟，一起安慰安慰他。」

夜裡，夫妻倆上床，錢亦繡總睡不踏實，又想起給她託夢的元后，還有沒見過面的大公主母女。乾武帝那麼強勢、鐵腕，可他的髮妻、庶女和外孫女活著時，日子都過得苦。

乾武帝再能幹有什麼用？也保護不了最愛他的和他最愛的人。哪怕把譚家人全殺光，大公主母女也活不過來。

朱肅錦那麼善良，生母和庶姊死得淒慘，他有多傷心……

錢亦繡又難過起來。朱肅錦是太子，是龍子龍孫，但他歸家後，為什麼她想到他時，最多的感覺是心疼呢？

不知朱肅錦會不會順利繼承皇位？也不知元后留一手，是不是多餘？但願是她想多了。

梁錦昭累了一天，頭沾枕就睡著。半夜醒來，才發現小妻子翻來覆去，還有低低的嘆息和夢囈，似乎睡著了，又似乎是清醒的。

他伸出胳膊，把錢亦繡摟進懷裡，低聲耳語。「繡兒，不要想太多。每個人的命運不同，這跟他們的選擇或身上的責任有關。汝之蜜糖，彼之砒霜。妳覺得宮裡不好，但大把姑娘都想往那裡鑽呢……」

梁錦昭的手掌溫暖，加上被他慢慢拍著，錢亦繡平靜下來，笑著輕聲道：「哎呀，別靠我太近，我身上有味道。」

梁錦昭吸吸鼻子。「嗯，是有味道，奶味，但我喜歡。」

錢亦繡聽了，忍不住在他懷裡笑出聲，真的放鬆，漸漸睡著。

第二天，外面依然飄著小雪，寒風凜冽。

錢亦繡剛把吃飽喝足的小兄弟倆哄睡，崔氏就來了。

崔氏披著黑底五彩灑花緞面出風毛斗篷，裡面是暗紅對襟短襖，看起來明媚端莊。若是忽略稍顯鬆弛的皮膚，便感覺多年前那個美豔開朗的少婦又出現了。

自信真是妙不可言。有些人弄丟了，終其一生找不回來，可有時卻會因為意想不到的契機，讓人拾回自信，並重新振作。

曾經被打擊得像無頭蒼蠅的崔氏，因為有了一對雙胞胎孫子，又立起來。

沒有愛情，有親情；沒有娘家，有孫子，總有希望。

崔氏待在小床邊看孫子，眼裡抑制不住喜悅。

等她看完，錢亦繡說完小兄弟這一天一夜的趣事，才道：「娘，昨天大爺回來說，太子心疼大公主死得淒慘，難過異常。媳婦想請他今晚來吃頓飯，勸勸他。我想著，再把我娘和弘濟小師父請來，會更好。」

崔氏點頭。「唉，昨晚我們也聽公爹說了，大公主母女真可憐。大公主小時候，我也看過一眼，真真是個溫柔漂亮的小姑娘，譚家真是喪盡天良，怎麼忍心虐待那麼好的人？」說完，還擦了擦眼淚。

接著，她又遺憾地告訴錢亦繡。「老祖宗和公爹說了，這次皇上震怒，咱們不好大張旗鼓地為孩子辦滿月，只請幾家親戚來吃飯就好。」

錢亦繡應下。「嗯，大爺也這麼說。可不要在這時候找不自在。」

婆媳倆說好，崔氏就去向梁老太君回稟了。

下午，錢亦繡歇過午覺，來到東側屋的炕上。大炕在北窗下，她斜倚著，就能看到外面的景色。怕她還沒出月子就吹到風，屋裡不只燒了炭，炕也是熱的，還墊上被子。

玻璃上的冰花不太厚，透過晶瑩的冰花看外面，景色朦朦朧朧，依稀能看到雪花紛紛揚揚地飄落，落滿地上、樹上、層層疊疊的飛簷翹角上，整個世界銀妝素裹。

相比之下，錢亦繡更覺得屋內溫暖如春。

這時，白珠隔著門簾道：「大奶奶，咱們家的夫人和大奶奶、弘濟小師父他們帶著哥兒、姊兒來府裡了，先去萬和堂給梁老太君請安。」

錢亦繡聽說連弟弟妹妹都來了，極高興，她好久沒見到他們，隨即吩咐人去小廚房做些小孩子愛吃的點心。
不久，錢家女眷帶孩子和弘濟來了，先在廳裡的炭盆前驅散身上寒氣才進側屋。
錢亦明和錢亦靜立刻衝到小床邊，看見睡著的小兄弟，極懂事地不大聲吵鬧。
錢亦靜不可思議地說：「他們好小呀，比弟弟還小。」
錢亦明老練道：「他們是咱們的外甥，小弟弟一輩，當然比他小。」
錢亦靜恍然大悟，又抬頭問錢亦繡。「姊姊，外甥什麼時候會說話？我好想聽他們叫我小姨呀。」
錢亦明趕緊補一句。「還有舅舅。」
錢亦繡笑著捏捏他們的小臉。「明年他們就會喊小姨、喊舅舅了。」
兩個小人高興地笑彎了眼，繼續排排站著看外甥。
幾個大人圍在小床邊看過孩子，吳氏和潘月才坐到炕沿邊，弘濟則坐椅子上。
幾人先關心孩子跟錢亦繡的身子，潘月還親手給兩個小傢伙各做了一身衣裳。
小紅衣裳上的金色福字紋是用挑花針繡的，好看又有立體感，很適合辦滿月酒時穿。
錢亦繡十分喜歡，說道：「謝謝娘。這種針法多費事啊，娘辛苦了。」
潘月笑道：「他們是娘的外孫，娘做著高興，才不覺得辛苦。」
弘濟也送了兩隻用花梨木雕的小貔貅給小兄弟倆，當作見面禮。
之後，大家說到大公主母女及朱肅錦，吳氏和潘月用帕子抹起眼淚，弘濟也嘆氣。
天色暗下，想著朱肅錦快要過來，錢亦繡喚人把小床抬進臥房，讓小兄妹去裡面陪小外甥玩。

天黑後，梁錦昭領著朱肅錦來了。

朱肅錦穿著黑底雲紋錦緞長袍，頭上只簡單插了支白玉簪，臉帶鬱色，唇抿成一條縫，嘴邊還有一圈淡淡的黑色鬍碴。他又瘦了，似乎連肩膀都垮下。

古人早熟，朱肅錦又長得高大，加上娶了幾個媳婦，錢亦繡總恍惚覺得他是個大人了。可今天一看，他還只是個半大孩子，更加心疼他，眼圈不覺紅起來。

朱肅錦只聽說會把弘濟請來，卻沒想到吳氏和潘月也在，愣了一下。

自從聽說庶姊和外甥女的真正死因後，再想到親自撫養庶姊的亡母，他的心中似有一團烈火，要把他燃盡。他怕這團火再把乾武帝燒得更加暴戾，一直忍著，憋得難受。

看他這樣，吳氏和潘月都流淚了。潘月見朱肅錦要坐去弘濟身邊，便伸出手來，柔聲道：「錦娃，好孩子，到娘這邊來，娘想你。」

吳氏聽了，便坐去椅子上，騰出位置給朱肅錦。

朱肅錦來到潘月面前，沒去她身旁的炕上，而是坐她腳邊的踏板，抱住她的腰，把頭放在她腿上，低聲道：「娘，兒子也想您，想得緊。」

潘月撫摸他的頭髮、臉頰，溫柔地說：「錦娃，娘在這裡，有事跟娘說，別放在心裡，當心憋壞了。」

朱肅錦聽了，再也忍不住，抱著潘月，嗚嗚痛哭。「娘，兒子心裡難受……」

錢亦繡和吳氏也跟著低聲哭泣，潘月流淚道：「錦娃乖，哭出來就不難受了。再大的事情也不怕，你還有這麼多親人，我們都站在你後面，幫著你……」

朱肅錦一邊哭，一邊絮叨，說元后、大公主、碧姊兒如何可憐，如何活得艱難，死得悲慘，他如何沒用，沒保護好她們……

又說，他被寄養在錢家，是多麼幸運、多麼幸福，是一生中最快樂的日子。若是去了別人家，他能不能活下來也未可知。宮裡不好，遠沒有錢家溫暖舒心……

潘月安慰著他，錢亦繡也哭著插幾句。

朱肅錦痛痛快快哭過一陣，似乎好了些。藍珠、紫珠、白珠、粉珠便端盆子進屋，讓幾人淨面，才又坐下敘話。

要吃飯時，錢亦明和錢亦靜終於被放出來。兩個小人兒的眼睛都是紅的，因為他們聽到娘親和哥哥姊姊哭得厲害，也在房裡跟著大哭。

錢亦靜還拉著朱肅錦的手說：「太子哥哥，你別回宮了，跟我們回家住。」

朱肅錦摸摸她的小包包頭。「哥哥也想，但是不行，宮裡是哥哥的家。」

話落，他又跟錢亦繡說，想看看兩個孩子。

錢亦繡便讓丫鬟去叫乳娘把孩子抱出來。

看見兩個軟軟的小人兒，朱肅錦笑起來。有孩子真好，這就是希望，等他的孩子出生後，他們在的地方，才會讓他有家的感覺。

他伸手抱抱小兄弟倆，各給一尊羊脂玉飛馬當見面禮，至於滿月酒，他就不來了。

錢亦繡見狀，心更酸了。

這天夜裡，梁錦昭上床後，更黏錢亦繡，把她抱得緊緊的，滾燙身子讓錢亦繡又出了一身汗，覺得後背更癢，味道也更難聞。

她推推他，嗔道：「等過兩天我能沐浴，你再這麼抱我吧。我後背癢，味道也不好。」

梁錦昭固執地沒鬆手，幫錢亦繡輕輕撓著背。

「你們還住在鄉下時，我就特別喜歡去妳家了。我喜歡看妳的家人心往一處使的和睦，喜歡看你們相親相愛的溫暖，哪怕再窮，吃不飽飯，大家都是快樂的，相互謙讓……

「至於梁家，親人之間還算團結，可在京城，絕大多數人家卻不是這樣的。就說我外祖家吧，我經常看到他們為了一點利益互相算計，哪怕是手足，也絲毫不講情面。我娘被崔家陷害，的確是他們的家風……」

錢亦繡認同他的話。京城高門裡多藏污納垢，哪怕夫妻之間相處，都有心機。梁家屬於少有的清流，而像錢家那樣和睦團結的，基本上沒有。

想到這裡，她笑了兩聲，又朝梁錦昭懷裡拱了拱，覺得能嫁給他，實在是她的福氣。

冬月初四，梁家擺滿月酒。因乾武帝為大公主母女的事震怒，只請些親戚來吃席。

出了月子的錢亦繡恢復正常生活。若天氣好，下午便帶著兩個孩子去萬和堂請安，讓長輩們瞧瞧；若天氣不好，就不會帶孩子去。

現在崔氏一天不見孫子就心癢，如果孫子不來，晚上便跟兒子、媳婦去蓮香院看看，再回正院。

半個月後，譚家所有人被押進京城，除了旁支六個八歲以下的孩子被充官奴，共計二百五十九口人判了斬立決。那兩天的午門外，又是血流成河。

本來朱肅錦仁慈，希望饒過譚氏旁支，但乾武帝不同意，斥他「婦人之仁，怎堪大用」，又說留下那六個孩子，已是為朱肅錦未出生的孩子積福了。

# 第一百六十八章

進入臘月，潘月和錢亦繡又開始為朱肅錦擔心，因為他的三個妻妾快生了。錢亦繡生過孩子才曉得古代女人生產有多麼危險，這時候又沒有剖腹技術，難產也要硬生。

初九這天，大雪紛飛，狂風呼嘯。

錢亦繡沒帶寶寶去萬和堂。梁老太君雖然猜到孩子來不了，但還是有些失望。

不過，錢亦繡笑著讓人推了三輛嬰兒車進來。她畫了新圖樣，給梁思誠兄弟做了兩輛，又多做了幾輛給東宮，還送應氏和其他有孕的妯娌。

朱肅錦的小廝錢曉雷，如今已除了奴籍，當上專管東宮大門的八品小官。錢家人與錢亦繡送東西或給朱肅錦送信時，都是請他幫忙，倒也方便。

眾人看了，新奇不已，應氏等人笑著道謝。

天色暗下，除梁宜謙外，男人們都回來了。梁宜謙派長隨送信，說有飯局，晚些回去。

梁錦昭和錢亦繡都知道，現在梁宜謙又對喜姨娘失去興趣，肯定上了外室那裡。

錢亦繡很不齒梁宜謙的行為。若在前世，公爹敢在外面非法養二奶，她早同婆婆、丈夫一起去捉姦，但這是古代，講究孝順。梁錦昭也生他爹的氣，卻也沒轍。

崔氏也猜到了，什麼叫晚些時候回來？梁宜謙根本是不回來。她現在已經想通，再討好也攏不回他的心，乾脆不攏了，反正她有能幹的兒子，還有討所有長輩喜歡的孫子。

至於那個外室，等以後她把長輩們的寵愛重新找回來，再找機會收拾她。

梁則重沈著臉開罵。「混帳！多大的人了，一點打擊就受不住，我怎麼放心把這麼大個家交給他？看看譚家，家主差勁，害得整個家族都被滅了。」

梁老太君也生氣，但還是要給長孫留些臉面，想著等他回府再說。

崔氏賢慧地道：「公爹，今兒早上老爺講過，有住外地的同袍來京，要盡地主之誼。」

梁老太君讚許地看看崔氏，暗道，媳婦就是要在外面給自己男人留臉面，這點崔氏做得不錯，遂點點頭。「宜謙媳婦說得對，宜謙定是有飯局才不回來，罵他做什麼？」

梁則重聽母親這樣說，不好當面反駁，只得先把氣忍下，不說話了。

晚飯後，崔氏同梁錦昭、錢亦繡去了蓮香院。

滿兩個月的小傢伙已經沒那麼愛哭，還一逗就笑。把他們放在東側屋的炕上，兩個小人兒時而亂蹬小腿、時而抱在一起互相啃。

崔氏樂得眉眼彎彎，抱了這個親親，又抱那個親親。

她一邊逗孩子、一邊跟錢亦繡商量。「現在孩子大些，妳就跟著我管中饋。我年紀大了，精力不濟，等妳熟悉後，府裡內院的事便全交給妳。」

可是，錢亦繡並不想管中饋。一是她本身就忙，一繡商行的大掌櫃蔡和對京城不太熟悉，未完全上手，商行裡的許多事務，她還要幫著拿主意；再來，她想陪著兒子成長，不想讓府裡瑣事占用她的時間。

她笑道：「娘，您還不到四十，正當年輕呢，實在要找個幫手，三弟妹怎麼樣？我看得出來，她一直想幫您。」

若是以前，崔氏定會不高興，覺得錢亦繡不識好歹。但現在崔氏把兒媳婦當成自己人，不會多心生氣，只不贊同地說：「這個家以後總歸要傳給你們，妳放心讓別人管？再說，秦氏連作夢都想讓她媳婦幫著管家，還不是想撈油水。」

錢亦繡笑道：「娘，即使以後是我們的，也要有人幫襯。水至清則無魚，總要讓秦姨娘和三弟妹有些盼頭，才能把事情做好，心裡向著娘。」

梁錦昭也點頭。「娘，繡兒說得對。三弟在您跟前長大，這麼多年，您沒少補貼他們，您不讓他們撈，別人也會撈。讓三弟妹幫忙吧，只要不過分，咱們就睜隻眼、閉隻眼。這樣，您和繡兒不至於太辛苦，三弟和三弟妹也會記您的情。」

崔氏想想也對，給應氏幫著，總比讓曾氏、夏氏插手好得多，便點頭答應。

崔氏走後，錢亦繡抱著梁思信，梁錦昭抱著梁思誠玩起來。梁思誠比較重，也淘氣些，所以錢亦繡更喜歡抱老實的信哥兒。

四人正玩得開心，聽到院子裡丫鬟們的說話聲，好像是猴哥和猴妹終於從鄉下回來了。又傳來白珠跟粉珠的聲音。「你們身上髒，先跟我們去後院洗澡，才好進上房。」

接著，動物之家便跟著丫鬟去了後院。

這次，動物之家去鄉下玩了一個多月。說是住在莊子裡，其實大半時日是進山玩。

錢亦繡派人去接了兩回，都沒接回來。牠們的家主猴哥，除了錢亦繡，誰的話都不聽。錢亦繡忙，沒工夫親自去接，所以猴哥就當起霸王，堅決不回來。

錢亦繡一直憋著氣，等著收拾牠。

她主要是擔心猴妹，怕牠進山有危險。猴子不會說話，錢亦繡不知牠懷孕幾個月了，猴子的孕期好像是半年左右，那牠應該是在今年臘月，或來年正月生產。

動物之家濕漉漉地進來，看看猴妹的肚子，已經非常大了。

這下，錢亦繡的火氣更大了，把手中的信哥兒遞給一旁的曾嬤嬤，衝上去使勁抓了猴哥的腋下，癢得猴哥直跳腳，大叫著把兩隻胳膊夾緊。

錢亦繡用一隻手抓住牠的前臂，另一隻手使勁，想撓牠的腋下，卻撓不成，遂拎著牠的耳朵扭了好幾圈，罵道：「貪玩的東西，就知道玩，也不看看你媳婦的肚子有多大了！如果猴妹進山遇到危險怎麼辦？若是突然要生孩子怎麼辦？」還不解氣，又伸手打牠的背。

平時錢亦繡脾氣很好，對下人都是和和氣氣，她這樣又打又罵，把梁錦昭和彩雲等人嚇得愣在那裡。連兩個小傢伙都瞪圓了眼睛，看著娘親修理猴子。

猴妹趕緊擋到猴哥面前，含著眼淚，又是作揖，又是比劃，意思是牠沒事，求主人別怪猴哥。

錢亦繡這才厲聲道：「看在猴妹的面上，這次暫且饒過你，若是再不聽話，我就……」本來想說不要牠了，又怕太傷猴哥的心，改口說：「用柳樹枝抽你。猴妹生孩子之前，不准再帶牠進山了。」

猴哥挨打，很沒面子，梗著脖子不理錢亦繡。

錢亦繡平復心情，又溫和地哄著猴妹。「猴妹乖啊，妳生孩子之前，哪裡都不要去，只能住在蓮香院。」

猴妹乖巧地點點頭。

錢亦繡雖然生氣，打了猴哥，還是心疼牠，讓人去小廚房做牠們最愛吃的肉燥蒸蛋。

梁錦昭對兩個小傢伙說：「看到沒有，以後不聽話，娘就會這麼收拾你們。」

猴妹很想抱抱孩子，但他們的身子太軟了，不敢抱，只站在他們面前扮鬼臉。也不知他們看清楚沒有，還是很給面子地咯咯笑起來。

肉燥蒸蛋來了，猴哥還嘔氣不吃，坐到一旁。

錢亦繡說：「猴哥是不喜歡吃蒸蛋了？那讓白珠幫你吃。」

猴哥聽了，才起身去桌邊吃。不過，一邊吃，還一邊瞪錢亦繡。

此後，猴哥和猴妹就乖乖住在西廂耳房，不敢到處野了。

臘月十六日上午，東宮傳來消息，太子妃傅明蘭發動了。

錢亦繡的心瞬間提起。聽錢府人來報，潘月已經親自去東宮守著。

下午，猴妹也不對勁，好像要生崽。

錢亦繡緊張不已，居然湊一起了。趕緊讓人去請醫婆，又找來會醫動物的大夫。

這只是以防萬一。猴子沒有人講究，要是在山裡生產，到哪裡找大夫？

這個時代沒有看猴子的大夫，請的是看豬的。等大夫和醫婆急急忙忙被接來，才曉得是給猴子接生。

不過，人雖然來了，猴妹卻不許他們進屋，便把他們安排在旁邊的房間守著。

猴妹的產房是後院的空耳房，只許錢亦繡、猴哥，還有平常照顧牠們的白珠留下。

赤烈猴生崽不需要躺在床上，猴妹走來走去，隔陣子就停住，翹翹屁股，生不下來，又煩躁地繼續走。

為了給猴妹補充體力，錢亦繡還特地替牠煮參湯。

天色漸漸暗下來，屋裡點了幾盞蠟燭，亮堂堂的。

折騰了好幾個時辰，突然，猴妹叫了幾聲，抬高屁股，一隻小猴子終於從產道滑出來。

白珠幫著剪斷臍帶，小猴子被錢亦繡捧在手裡。小猴子的毛濕漉漉的，又稀疏，還能看到紅紅的皮；身子極小，只有她三隻手加起來那麼大，尾巴卻很長，細細軟軟地垂下。

捧著軟軟的、熱呼呼的小生命，錢亦繡喜道：「是個小子，好漂亮，好可愛。」然後，送到猴妹懷裡。

猴妹接過寶寶，溫柔地看看牠，就開始餵奶。

猴哥快激動瘋了，翻了兩個筋斗，再不錯眼地看著母子倆，咧著大嘴直樂。

錢亦繡安排好那一家三口，又讓人給醫婆和大夫各二十兩銀子，送他們出去，便進淨室泡澡，人才放鬆下來。

泡完澡，她和梁錦昭坐在東側屋炕上，有一搭、沒一搭地說話，等人來報信。

錢亦繡希望傅明蘭能一舉得男，不僅朱肅錦有後，乾武帝也高興。他們這支的子嗣太單薄了。

連她都有這個想法，更別說傅明蘭了。傅明蘭非常擔心，不止一次悄悄跟錢亦繡說，要是生個閨女該怎麼辦？她怕讓太子失望。三個妻妾裡，朱肅錦最希望她生下男娃。

這就是天家女人的無奈。生孩子不僅傳承血脈，還關係到皇朝興衰，如果皇帝無後，天下便可能易主。

兩人等到亥時末，終於有下人來報，說太子妃生了個閨女，大小平安。

錢亦繡鬆了口氣。大小平安就好，這次是閨女，下次再生男孩。只是，現在傅明蘭肯定難過，朱肅錦和乾武帝都要失望了。

梁錦昭心裡也不好受。他怕如果太子良娣、太子良媛再生閨女，該怎麼辦？

他知道太子喜歡錢亦繡，乾武帝怕太子娶了她後，不肯再娶別的女人，壞了朝中的平衡，又耽誤傳宗接代的大計。所以，趁著他請求賜婚時，順水推舟地把錢亦繡配給他。孰料，他的小妻子竟是個福星，一下生了兩個大胖小子。若這回太子的妻妾全生了女孩，不知乾武帝會不會後悔當初的決定？皇帝不滿意了，臣子的日子總不好過……

錢亦繡也想到了這件事。

夜裡，兩人都沒睡好，翻來覆去。皇家生不生兒子，還要殃及自家，真讓人無奈。

東宮辦洗三那天，梁家女眷由宋氏代表，帶著錢亦繡去送禮。崔氏是罪臣之女，不好參加這些喜事。

東宮裡，由乾武帝的楊德妃主持洗三，宋氏和錢亦繡行了禮，便坐在一旁。

傅老夫人也在，她的眼圈是紅的，臉上沒有多少喜氣，低聲跟楊德妃說著辜負聖寵，傅家女兒竟然沒有生下龍孫之類的話。

梁錦玉陪著她婆婆韓大奶奶來了，太子良媛霍淑琴的娘、錢滿亭的嫡婆婆霍夫人也在。看韓大奶奶和霍夫人的樣子，臉上都抑制不住欣喜。太子妃沒生下兒子，若她們家的女兒一舉得男，定能討乾武帝和太子的歡心。

這就是當外戚的特質。當自家姑娘生出男孩，夢想在天上；沒生出男孩，夢想在地上。

錢亦繡陪著眾人說了幾句話，就說要去看望太子妃；梁錦玉也想去，便一同起身，手拉著手，往太子妃住的明榮殿走去。

路上，梁錦玉悄聲說：「大嫂，這兩天我婆家的人緊張得連覺都睡不著，既盼望小姑能一舉得男，又怕她再生個閨女。」

韓靈兒和霍淑琴的產期也快了，都是這個月底。

來到明榮殿，宮人直接把她們領進傅明蘭的臥房。傅明蘭的娘傅夫人正在屋裡陪著她，母女倆的眼睛都是紅的。

見錢亦繡來了，傅明蘭的眼淚又掉下來。「太子殿下有多盼望我能生個男孩，可是，我讓他失望了。」

錢亦繡道：「太子仁厚，太子妃生的閨女，他定會喜歡。」

傅明蘭的淚水落得更洶湧。「太子殿下也這麼說，可他越是這樣，我越覺得對不起他。」

乳娘把小女娃抱來，因為乾武帝還沒有賜名，只能叫她大姊兒。

錢亦繡仔細看看孩子，笑道：「太子妃，皇上是沒看到大姊兒，若看到了，肯定疼到骨子裡。妳仔細看看，她長得多像仙逝的元后。」

她說這話並不是為了安慰傅明蘭，大姊兒真長得像寧王妃。不是像寧王妃病後的老態，而是年輕的模樣，就是幾年前她來託夢的樣子。

尤其是看人時，哪怕現在大姊兒還小，但澄淨而溫柔的眼神跟寧王妃也有七分像。寧王妃最讓人心生親近的，就是她的眼神。即使疾病讓容顏早衰，但眼神依然如初生嬰兒般澄淨；再加上如水般的溫柔，饒是強勢狠戾的乾武帝，也抵擋不了這股柔情。

小妞妞可能知道自己一來就讓母親傷心，讓祖父和父親失望，極是乖巧，沒有哭，睜著亮晶晶的雙眼看著錢亦繡。

錢亦繡的心被她看化了，低頭親親孩子，笑道：「好可人疼，好漂亮的大姊兒。」

傅明蘭有些茫然，因為她對元后沒有印象。寧王妃去北地前，她太小，就算見過也不記得了。寧王妃解禁回京後，病得出不了門，也沒機會見。

傅夫人對元后的印象也很模糊，只在寧王妃去北地前見過兩次。

正好潘月來了，抱起孩子瞧，也說孩子長得像元后。

傅明蘭聽見，這才歡喜起來。所有人都知道乾武帝對元后的情誼、太子對母親的依戀，憔悴的臉上終於有了笑容。

她接過女兒，親了親她的小臉，含著淚道：「女兒，聽見了嗎？妳皇姑奶奶、皇姑姑都說妳長得像皇祖母，真是妳的福氣。妳得到皇祖父和父親的喜愛，才能過得好……」

晌午，眾人吃了席，便去明榮殿的大廳，洗三的儀式會在那裡辦。

這時，太皇太后和閔太后的懿旨到了，賞賜一些珠寶首飾給大姊兒。但是，為大姊兒賜名和封郡主的聖旨卻沒有來。

朱肅錦失望不已，仍吩咐接生婆開始洗三。

接生婆笑著把大姊兒抱到澡盆前，唱著吉祥話，楊德妃便先過去，往盆裡加了一小勺清水，又放了六顆金錁子。然後，眾人按照尊卑老幼的順序，依次上前往盆裡添東西。

直到洗三結束後，聖旨才來，給孩子賜名為朱敏嘉，封敏嘉郡主。

朱肅錦接旨謝過，送走所有客人，向明榮殿走去。

他心裡明白，聖旨姍姍來遲，是乾武帝太失望。他也很無奈，他比誰都希望這胎是男孩，只是天不從人願。

# 第一百六十九章

這天晚上，錢亦繡看梁錦昭的臉色不太好，猜想他是不是累著了？便淨了手，親自泡一盅金蛾翼遞給他。

梁錦昭接過茶，喝了一口，把錢亦繡拉到身邊坐下。

下人見狀，便退出去。

梁錦昭說了緣由，不是因為差事，把錢亦繡嚇了一跳。前幾天，梁宜謙的外室竟然生下一個女兒，梁錦昭又多了個同父異母的妹妹。

梁錦昭氣道：「妳說我爹這做的是什麼事呀？別人如此行事，那是他們家風不正，但我們梁家一直講究家風，太爺爺在世時更是言明，梁家子弟不許有外室，不許狎妓。

「唉，我真不知該不該跟老祖宗和爺爺說？說了，怕他們生氣，我爹逃不過一頓好打；不說，梁家血脈流落在外更是不妥，又容易被政敵拿著作文章。如果我娘知道了，該有多傷心。」

這件事，錢亦繡也不曉得該怎麼開口。若是她丈夫如此，她定不會原諒，但古人的思維跟她不一樣，不知他們會怎麼處理？

梁錦昭又自言自語起來。「快過年了，等過完年後再說吧。」

錢亦繡心想，最近家裡的確忙，也只好這樣了。

二十四日，東宮傳來消息，太子良娣韓靈兒又生下一個閨女。

二十六日，錢亦繡和潘月等人又去參加二姊兒的洗三。這次，乾武帝連聖旨都沒下，也沒賜名，朱肅錦就給二閨女取了名字，叫敏艾。艾諧音愛，意思是閨女，他也愛。

韓靈兒沒那麼多心思，雖然失望，卻不難過，更沒有嘔氣，還是極喜歡這個閨女。

梁錦玉也在場，特地幫大長公主傳話，說韓靈兒生下女兒反而更好，讓她多學學老太妃。

錢亦繡在一旁聽了，很佩服大長公主審時度勢的眼光。那個位置是好，但也要有命去坐。如果能像壽王母子那樣，一生富貴安樂，也不錯。

一個家的掌舵人真的非常重要，大長公主有這種想法，便能約束家裡的人。今天韓大奶奶眼裡的內容，遠不像在敏嘉郡主洗三宴時那麼多。

參加洗三的客人還沒走，就聽說霍良媛生了，又是個閨女。

十天內，朱肅錦一下子添了三個閨女，眾人聽了消息，都不知道該不該恭喜他？

朱肅錦笑著跟客人們說：「本宮一下有了三件小棉襖，不是誰都有這種福氣的。」

大家馬上開口祝賀，道喜聲此起彼伏。

朱肅錦向四周抱抱拳，才提腳去看霍淑琴母女。

東宮的太監去太極殿向乾武帝稟報太子又添了個閨女時，乾武帝正和翟閣老、傅大學士等重臣商量如何大力發展水軍之事。梁錦昭也在，梁則重和岳侯爺幾個老臣也被請來。

盼孫心切的乾武帝聽了這個消息，失望不已，偏又說不出來，憋得難受。他也是在二十五歲那年，成親整整九年後，才得了一個兒子，還是獨子。

太子年初成親，年底就有三個閨女，不錯了。不過，想到阻止太子娶的錢家女一下生了兩個兒子，又覺得鬱悶不已，心裡極不自在。難道他做錯了？真把最好的兒媳賜給梁家？

乾武帝想著，不禁瞪梁錦昭一眼，哼了聲，把筆撂在龍案上。

尤其是梁錦昭，從太子有了第一個閨女起，乾武帝就看他不順眼。第二個閨女出生後，乾武帝看著他的臉上，皺得都能擠出水來。這會兒霍良媛生下第三個閨女，他心裡更是不安，垂首盯著地上，不敢抬頭看乾武帝。即使是隆冬季節，他的前額也冒了汗。

乾武帝越想越不高興，無心理事，便讓眾臣散了，改日再議。

梁則重和梁錦昭一回府便進了外書房，一直商量到很晚，連飯都是讓人送進去吃的。晚上，兩人去了萬和堂見梁老太君。

梁老太君聽了祖孫倆的打算，雖然捨不得，還是流淚答應。

「小心駛得萬年船。我們梁家能多年屹立不倒，聖恩不斷，不僅靠的是忠心和能力，還有小心經營。

「當今皇上的性子跟先帝不同，性烈如火，又睚眥必報，他以為捨下昭兒媳婦，或許能快些抱孫子，結果卻是不如人意，自然瞧你們不順眼。昭兒避開一段時日也好，能少許多事端，也正好趁年輕時建立一番功業。只是，你要看好你老子，不許他再任性妄為。」

梁錦昭點頭。「老祖宗放心。我爹如此，全是閒出來的，等他有事做，也就好了。」

末了，梁老太君又罵起崔氏。「都是你那個不省心的娘，若那年她不多事，錢家也不會退婚。咱們家早些把你媳婦娶進門，也沒有後面這麼多事。現在可好，不僅你要避出京城，還得把她男人的醜事公諸於眾……」

梁錦昭回到蓮香院時，已經半夜。

本來，他想在東側屋將就一晚，不去吵錢亦繡，但想到或許年後就要離開小妻子，又想她想得厲害。

他輕手輕腳進臥房，沐浴後，躺上床去。鑽進被子，剛把胳膊伸進錢亦繡頸下，錢亦繡就貼上來。

梁錦昭的身子立時僵了。他好想要，只是今天小妻子的月事還沒過去。

錢亦繡感覺到梁錦昭那處的火熱，悶笑道：「怪不得那些男人都要通房呢，這種時候正好用上。」又把嘴湊到他耳邊，輕聲道：「要不要為妻賢慧一回，也給你找個通房？」

兩人廝鬧一陣，都沒了睡意。

梁錦昭便把晚上跟梁老太君商量的事情告訴錢亦繡。「若皇上同意，年後我就啟程。」

錢亦繡極捨不得，但想到乾武帝的個性，和他求孫子的急切，梁錦昭還是暫避為好。她很無奈。能生兒子，真不是她命好，是梁錦昭厲害。古代人不懂科學，專門冤枉好人。

她把他抱得更緊，難過地說：「對不起，是我連累你。你被迫離京，長輩肯定怪我。」

梁錦昭揉揉她的頭髮，笑道：「傻瓜，找了這麼好的媳婦是我幸運，長輩們也高興，怎麼會怪妳呢？放心，皇上不是昏君，我們只是暫避，等他氣過，或太子有兒子了，我再回來就是。再說，我把水軍建好，多造些好的軍船，定能讓龍心大悅，立下大功。」

聽他這麼說，錢亦繡少了些鬱悶。之前她就覺得大乾應該大力發展海上軍事，為後人造福，沒想到，她男人竟會衝在最前列。不過，她真的好捨不得梁錦昭啊。

梁錦昭嘆道：「只是，因為這件事，爹也被連累，不僅要挨頓暴打，還得把醜事公諸於眾，真對不起他。」

錢亦繡不解。「為什麼？這跟公爹有什麼關係？」

梁錦昭說：「太子一連得了三個閨女，我便要離京，定會惹皇上不快，覺得咱們梁家妄揣聖意。只得家醜外揚，由爺爺把我爹的事情說出來，當作藉口，求皇上看在梁家幾代忠良的分上，讓我爹去最艱苦的地方磨礪一番，再給他建功立業的機會。」

錢亦繡腹誹不已。乾武帝本來就不爽，還要怪人家妄揣聖意，封建帝王就是這麼變態，伴君如伴虎這句話，果然是真理。

不過，像梁宜謙這種窩囊的男人，是該收拾收拾。

她壞笑道：「為給皇上找個臺階，你已經去告密了吧？」

梁錦昭不好意思地說：「哎，爹做的事是瞞不過去的。本來想年後再說，沒想到遇上這件事，只好提前講了。以後我會去爹那裡請罪，他挨多少打，再打回我身上就是。」

第二天，錢亦繡送梁錦昭出門，再回屋吃飯，餵飽兩個小傢伙，就準備去向崔氏請安。她還沒出門，就見彩月急急跑回屋，道：「大奶奶，不好了，今兒一早，太老爺就派人把老爺從外面抓回府，猛打一頓，據說是拿鞭子抽，抽得老爺的衣裳全爛了，身上滿是傷痕。太夫人和大夫人都嚇壞了，跑去前院求情呢。」

這是開始行苦肉計了？

痛打公爹，她這個兒媳婦不好去看熱鬧，也不好再去長輩那裡請安，便去東側屋裡坐，讓彩月出去打聽消息。

大概半個多時辰後，聽說快哭死的宋氏和崔氏終於把梁宜謙救下來，讓人抬回正院。打完人的梁則重扔下鞭子，生了一陣悶氣，就遣人去接梁宜謙的外室，又叫人傳話，讓崔氏收拾出一間院子，安置那對母女，自己則進宮請罪去了。

梁則重直接去了太極殿，在殿外等到乾武帝商談完要事，才召他進去。

他來到乾武帝跟前，也不管裡面還站著幾個重臣，跪下就痛哭流涕，把梁宜謙養外室還弄出女兒的事說了，罵自己有負皇恩，對不起逝去的老父，沒管好家、管好兒子，讓信任他的乾武帝失望，給祖宗丟臉云云。

翟閣老等人聽得瞠目結舌。悄悄養外室的官員不少，但被揭露出來，還大義滅親弄到皇帝面前的，只有梁宜謙這個倒楣蛋。

雖然，梁則重已經承諾，會把那母女二人接回家妥善安置，但梁宜謙的德行已經虧了。甚至因此提議，提前把兒子的衛國公頭銜取下，傳給孫子。

乾武帝見梁則重如此傷心，也有些同情。原本梁宜謙高高在上，一副了不起的模樣，現在如何？一旦失去權勢便荒唐妄為，真是不堪大用。

其實，像他這樣幾起幾落，榮辱不驚，被先帝打壓，被兄弟排斥，還越戰越勇，古今又能有幾人？

不過，比起德行有虧的梁宜謙，乾武帝更不願讓梁錦昭承爵。他才二十幾歲，已是正二品高官。梁錦昭是留給太子的人，更高的榮譽應該由太子給予，才能駕馭他。

乾武帝思及此，臉上有了一絲玩味，好脾氣地勸慰梁則重。

「梁老愛卿莫憂，梁愛卿如此作為，是以前境遇太順所致，不過，像梁愛卿這樣，德行確實虧了。但是，思及梁老愛卿為國鞠躬盡瘁幾十年，又能主動到朕跟前請罪，朕委實不忍把他的爵位拿下來……」

梁則重聞言，感動地哭著磕了幾個響頭。

旁邊的翟閣老和傅大學士等人見狀，也跟著唱道：「皇上萬歲，皇上仁慈。」

梁則重擦乾眼淚，便求乾武帝，看在他的老臉上，重新給梁宜謙鍛鍊的機會。現在不是要大力發展水軍嗎？海疆環境惡劣，那裡的女人生得黑瘦，遠不如京城姑娘貌美，他想讓兒子遠離繁華，去那裡磨礪。

另外，梁錦昭於水軍很有一番見地，對建造火力猛的戰船也很感興趣，能不能允他一起去？讓父子倆為國盡忠，給梁家祖宗增光。

乾武帝巴不得那對父子都別在眼前晃悠，煩！也猜到了梁老狐狸來演這齣戲的目的。

怪不得人人都叫梁則重為老狐狸。這個人，先帝喜歡，他也不厭煩……這樣，最好。

乾武帝對梁則重說：「梁老愛卿的請求，朕准了。雖然梁宜謙德行有失，但朕看在梁老愛卿面上，給他改過自新的機會；至於梁愛卿父子的職位，朕會同閣老們商議，必不會委屈他們。」

梁則重大喜，連忙磕頭謝恩。

男人們在外面忙得焦頭爛額，蓮香院內卻是一片溫馨。

錢亦繡在東側屋的炕上吃飯，猴哥和猴妹跟她一起坐著吃。

猴哥面前擺了一大碗肉燥蒸蛋，只要有這個，牠可以不吃別的菜。桌上其他吃食都是好發奶的，供兩個小母親吃。

小猴子已經睜開眼睛，還會叫，四肢抱著猴妹的身子不放。想吃奶了，就拉開母親的衣襟，抓出乳頭來吸。伶俐的小模樣，比誠哥兒和信哥兒聰明多了。

錢亦繡給小猴子取了名字，叫猴盼盼，期望能再盼個妹妹來。猴哥和猴妹聽了這個意思，都極高興，也希望能再生個閨女。

現在，只要錢亦繡一說猴盼盼是弟弟，卻比小兄弟倆還聰明能幹，猴哥就喜得抓耳撓腮，飯都要多吃一碗。

哄睡兩個小寶貝後，錢亦繡又開始坐在桌邊寫字，搜刮著前世的記憶，邊想邊寫。前世，她沒認識當海軍的人，對海軍和軍艦最多的記憶，就是電視、網路上鋪天蓋地的報導，說海上領土有多重要，某些海島多麼有戰略意義……

目前大乾朝最厲害的武器僅有加農炮，不知西方又研究出了什麼新東西？

但梁錦昭有軍事天才，焦玉有創造天分，她拋塊磚頭，他們或許能弄出一塊玉來……

約莫亥時末，梁錦昭才回院子，看了她寫的東西，大加讚賞，趕緊妥善收好，準備隔日好好跟梁則重討論一番。

第二天也是朱肅錦三閨女的洗三。錢亦繡吃完早飯，就上正院給崔氏請安，順便告假去東宮。最近家裡事多，只能讓她當代表了。

上房裡，靜得針落有聲。

崔氏腫著眼睛坐在廳屋，兩個姨娘也紅了眼站在她身後，還有個眼生的美貌婦人。她的眼睛也哭得通紅，但神色淡然，應該是昨兒搬進來的外室。

梁宜謙被打得起不來床，躺在正院臥房養傷，她們定是來服侍他的。

崔氏問了幾句梁思誠和梁思信的起居，聽錢亦繡講完，點頭嗯了聲。

錢亦繡陪崔氏說幾句話，又問候了梁宜謙，便起身回院子。走到門口，看到面生的乳娘抱著嬰孩走進來，小嬰孩哇哇哭得正傷心。

這小奶娃應該是梁錦昭的庶妹吧？錢亦繡抑制住好奇心，走出門去。

她走沒幾步，就聽見那乳娘說：「稟夫人，姊兒哭得厲害，怎麼哄都不行……」

崔氏說：「快，抱來我瞧瞧。哎喲，可憐見的……」

崔氏的心腸不壞，又喜歡孩子，遇到這樣的嫡母，是那個小奶娃的幸事。

# 第一百七十章

錢亦繡攜著禮物去東宮，依然是楊德妃主持洗三。

因為乾武帝不喜，再加上霍淑琴的娘家並不顯赫，今天來的客人不多，稀稀疏疏的。

霍夫人本來就因女兒沒生出龍孫而不高興，再看客人這麼少，更是氣憤難平，遂埋怨女兒。「看妳懷孕時肚子那麼尖，怎麼還是生了個丫頭？」

霍淑琴心裡難受，見她娘一來就說這種話，更傷心了，哭道：「要生丫頭，我有什麼辦法？您當我不想生兒子啊？我比您還急。」

同來的錢滿亭趕緊勸道：「良媛快莫哭了，妳正坐著月子，哭多對身子不好。只要太子殿下寵愛妳，總有機會生兒子的。」

霍夫人本來心裡就有氣，不好發洩在親閨女身上，聽庶子媳婦如此說，更是不滿，斥責道：「真是小門小戶出來的閨女，什麼都不懂，偏要多嘴。皇長子和皇次子怎麼能一樣？若琴兒在皇上和太子最失望時生下龍孫，那得多受寵。」

錢滿亭聽了，臊得臉色脹紅，想哭又不敢，趕緊起身站起來。

近身服侍霍淑琴的嬤嬤是寧王府的老人，聽霍夫人說得實在太直白不堪，便道：「霍夫人慎言，這話傳出去，良媛可是要被人詬病，說不定還會招致太子殿下的不滿。」

雖然對方只是個嬤嬤，霍夫人也不敢惹她。再說，她剛才的聲音委實大了些，趕緊低聲道：「是我著急了。」又好聲好氣哄霍淑琴。「好、好，妳還年輕，下胎再生兒子就是。」

霍淑琴有幾個嫂子，雖然錢滿亭嫁的是庶兄，卻最得霍淑琴喜歡，也是她最願意接觸的。不僅因為錢滿亭容貌、氣質好，從外表看最像世家小姐，還因為她跟朱肅錦的關係。所以，她特別囑咐霍夫人，只要來東宮看她，就帶上錢滿亭，讓太子知道她重視錢家人，喜歡跟錢家人親近。

孰料，現在卻見霍夫人這樣斥責錢滿亭，還說出「小門小戶」的話。

太子是在錢家長大的，錢滿亭小門小戶，那太子豈不是也小門小戶？她身邊的許多宮人都是太子派來的，這話讓太子知道了，豈不是要同她生嫌隙？

霍淑琴已經顧不得哭了，低聲嗔道：「娘，您胡說什麼呀？這麼說嫂子，讓我以後怎麼跟太子殿下相處？」

霍夫人紅起臉，只好又哄女兒幾句。

她們正說著，潘月和錢亦繡結伴來了。

今天來臥房看望霍淑琴的女眷沒有幾個，儘管潘月和錢亦繡跟霍淑琴不算相熟，但因錢家和霍家是姻親，還是來了。

看到霍淑琴、霍夫人、錢滿亭三人的表情和紅紅的眼睛，潘月和錢亦繡也能猜到是怎麼回事。

錢亦繡暗道，聰明的人，無論在什麼狀況下都能過得好；不聰明的人，無論在什麼狀況下，都不見得能過得好。

家勢最低的人，心氣反倒最高。

朱肅錦娶了這三個妻妾後，錢亦繡分析過，覺得乾武帝雖是軍人出身，但心機深沈，心細如髮，他給朱肅錦挑的三個女人，都是有用意的。

乾武帝不想朱肅錦的後院亂，太子妃必須一支獨大，所以才讓韓靈兒和霍淑琴當太子良娣和太子良媛，家勢既過得去，又不會搶太子妃的風頭。

傅明蘭端莊大器，賢慧敦厚，最適合當皇后；傅家又低調內斂，哪怕家裡出了一位太皇太后，前些年還是勢力最大的外戚，但仍不顯山露水，循規蹈矩。傅家，應該是所有帝王都喜歡的外戚楷模了。

韓靈兒單純美麗，又有才情，是男人喜歡的紅顏知己。娘家看似強勢，其實親生父親只是從三品的官；教養她長大的太豐大長公主，又是宗室裡出名的老好人。

霍淑琴爽利英氣，有種別樣的風情，娘家的勢最輕，但父親霍明一直跟隨乾武帝，也是豪爽正直之人。

至於閔太后賜的人，可以忽略不計。在朱肅錦的三個妻妾生下兒子之前，肯定不會讓那兩個女人懷孕。或許，也可能讓她們一輩子不生。

錢亦繡想通其中關節後，有些好笑。乾武帝既想讓兒子的後院平衡，又想讓兒子充分享受不一樣的軟香小意，這樣為兒子處心積慮的父親，也算難得了。

她還真得感謝他。朱肅錦再好，她也不願意做這些女人中的一個。

不過，乾武帝雖然提防了霍明，卻沒注意霍夫人的胃口會慢慢變大。

如今霍家和錢家是姻親，所謂一榮俱榮，最好還是勸住霍淑琴，別有自己的主意，別被她娘左右。否則，不只以後朱肅錦心煩，出了事，錢家也會被波及。

不過，依她跟霍淑琴的關係，不好明說，以後還是暗示錢滿亭去勸。霍淑琴聽勸最好，不聽，自然有讓她聽的人。

潘月則是看到錢滿亭站在那裡手足無措而不高興。錢滿亭雖是庶子媳婦，也是錢家的女兒，便有些沈了臉。

霍夫人不敢得罪潘月和錢亦繡，請她們坐下，又衝錢滿亭笑道：「老四媳婦，還站在那裡幹什麼？坐下說話。雖然太子良媛是貴人，但妳是她的嫂子，哪有嫂子站著跟小姑說話的理兒？」還派上錢滿亭的不是。

錢滿亭認下，趕緊笑道：「是兒媳想左了。」這才坐下。

霍淑琴又紅了臉。

潘月和錢亦繡泛泛說些先生女後生男，才能湊成一個好字之類的話，說到高興處，還讓霍淑琴破涕為笑。

午飯時，只開了五桌席。這是東宮三個閨女中，最冷清的洗三宴了。人都長了雙勢利眼，小丫頭不討皇上的喜，母親又勢弱，當然被忽視。

朱肅錦知道今天乾武帝不會賜名，給三女兒取了名字，叫朱敏柔。

大年二十九下午，陽光明媚，連下幾天的雪終於停了。

錢亦繡便帶兩個孩子去萬和堂，應氏也帶上梁思秋。幾個小奶娃躺在側屋炕上，還有其他坐在旁邊的孩子，逗得梁老太君和眾人笑不停。

不久，崔氏也過來，還帶著小庶女。或許崔氏為彰顯正妻的賢慧，也可能是真心喜歡孩子，反正自從這孩子住進西跨院後，崔氏經常讓人把她抱到正院去逗弄。

崔氏笑道：「老祖宗，我見今兒天氣好，也把理姊兒帶來了。」這個女嬰取名為梁理，連同輩分的「錦」字都沒用。

梁老太君覺得崔氏做到這樣，真的不錯了，更加和顏悅色。「把理姊兒也放上炕玩吧。咱們家一下多了這麼些孩子，真熱鬧。」

天色漸暗，男人們下衙回府。

梁錦昭向長輩們稟明，乾武帝已經封他為正二品水軍都督，命他去泉州府，把東南海岸一帶的兵力聚集起來，改建成單獨的水軍。

同時，乾武帝又派工部官員和工匠隨行，好製造新戰船。又封梁宜謙為正三品都督僉事，一起到泉州上任。聖旨幾天後下來，他們大概會在二月出發。

這話一說出來，眾人喜憂參半。

喜的是，乾武帝還是看重梁家，派他們父子去做這麼重要的事，梁錦昭還被封為大乾朝第一個水軍都督；而梁宜謙雖然官降兩級，卻是實缺，比現在這個閒職有用得多。若做好了，乾武帝還會重新重用他。

憂的是，家裡的兩個男人要出去奔前程，不知什麼時候能回來？

尤其是崔氏和錢亦繡，眼圈都紅了。梁老太君也抹起眼淚。

梁則重自是開解一番，說了先國後家的大道理。梁錦昭又到梁老太君跟前，低聲安慰她。如此，總算把三個女人勸好。

飯後，梁錦昭讓錢亦繡先回蓮香院，他陪著崔氏去正院見梁宜謙。

梁宜謙已經能走了，但不好意思出門。

別人置外室，鬧出來，頂多悄悄把女人弄回府裡當姨娘。他倒好，不僅被老爹痛打一頓，還鬧到乾武帝那裡。

來到正院，梁錦昭對崔氏說：「娘，您讓小廚房準備幾道下酒菜，我要和爹喝幾杯。」

崔氏自去吩咐，梁錦昭獨自去了東側屋，站在臥房門外道：「爹，皇上開口了，還會給您正三品水軍都督僉事的職位，聖旨過幾天就下，一切準備妥當，咱們二月分就能成行。老祖宗和爺爺都說，機會難得，若把握好，爹定能被重新起用。上陣父子兵，咱們定會建立大乾最強的水軍。」

梁錦昭的話音一落，梁宜謙便從臥房走出來。

他陰沈著臉，在梁錦昭身前站定，舉手就朝兒子頭上招呼，嘴裡還罵道：「打死你這不孝的東西。竟敢告老子的狀，氣死我了。」

崔氏回來，聽到動靜，嚇得跑進去，哭道：「老爺，別打了，馬上要過年，兒子臉上有傷，怎麼出去見人哪？」

梁宜謙沒理她，繼續拳打腳踢，卻未往梁錦昭臉上招呼了。

梁錦昭沒躲，還勸著崔氏。「娘，爹打得好，是兒子不孝。」

等梁宜謙出完氣，菜也做好了，父子倆便盤腿坐在炕上對飲。梁錦昭幫梁宜謙倒酒，又替他布菜，小心伺候著，讓梁宜謙找回些許薄面。

崔氏雖然心疼兒子的眼眶被打青，嘴角也被打腫，但看到相公終於肯出來吃飯，父子倆盡釋前嫌，才壓下心頭的不快。

父子兩人談得高興，飯後又去西屋繼續討論。商議完，已是亥時末。出了西屋，卻見崔氏還在廳屋裡坐著，眼睛哭得通紅。

梁錦昭趕緊上前問道：「娘，這麼晚還不去歇息，是誰又給您氣受了？」

崔氏落淚。「除了你們，誰還能讓我這麼傷心？爺兒倆倒是談得高高興興，年後又去新天地奔前程，怎麼沒想想我們娘兒幾個在家等著，該有多難受。

「我也是命苦，兒子跟閨女沒在身邊長大，跟我不親。是我不好、不賢慧，讓兒女不親近，丈夫不喜歡。」說著，竟哭出聲。「這回可好，你們終於走了，不用再嫌我礙眼。」

梁錦昭剛想開口相勸，就聽梁宜謙皺眉道：「看看妳這個婦人，男人跟兒子又不是去花天酒地，是去建功立業，有什麼好哭的？真是短視……」

梁錦昭見狀，退出了正院。他娘還是交由他爹去哄吧。

梁錦昭回了蓮香院，等門的婆子悄聲說：「大奶奶一直等著大爺，還沒睡呢。」

上房廳屋、東側屋及臥房的窗戶都透著燈光。梁錦昭看看東側屋窗戶，厚重窗簾後面，小妻子定在翹首以盼吧？心裡溢滿了溫情。

三歲起，他便離府去大慈寺，大多數時候不在家，對家的眷戀遠不像其他人那樣濃烈。但是，自從娶了錢亦繡後，情況就不一樣了，一天不回去就想得難受。

可現在，為了建功立業，也為讓梁家有更好的未來，他必須離開妻子兒女，去萬里之外開創前程。

在大慈寺治病時，每年還能回家兩、三個月，此後，一、兩年內，卻不見得能回來……

梁錦昭拉回思緒，穿過廳屋來到東側屋，掀開紅色門簾，向炕上看去，但除了炕几，空空如也。

他走進去，一陣熟悉的香氣撲來，接著有個人從後面跳到他後背上，一雙玉臂摟住他的脖子，雙腿也纏住他。

是他的小妻子。

錢亦繡嬌聲道：「你怎麼現在才回來？等得人家好心焦。不行，你得揹我回屋歇息。」說著，臉靠在他的頸窩，傳來的香氣更濃郁了。

梁錦昭笑起來。「好，為夫揹妳。咱們先沐浴，再歇息。」話落，卻感覺脖子濕涼，是她的眼淚。

他的小妻子一直非常獨立，又有主見，今天卻纏人又脆弱。

他揹著她，微側過臉，輕輕蹭她。「我也捨不得妳，捨不得孩子。但為讓妳和孩子以後過得好，咱們得分開一段時日。」

錢亦繡知道梁錦昭必須離京，也已做好準備。可今天聽說聖旨已下，確定出發的日期後，心裡卻像貓抓一樣難受。

她捨不得他。

沐浴時，錢亦繡才發現梁錦昭掛彩，眼眶青了、嘴角腫了，身上還有幾處瘀痕。聽說是梁宜謙打的，很是氣憤，心道，自己做錯事，卻拿兒子撒氣，活該被人笑話。

夜裡，依依不捨的兩人纏綿繾綣，鬧到很晚才睡著……

隔天是大年三十，錢亦繡咬著牙起了床。

早飯後，梁錦昭和錢亦繡帶著兩個睡得正香的兒子去正院請安。猴哥一家則穿得紅彤彤的，被人送去錢家。牠們更喜歡在錢家過年。

梁錦昭和錢亦繡來到正院，便聽見東側屋裡傳出梁宜謙和崔氏的笑聲，裡面的下人也個個笑逐顏開，而且，沒了那幾個礙眼的姨娘。

兩口子是和好了？

錢亦繡暗道，距離產生美，還沒分開呢，他們就開始互相欣賞了。梁宜謙也夠渣的，有事業了，像個男人；沒事業了，像個爛人。幸虧他命好，之前有父輩謀劃，將來有兒子幫他，否則，很可能當一輩子的爛人。

梁宜謙和崔氏聽見兒子一家到了，進廳屋坐到上座，梁錦昭帶著媳婦與孩子行禮。接著，梁錦琛和應氏也抱著梁思秋過來請安。

崔氏又喚人把梁理抱來，一家人才去梁則重和宋氏住的院子。

幾天沒出院子的梁宜謙有些不好意思，離院子越近，臉色越紅，腳步也猶豫起來。但想到最終要見人，若連家人都不敢見，怎麼再進朝堂見別人？

不管如何，他必須抓住這次機會，重新獲得乾武帝的信任，再次博得家人的尊敬。想到此，走路的步子邁得堅定起來。

梁則重和宋氏看到大兒子又立起來，很是欣慰。看來，讓大兒子去海邊立功的決定是正確的。即使猜到大孫子臉上的傷是大兒子打的，也沒有埋怨他。

接著，梁則重帶著男人們去祠堂祭祖，連不到三個月的梁思誠和梁思信都被抱去。宋氏便帶著女眷們，一起去萬和堂。

待男人們忙完，梁家所有主子在萬和堂玩一天，吃了熱熱鬧鬧的團圓飯，才各自回去。

# 第一百七十一章

皇宮裡，乾武帝也領著兒子、妃嬪，去慈寧宮陪太皇太后過年。

原本，閔太后以為他們會來慈安宮，畢竟之前都是在太后宮裡過年的。雖然還有太皇太后，但年事已高，連許多接待女眷的事都交給她。何況，後宮沒有皇后，連貴妃都沒有，更應該突顯太后的地位才是。

所以，一早閔太后就讓人收拾慈安宮，張燈結綵，喜氣洋洋，哪承想，卻接到消息，要宮中女眷到慈寧宮陪太皇太后。

閔太后又氣又躁，本想託病留在慈安宮，但考慮半天，不能因小失大，還是端著笑臉去了。

因為三個妻妾還在坐月子，朱肅錦就帶著小閨女們和閔太后賜的閔良娣與白承徽過去。

由於今天是孩子第一次出門，又是第一次見皇祖父，幾個母親使出渾身解數，把孩子打扮得漂漂亮亮。

這些天，朱肅錦都歇在自己的寢宮，見孩子們被乳娘抱來，挨個兒看了看，又捏捏小臉，才笑著上車。

雖然他也想要兒子，但三個閨女都是他的親骨肉，還是極喜歡。而且，一想到錢亦繡小時候可憐巴巴的模樣，還經常被錢老太罵，就覺得更應該對她們好。

閨女又怎樣？閨女好，比小子還有用。錢家不正是如此？雖然讓他有些臉紅，但也不得不承認，在鄉下時，一家人都是靠錢亦繡，才把日子過好。

到了慈寧宮，除了他這家子，其他人都到齊了。

大殿裡溫暖如春，大家正熱熱鬧鬧地說話，連乾武帝的臉上都掛著笑，問候兩宮太后的身體。

乾武帝和太皇太后坐在大殿的羅漢床上，閔太后坐在太皇太后旁的官椅，其他的妃子和長公主分坐兩邊。

朱肅錦領著閔良娣、白承徽及三個抱孩子的乳娘，給乾武帝和太皇太后、閔太后磕頭。

乾武帝嗯了聲。「起來吧。」

太皇太后笑著把乳娘招過去。「快，快給哀家瞧瞧孩子。」

三個乳娘聞言，抱著孩子跪在太皇太后面前，好讓她看個仔細。

太皇太后挨個兒瞧，笑彎了眼地誇讚，還伸手摸她們的小臉；一旁的閔太后也笑著伸出頭來看。

乾武帝跟朱肅錦說話，聽到太皇太后逗弄孩子的聲音，也想偏頭去瞧，卻聽閔太后笑道：「哎喲，真是漂亮的小閨女，長大了，個個都是美人胚子。」

他又止住好奇心，心裡嘆息。再美有什麼用？兒子的女人怎麼會生了三女娃，怎麼沒一個像錢家女那麼能幹？兒子可別像他，到二十五歲才有個獨子。又想著，不管多大，只要有兒子就好，別像那些絕戶，那他辛辛苦苦謀下的江山要交給誰？

想到這裡，乾武帝連跟兒子說話的興致都沒了，示意朱肅錦去一旁坐。

太皇太后把三個小娃逗過一遍，目光停在朱敏嘉身上，疑惑道：「哀家怎麼覺得這孩子有些面善呢？」

閔太后笑著說：「敏嘉長得像太子，可不是面善嘛。」

太皇太后搖頭。「這孩子還真不像錦兒。」

朱肅錦便笑道：「月表姑和繡表妹都說敏嘉像我母后。我仔細看看，還真像。」

「哦？」乾武帝一驚，斜過身子去看，抱朱敏嘉的乳娘趕緊起身走到他身邊。

乾武帝看看孩子，伸手去抱。由於孩子用包被妥當裹著，縱使皇上不會抱軟綿綿的奶娃，倒也不怕。

一旁的太皇太后囑咐道：「用手托著孩子的脖子，小娃娃骨頭還軟。」

乾武帝聽了，用一隻大手托起朱敏嘉的後頸。

楊德妃等人見狀，吃驚不已。在她們的印象中，乾武帝沒抱過孩子，甚至難得看幾眼。

乾武帝把孩子抱在懷裡，瞧了瞧，笑道：「嗯，這孩子的確長得像小容。」

朱肅錦忙道：「繡表妹說孩子的眼睛像母后，月表姑說是鼻子，可兒臣覺得嘴最像。」

乾武帝笑著搖頭。「眼睛、鼻子和小嘴都像，但最像的，卻是眉毛。」目光投向遠方，喃喃道：「朕覺得那眉毛極美，細細的、彎彎的……小容卻覺得美中不足，有些淡，經常對鏡描眉……」覺得當眾說這些不好，趕緊住嘴，目光又停在朱敏嘉臉上，伸手摸摸孩子。

趙淑妃等幾個新進宮的女人更是吃驚，原來乾武帝還有如此溫柔的時候，眼裡的柔情似能化成水。在她們眼裡，乾武帝就是氣壯山河的錚錚鐵漢，連笑容都少見。

朱敏嘉真給自己和父母爭氣，沒有哭，還睜開眼睛，恬靜而溫柔地望著乾武帝，偶爾嘟嘟嘴，吐出幾個泡泡來。

乾武帝大樂，哈哈笑道：「好孫女，皇祖父看到妳，可開心了，現在，就是拿個孫子來換，皇祖父也捨不得了。」

寵溺的眼神和聲調，讓大殿裡的人心思各異。

由於乾武帝的笑聲太響，嚇著了朱敏嘉，張嘴哭起來。她一哭，兩個妹妹也跟著哭。頓時，大殿裡一片孩子的哭聲。

乾武帝愣住，看著朱敏嘉，有些無所適從。

太皇太后拍他，笑道：「是皇上的聲音嚇到孩子了。小奶娃嬌滴滴，哪裡禁得住你跟朝臣們說話練就的大嗓門？」

乾武帝又是一陣笑，把孩子還給乳娘。想想，又招呼另外兩個乳娘來，看了看孩子，見她們張著小嘴、閉眼大哭的小模樣，還是覺得長孫女生得最好看。

接著，三個乳娘便抱著孩子，去偏殿哄著餵奶了。

乾武帝傳口諭，各賞三個小孫女一套小首飾、一疋宮緞，長孫女多了一柄玉如意，二孫女和三孫女皆封郡主。

朱肅錦起身謝恩。

乾武帝心裡高興，環視一圈，見么女三公主眼巴巴望著他，又賞一套首飾和一疋宮緞。

之後，乾武帝跟朱肅錦談國事，楊德妃幾人陪太皇太后打馬吊取樂。

閔太后趁空把閔良娣叫去偏殿，低聲問道：「妳進東宮的時日也不短了，怎麼還沒有懷上？」

閔良娣紅著臉，囁嚅道：「太子難得去我那裡一次，去了也不……除了我嫁進去那晚，再沒侍寢過。」

閔太后深深嘆口氣。「若妳能生下龍孫，閔家就起來了。哀家到底不是皇上的生母，母子情分也就面子情，閔家想發達，還要靠妳的肚皮。」

閔良娣含著淚應了。

閔太后又囑咐道：「妳也莫急，太子如此對妳，恐是怪哀家多事。哀家也沒辦法，為了閔家，哪怕他不高興，還是要賜人。妳暫且忍耐些日子，太子仁慈，見妳溫柔規矩，自然會疼惜。」

閔良娣點點頭，兩人才出了偏殿。

大年初一，宗室女眷及三品以上命婦進宮給閔太后磕頭。太皇太后年紀大了，這些事已經交給閔太后，只在慈寧宮中召見幾個關係近些的人。

錢亦繡給閔太后磕完頭，便去慈寧宮，潘月、傅家、及幾個年歲大些的女眷都在這裡。

她們說著昨天乾武帝對大郡主的態度，傅夫人激動得流了眼淚。傅家人看得出乾武帝對太子妃另眼相待，對傅家也是皇恩浩蕩。可惜太子妃有負聖恩，沒生出兒子。現在大郡主卻因模樣像元后，討了乾武帝的喜，真是有福之人不用忙。

眾人笑著恭賀傅夫人。「得了皇上歡心，大郡主有福了。」

出了慈寧宮，傅夫人悄聲謝過潘月和錢亦繡。畢竟大郡主像元后的話，是從錢亦繡嘴裡先說出來的。

大年初二回娘家，想到能回錢家玩一天，錢亦繡便抑制不住心裡的激動。哪怕被梁錦昭折騰半宿，還是早早就起了床。

兩人正在東側屋的炕上吃早飯，便聽見臥房裡傳來小兄弟倆嗚嗚哇哇的叫喚聲。

錢亦繡放下碗。「他們怎麼這麼早就醒了？」

站在臥房門口的紫珠掀開門簾往裡瞧，驚得低叫一聲，趕緊把嘴摀上，過去道：「大奶奶，快來看。」

錢亦繡下炕走去，朝房裡一看，也驚得叫起來。

小兄弟竟趴在小床上，張大了眼睛，高高抬起腦袋四處望著。脖子還沒有多少力氣，腦袋一點一點地，有些搖晃，但還是極力昂著頭。

錢亦繡幾步跑上前，高聲笑道：「我兒子會抬頭了！我兒子會翻身了！」

兩個小傢伙聽到娘親的聲音，都把頭轉向她，咧開嘴笑起來，口水同時從嘴角滴下來。

錢亦繡激動得眼圈發紅，先把離她近的梁思信抱起來，狠命親了兩口，被忽視的梁思誠瞧見了，又癟起小嘴想哭。

隨後而來的梁錦昭伸出長胳膊，把誠哥兒抱起來，笑道：「兒子真棒，又有進益了。」說完，回頭對紫珠道：「今天我們要去岳家，不能去給長輩請安。妳快派人去向老祖宗和我爹娘他們稟報，說誠哥兒和信哥兒會翻身、會抬頭了，讓長輩們樂樂。」

紫珠笑著應下。「這種好差事我怎麼捨得讓別人去哪，得自己去。」

一旁的彩月和彩雲嗔道：「三間院子，妳只能去一個，另外兩間留給我們去。」說得錢亦繡又大樂起來，趕緊讓她們出門。

等外院的下人把禮物送來，錢亦繡也準備好了。三個送信的丫鬟回來，說長輩們極高興，說從錢家回府後，就把孩子帶去萬和堂，他們急著看。幾個丫鬟還各得了五兩銀子賞錢。

馬車到了錢府，錢亦善領著錢亦明站在門口迎接。

錢亦明給姊姊和姊夫行禮後，就踮著腳尖看兩個外甥，還問：「翻了年，外甥就長一歲，他們會叫舅舅了嗎？」得知還不會，失望不已。

幾人直接去了正院，屋裡歡聲笑語，極為熱鬧。不只錢滿霞一家、錢滿亭一家來了，連錢滿朵家都來了。聽說李栓子升了從五品的官，年後就會為錢滿朵請封誥命。

不僅如此，潘月笑著說：「還請了太子，過會兒就到。」

正說著，朱肅錦領著大山一大家子來了，先把猴妹母子招呼過去。「來，讓叔叔看看猴姪子。」

猴盼盼穿著錢亦繡給牠做的藍色小坎肩，長高了些，大概有一尺多。身上的紅毛短短的、茸茸的，玻璃珠般的大眼睛占了臉的一半。此時牠趴在娘親懷裡，正東張西望呢。

一聽到陌生人的聲音，猴盼盼便將小腦袋使勁往娘親懷裡鑽。猴妹安慰地拍拍牠，意思是親戚，別害怕。

朱肅錦是第一次看到猴盼盼，送了一只赤金瓔珞圈當見面禮，彎腰給牠戴上，笑道：「盼盼長得真可愛。你還有三個妹妹，以後要帶著她們玩。」

猴哥與猴妹見兒子戴著漂亮的赤金瓔珞圈，圈上還墜著幾顆玉雕小桃子，高興得直樂。猴哥還給朱肅錦作了兩個揖，表示感謝。

除了猴妹母子，動物之家都在院子裡玩。牠們不耐煩待在屋裡，又悶又擠，施展不開。見朱肅錦來了，眾人聚過去見禮。朱肅錦一一向長輩拜年，給晚輩每人一個大紅包。

拜完年，錢三貴夫婦、錢老頭夫婦等幾個老人去東側屋逗弄趴在炕上的梁思誠和梁思信，還有錢滿霞的小兒子與錢滿亭去年生的大閨女。年輕男人則在廳屋裡談論朝堂大事。

小婦人移到西側屋裡說笑，大些的孩子和猴妹母子在西屋裡打鬧，聲音大得差點把房頂掀翻。

錢亦繡更喜歡男人們的高談闊論。廳屋和西側屋的門開著，連簾子都被掀起來，她坐在門口，耳裡聽著，時而低聲跟另一邊的朱肅錦交談。

男人們說起乾武帝有遠見，決定正式發展水軍的事，都顯得興致高昂。這次不但建軍，還製造大型戰船及船上用的大炮，並修建海港，不僅為開放海禁禦敵，打擊日漸猖獗的海盜，更要稱霸海上，為子孫萬代謀福。

兩人跟著討論幾句，又提到弘濟去報國寺陪悲空大師過年，今天見不著面，有些可惜。因為弘濟會去梁府玩，錢亦繡倒經常能見，但朱肅錦卻難得看到他，請他去東宮，他又不願意去。

朱肅錦望東側屋一眼，低聲對錢亦繡說：「我瞧妳家那兩個小子都不錯，挑一個給我當女婿，怎麼樣？」

錢亦繡一愣。太子的女婿，不就是未來的駙馬？自己的外公因為當了駙馬，鬱悶一輩子。駙馬這個職業，好也不好，不想吃軟飯的，便不好；想吃軟飯的，便好。當駙馬的娘，似乎也不太好，先就覺得兒子窩囊……

錢亦繡正猶豫不知該怎麼回答，朱肅錦見自己和閨女又被嫌棄了，氣得臉紅，恨恨道：「我和我閨女哪一點讓妹妹瞧不上了？我閨女漂亮得緊，長大後不比妹妹差。別說妳瞧不上她們，她們瞧不瞧得上那兩個小子，還不一定呢。」說完，氣哼哼地扭過頭。

依然是個彆扭的熊孩子。

錢亦繡趕緊笑道：「急什麼，我又沒說不答應。我有兩個兒子，哥哥有三個閨女，年紀又差不多大，誰曉得哪個該配哪個呀？等孩子長大，看哪兩個對上眼，就成全他們，現在瞎忙，說不定是亂點鴛鴦譜。」

朱肅錦聽了，覺得的確是這麼回事，才作罷。

在錢家吃完晚飯，梁錦昭和錢亦繡帶著孩子及猴哥一家回梁府。

猴哥領猴妹母子進蓮香院，他們則去萬和堂，大家果真還沒散，等著看兩個小寶貝。

夏氏咯咯笑道：「老祖宗說誠哥兒和信哥兒會翻身、抬頭了，讓我們等在這裡看。我可不相信，他們還差兩天才滿三個月，這會兒就這麼能幹？不是老祖宗在吹牛吧。」

梁老太君篤定地笑道：「若小哥兒倆做到了，妳輸我十兩銀子；若他們做不到，我輸妳十兩銀子。」

於是，錢亦繡把兩兄弟放在炕上，小傢伙們不負眾望地表演起翻身和抬頭。這還不算，居然又滾一圈，讓梁老太君和宋氏樂不可支。

最後，夏氏只得摸出十兩銀子給梁老太君，嘴上還說：「下次再不跟老祖宗打賭了，老祖宗想贏錢，我直接拿十兩銀子給您就是。」

這話說得梁老太君高興不已，讓丫鬟把銀子送去廚房，明天添菜。

眾人又說笑一陣，才各回院子歇息。

# 第一百七十二章

大年初六，在惴惴不安中等待的梁宜謙終於等到聖旨，他被封為水軍都督僉事。雖然官沒有兒子大，他還是非常滿意。飯總要一口一口吃，這已經是進益，一切都會好起來。

重新受到重用的梁宜謙豪情萬丈，憋著勁，打算大幹一場重獲聖恩。

這又讓某些人家不舒坦。梁宜謙德行有虧，卻明降暗升，乾武帝依然信任他。攆到海疆建水軍，是會艱苦一段時日，但若做得好，可是大功一件，升遷指日可待。

過年在吃吃喝喝、迎來送往中流過。正月十六衙門開印，男人們又開始上朝了。

梁錦昭父子無比忙碌，天天早出晚歸，有時甚至不歸。

但是，只要梁錦昭回家，幾乎每晚都纏著錢亦繡。他比當初的錢滿江身強體壯，錢亦繡也比潘月健康得多，哪怕夜夜春宵，白天的精神也不錯。

錢亦繡壓抑著離情別緒，在家裡帶孩子，又幫梁錦昭準備去海疆的東西。梁錦昭愛乾淨，從裡到外的衣裳就帶了十幾箱，以及一些他喜歡的吃食。

府裡會有五十個小廝跟去，加上四個丫鬟、四個婆子服侍，彩雲也在其中。

聽說梁宜謙還想帶上喜姨娘，被梁則重大罵一通，才打消念頭。

兩個小傢伙已經三個多月，如今不僅會翻身、抬頭，還能笑出聲。原來喜歡哭，現在又極喜歡笑，咯咯笑聲衝淡了錢亦繡的愁緒。

二十八日，梁錦昭父子到家，還去萬和堂吃晚飯。他們說，前期事宜準備就緒，皇上下旨，他們二月六日就要出發。在家只有八天的時間。

梁老太君和宋氏當時就落淚了，崔氏和錢亦繡也紅了眼圈。

回了蓮香院，兩個人早早哄睡小哥兒倆，早早上床，纏綿後，依偎在一起說話。

床頭的宮燈閃著微光，梁錦昭斜靠在床頭，錢亦繡趴在他的胸口上，烏黑的長髮散下，像黑緞飄落在他胸前。

梁錦昭喜歡撫順她的頭髮，光滑順溜，手感極好。他輕輕順著，感覺到她又流淚了。

「快莫哭了，我們若做得順利，再找好接班人，兩、三年後就能回來。」

於是就講起軍裡的事。竟提到一個叫戚承光的人，他原來在膠東那邊的軍隊裡，只因出身貧寒，從士兵做起，立了無數功績，三十多歲，還只是個從七品的小官。

前幾年他所在的隊伍被抽調北征，他恰巧被編入霹靂營，對火攻武品極有自己的見解，很得梁錦昭的賞識。他人品也不錯，唯一的毛病就是十分懼內，經常被人恥笑。由於梁錦昭的器重，他如今已經當上正四品的游擊將軍。

戚承光聽說朝廷要建水軍，前些天便去見梁錦昭，要求同去效力，又對水戰、戰船裝備提出許多好的建議。

戚承光？這個名字怎麼這麼熟悉呢？

錢亦繡從梁錦昭的胸口抬起頭，眨眨淚眼，想起前世的歷史長河中，有個叫戚繼光的抗倭名將。這麼相似的名字，又有這麼相似的才華，還有極相似的人品……

錢亦繡莫名地有些激動，趕緊建議。「大爺，好好培養這個戚承光，他似乎有大才。你把那邊理順了，總得找個信得過又有才華的人，為大乾守護好東南邊的門戶，他應該能擔當大任。」

梁錦昭看著錢亦繡亮晶晶的大眼睛，笑道：「媳婦跟我想的一樣。這次我也把他帶上了，希望他不要讓我失望。」

錢亦繡又告訴他，今年是李來大乾接傑克和肖恩的時間，但傑克和肖恩已經明確表態，大乾繁華富庶，他們又在這裡娶妻生子，不想回日不落國了。

她已經派人帶著他們的信去找林青，並花重金請林青在海邊守著，若接到李，就帶李去跟梁錦昭見面，看可以做成什麼好生意？最好能把他們在海上航行的地圖買下來。錢亦繡特別準備了李喜歡的東西，包括幾顆洞天池的珍珠。

接著，她又建議道：「等水軍建好，大爺最好能奏明皇上，把水軍改稱為海軍。水給人兩種印象，既是氣勢磅礴的壯漢，又是脈脈溫情的淑女。不像海，遼闊無邊，洶湧澎湃，說起它，只能是硬漢。所以，用海軍更有氣勢，也更懾人。」這是錢亦繡一直想提的，水軍，聽起來哪裡有前世海軍的氣勢。

梁錦昭聽了，激動不已，立刻坐直身子，連連稱讚。「妙，妙絕！海軍，的確更能表現我大乾水上軍隊的氣魄。」說完，翻身又把錢亦繡壓下，邊親她邊嘟囔。「寶貝，妳就是上天賜給我的寶貝，不僅是賢內助，還是好幕僚、好幫手。夫君忍不住了，又想疼疼妳……」

再度纏綿是要付出代價的，這波攻勢更猛烈，也持續得特別久。

梁錦昭完事後，已經到了後半夜，錢亦繡才迷迷糊糊地睡去。

第二天，梁錦昭先起床。他不想驚擾錢亦繡，但窸窸窣窣的聲音還是把她吵醒了。

梁錦昭說：「夜裡睡得晚，妳別早起。我讓人去跟長輩說妳病了，要告假。」

錢亦繡哼道：「一到你要走的時日我就生病，人家還不笑死我。」

她坐起身，覺得腰都快斷了，抓起梁錦昭的胳膊咬了一口，嗔道：「我難受死了，都是你害的。」

梁錦昭把她摟進懷裡，嘆道：「我也讓妳討厭不了幾天了……」

錢亦繡倚著梁錦昭，他的胸膛寬闊又堅實，讓她倍感安心，但是，她即將要離開這個溫暖的依靠一段日子，真捨不得。如今不像前世，哪怕再遠，有飛機、有火車，想念了，隨時能相見。京城與海疆遠隔萬里，就是快馬，也要跑兩個多月。

把梁錦昭送走後，曾嬤嬤看到錢亦繡微紅的眼睛和疲憊的神態，低聲道：「大奶奶，雖說大爺快走了，還是應該節制些。妳的月事又推遲，說不定……可別壞了大事。」

錢亦繡一直忙碌和傷感，卻忘了這麼重要的事。她輕輕撫摸肚子，若是真的，梁錦昭臨行前給她留的禮物可是太好了。這次，她想要個香噴噴的小閨女。

幾天後，曾嬤嬤請來御醫，錢亦繡果然又懷孕了。

梁家長輩自是高興不已，原以為小倆口要分開這麼久，肯定耽誤子嗣，誰想到錢氏果真是有福的，短短時日內又懷上。趕緊派人把好消息告訴錢家，吳氏和潘月又高興地帶著補品來看錢亦繡。

到了梁錦昭父子啟程的前一天，上午，朱肅錦、弘濟、錢滿江、宋懷瑾等許多親戚朋友都來梁府與梁錦昭話別。吃午飯時，弘濟去了蓮香院，不好意思讓大家因為他不能吃肉、不能喝酒。

晚上送走客人後，小夫妻倆回房，梁錦昭右手摟著錢亦繡躺在床上，梁思誠爬上他的肚皮，梁思信躺進他的左胳肢窩裡，一家人擠成一團。

幾人沈默了一陣，錢亦繡道：「我給你們唱首歌，好嗎？」

梁錦昭側頭看看她，笑道：「好啊，我好久沒聽妳唱歌了。」似又想起多年前那個瘦瘦的小女娃。「妳唱的曲兒真好聽，跟我聽過的都不一樣……」

錢亦繡前世會唱的歌很多很多，但她沒有多想，一開口便把那首經典老歌〈今宵多珍重〉唱出來。因為只有這首歌，才能表達她此刻的心情和愁緒。

梁錦昭聽完後，竟也流淚，把錢亦繡摟得更緊，偏過頭親她。「這首曲兒真好聽，我心裡也是這麼想的。妳這個小東西，總能把人心看透，總能把人唱得難受……怎麼辦，我還沒走，就捨不下你們了。」頓了頓，有些沮喪。「爺爺總說我婦人之仁，是不是真的？」

錢亦繡含淚笑道：「英雄難過美人關。你這樣，也在情理之中。」

梁錦昭澀澀地說：「的確是這樣。怪不得許多同袍都說，媳婦好看了，最好別當兵。」

錢亦繡聽了，忍不住噗哧笑出聲。

兩人攬著孩子，說了半晚的話，才不知不覺地睡去。

隔天，吃完早飯，梁錦昭抱著兩個兒子各親一口，又向猴哥一家告別，才跟錢亦繡去外院。

梁家人都來送行，梁老太君也來了。

梁宜謙帶著梁錦昭給三位長輩磕頭，梁老太君抱著他們哭道：「好好為朝廷做事，老婆子在家等你們回來。」

父子倆聽了，又含淚磕兩個頭，便上馬出了大門。

錢亦繡扶著崔氏，同眾人送到門外。透過迷離的淚光，看見他們的背影混進兵丁中，絕塵而去。

錢亦繡心裡難受，再加上懷有身孕，打不起精神來。梁老太君讓她好好在院子裡休息，滿三個月後，胎坐穩了，再去給長輩們請安。

轉眼到了五月，東宮傳出好消息，霍良媛已經懷孕三個月。

錢亦繡和潘月相約去東宮探望。由於錢亦繡懷孕，沒有乘車，而是坐軟轎；兩個兒子則同乳娘一起坐馬車。

潘月和錢亦繡先去傅明蘭住的明榮殿。

見了面，傅明蘭的妝容雖然精緻，還是看得出雙眼微腫、精神疲憊，她的心情極為低落。朱肅錦在明榮殿裡留宿最多，明顯想讓她先生子，可她卻令他失望了。

潘月拉著她的手，低聲勸道：「許多事都要講緣分，來得早，不如來得巧。妳看太子，也是皇上二十五歲時才出生的……」又說：「妳放鬆些，太操心了，反而不易有孕。」

傅明蘭紅起眼圈，點點頭。「謝謝皇表姑體諒，太子殿下也這麼說的。」朱肅錦和潘月母子情深，潘月能這麼說，亦是讓她放心的意思。

說著，幾人看向後面炕上。五個多月的朱敏嘉已經長開了，眉清目秀、玉雪可愛，正躺在那裡啃著小拳頭。七個月的梁思誠和梁思信坐在離朱敏嘉一段距離的地方直笑，想往她身邊爬，卻被下人哄住。

如今朱敏嘉可是乾武帝的心頭寶，幾乎每天下朝後都要命人把她抱去太極殿逗弄一會兒。下人們怕小哥兒倆沒輕重，把郡主惹哭，如果不注意而掐到哪兒或捏到哪兒，更是不好。

傅明蘭讓人去請韓靈兒過來一起說話，對潘月和錢亦繡笑道：「霍良媛不能來，她的母親和嫂子又來看她了。」

錢亦繡心裡有底，似是無意地笑問：「霍夫人婆媳經常來嗎？」

傅明蘭點頭。「自從霍良媛懷孕後，霍夫人隔幾天就會來一次。想著她是愛女心切，我也不好多管。」頓了頓，又遲疑道：「不過，今天霍夫人還帶個道婆，總管向我稟報，我沒讓她進來。那些道婆慣會裝神弄鬼，許多大宅院裡的風波，都是她們惹出來的。」

潘月和錢亦繡一愣。霍夫人找死嗎，還敢把道婆弄來？若真出事，就是陷害皇家子嗣。

潘月冷道：「太子妃做得對，就是不能讓她們進來。那些道婆專幹壞事，但有的婦人就是相信她們，覺得道婆有本事讓孕婦生男娃。生男生女天注定，道婆哪有那麼大的本事。」

正說著，炕上的梁思信突然大哭起來。他想跟妹妹玩，卻被下人抱住，鬧脾氣了，潘月趕緊過去哄他。

錢亦繡想到前世有想生男就多吃酸食的說法，雖然沒有得到科學驗證，但姑且用用，也無大礙，便笑著對傅明蘭道：「我們鄉下有種說法……」輕聲說些多吃什麼好，什麼時候同房為佳。

傅明蘭羞紅了臉，還是點頭。「真的？那我試試。」

錢亦繡道：「是不是真的，我還真說不準，不過試試總無妨的。」

這時，韓靈兒帶著朱敏艾來了。憑良心講，朱敏艾比朱敏嘉長得更好看，小臉上五官精緻，眉目如畫。

現在幾乎所有大乾朝的人都知道，乾武帝說過，大郡主是最漂亮的女娃，另外兩個孫女都差得遠。可現在一瞧，明明不是這麼回事嘛。

錢亦繡暗自好笑。這就是情爺爺眼裡出西施。

大炕上，兩個小女娃躺著玩，兩個小小子坐著玩，哇啦哇啦直叫，十分熱鬧。

中午，朱肅錦回來了，看見潘月和錢亦繡，十分高興。

他對大腹便便的錢亦繡說：「妹妹不會又懷了雙胎吧？」

錢亦繡笑道：「不是，只一個。御醫說，這孩子長得有些大了。」

幾人剛坐在飯桌旁，霍淑琴便派人來請朱肅錦，說是有急事。

傅明蘭見狀，便紅著臉，把她阻止道婆進宮的事說了。

朱肅錦氣得把手中的筷子往桌上一摺，厲聲道：「放肆，竟敢在東宮裡搞這些名堂！」又吩咐傅明蘭。「以後讓霍良媛好好養胎，不要再放閒雜人等去見她。」

傅明蘭忙點頭稱是。

朱肅錦也沒去見霍淑琴，而是陪著潘月母女吃飯。飯桌上，他依然談笑風生，還親自給潘月和錢亦繡布菜。

韓靈兒抿嘴笑道：「每次皇表姑和皇表妹一來，太子就高興得連飯都要多吃半碗。」

朱肅錦哈哈大笑，給韓靈兒挾一筷子菜。「今天良娣有些酸，本宮再賞顆肉丸給妳吃。」

韓靈兒嬌笑。「雖然我不是酸，但還是謝謝殿下。」

接著，朱肅錦又替傅明蘭挾菜，笑道：「太子妃不酸，可本宮還是要賞。」

傅明蘭不多話，笑咪咪地吃了。

錢亦繡有些好笑，如今朱肅錦平衡嬌妻美妾的手段又變高，竟然當著她們的面，公然打情罵俏。

不知傅明蘭與韓靈兒會不會一直這麼和睦，但是，霍淑琴肯定要被冷落一段時日了。

這天，錢滿江下衙後，潘月便把朱肅錦震怒的事跟他說了。霍淑琴和霍夫人明顯在為生兒子而奮鬥，連道婆都求上，不曉得還會用什麼手段？

「我心疼太子，也希望霍良媛能生出兒子，但她們竟把這些旁門左道弄進東宮，若真出事，不僅太子難過，霍家也得不了好，而且，霍家還是咱們的姻親……」

錢滿江也很生氣，想了想，飯也沒吃，就去了霍家。之前他聽霍立行說過，霍夫人的許多行徑，家主霍明都不知情。

霍明果真不知霍夫人幹的好事，聽錢滿江說完，氣得大罵她一頓，並禁足一年，連家裡的中饋都交給兒媳婦管了。

# 第一百七十三章

今夏天氣特別熱，許多身子不好的老人捱不過暑氣，死了不少。

前幾天，老太妃死了，宗室只剩下太皇太后和太豐大長公主兩個老壽星，聽見這個噩耗，她們的身子也不爽快起來。

錢亦繡不僅祈禱希望太皇太后能活得再長些，也希望可愛的大長公主活久一點。韓靈兒的通透、識時務，跟她的教導分不開關係。

梁老太君倒不錯，悲空大師出關後，親自來梁府幫她把脈，開了藥吃，身體硬朗不少。但錢老太卻不太好，補藥不斷。

有人去，就有人生。六月，東宮添了椿喜事，傅明蘭又懷孕了。潘月和錢亦繡極高興，希望她這次能一舉得男。

錢亦繡耐不住暑熱，想去鄉下住段時日。現在她懷孕，屋裡又有嬰兒，便不許他們院子裡用冰，熱得她發昏。

她一提，便被梁老太君反對，說一個孕婦不好跑那麼遠。

於是，錢亦繡只能眼饞地看著猴哥帶動物之家去了莊子，連梁則重和錢三貴、錢老頭兩口子都去了；潘駙馬也去，住進錢亦繡的桃院。

六月下旬的某個下午，錢亦繡坐在東側屋的炕上吃西瓜。炕上鋪著錢三貴編的蓆子，梁思誠和梁思信只穿了紅色繡福字肚兜，在上面打滾玩鬧。他們的手腕和腳踝戴了銀鐲子，還掛了幾個小鈴鐺，一動就叮叮作響。

雖然悶熱，但聽見他們的笑聲和鈴鐺聲，也讓錢亦繡覺得十分愜意。

錢亦繡看向窗外，樹木在烈日曝曬下，葉子有些捲起，蟬鳴也無精打采。想起待在海疆的梁錦昭，他們的日子更艱苦。

她拉回思緒，眼睛往左一瞥，突然看見，梁思誠竟扶著炕櫥站起來，雖然搖搖晃晃，但還是站穩了。梁思信見狀，有樣學樣，爬到哥哥旁邊，也扶著炕櫥，搖搖晃晃地站起來。

小兄弟倆站沒多久，又一屁股坐下去，然後，又扶著炕櫥，艱難地站起來。

錢亦繡驚得摀住嘴巴，這真是個奇蹟。人說，七坐八爬九扶立，小兄弟倆還差幾天才滿九個月呢。

在屋子裡服侍的曾嬤嬤和紫珠也激動不已，直說將門虎子。

錢亦繡高興地把兒子抱過來，各親幾口，再把他們放進嬰兒車裡，去萬和堂炫耀一番。

當梁老太君等人聽說後，又讓他們表演。小哥兒倆果真能扶著東西站起來，兩條小粗腿極其有力，蹬了蹬，竟然沒坐下，看得梁老太君和宋氏欣喜不已。

這時，外院有婆子來報，說錢家人來接錢亦繡回娘家。

錢亦繡一驚。這麼晚來接她，是不是家裡出事了？

梁老太君要她別著急，別胡亂猜測，趕緊讓她回去。

到了錢府，轎子直接抬錢亦繡去了惜月閣。

平時惜月閣裡歡聲笑語，三個孩子總在鬧騰，但此時卻鴉雀無聲。

錢亦繡來到廳屋，朱肅錦也在這裡，臉色鐵青，潘月還哭著，正拉住他的手低聲說話。

錢亦繡唬了一跳，趕緊走過去。「哥哥，出了什麼事？」

潘月哭出聲，說了句：「娘的錦娃，怎麼會這樣……」

朱肅錦一聽到那個消息，整個人就像被抽空一樣，哪裡也不想去，誰也不想見，只想「回家」。唯有到了「家」，或許才能平靜下來，才不會去殺人……

原來，霍夫人雖然沒有再進東宮見霍淑琴，但她說的請道婆幫忙作法、喝符水生男娃的事，卻讓霍淑琴動了心。霍淑琴住在冀安省時也聽說過，道行深的道婆有易子的本事。

太子妃懷第二胎後，霍淑琴像魔怔一樣，太想先生下兒子、太想得到太子的寵愛了。但她宮裡有幾個人是太子派的，不敢在她們眼皮下有動作，於是去求白承徽，透過她的下人到外面找道婆，花一千兩銀子買易子符水喝了。

孰料，喝下符水的第二天，霍淑琴便小產，竟是一個成了形的男胎。

霍淑琴終於為她的愚昧和好強付出代價。只是，她用的是朱肅錦長子的命，代價太大了。

錢亦繡不曉得該怎麼安慰朱肅錦。他想瘋的兒子，竟然這麼沒了。

她紅起眼圈，輕輕叫了聲：「哥哥。」

朱肅錦傷心地說：「我還年輕，真不是那麼著急，但我不忍心父皇操心朝廷大事，還要操心我的子嗣，才想讓她們生個男娃寬慰他。可是那個賤人，竟然把我的兒子折騰沒了……我的兒子，已經成了形的兒子……」

一說到兒子兩字，朱肅錦的臉扭起來，五官似乎移了位，又喃喃道：「之前我聽說宮裡陰暗，還一直覺得我的東宮清明，沒有那些齷齪事，可自從閔太后把那兩個女人弄進來，我的宮裡也不乾淨了。霍氏鬧出這事，或許是外人搞的鬼，也可能是白氏跟閔氏……」

潘月流淚道：「要好好查查是誰搞的鬼。東宮是你的家，若不安全了，冷冰冰的，沒有一點溫暖，娘的錦兒該怎麼過呢？娘的心好痛。」說完，又摟過朱肅錦，輕聲啜泣。

潘月一傷心，說話又直白起來。

朱肅錦聽了，反過來勸慰她。「娘莫難過，這事定要徹查，兒子也會慢慢把東宮清理乾淨。正如娘說的，一個家連安全都沒有，該怎麼過？」

話落，他又咬牙切齒。「那個賤人真是瘋了，明明喝符水把兒子折騰沒了，竟然還口口聲聲怪靈兒，說在她那裡喝的茶水有問題，是靈兒幫著太子妃，不想讓她先生兒子……」

等朱肅錦發洩完，錢亦繡拉著他的袖子，輕聲勸道：「人聚人散，都要講緣分，或許那孩子跟哥哥無緣，才會早早離去。跟哥哥有緣分的孩子，別人就是想攆，都攆不走。太子妃不是又有了身孕嗎？」

見朱肅錦點頭，她又道：「哥哥，這裡沒有外人，妹妹就說幾句心裡話。像霍良媛那樣掂不清自己分量又好強的女人，若她生下你的長子，東宮可真要亂了。許多世家大族都不願有庶長子，就是怕亂。」

朱肅錦想想也對，若霍淑琴生下皇長孫，心可要大了。如此，他的心似乎沒有剛才那麼痛了。

幾人談了一陣，等錢滿江回來，又把這事講了。錢滿江跟朱肅錦的看法一樣，最有可能是白承徽或閔良娣的陰謀。

吃晚飯時，錢亦繡才問道：「弟弟妹妹呢？」

潘月說：「明娃和靜兒被妳外公派人接去莊子，說該啟蒙了，開始教他們讀書；源兒在妳奶奶那裡。」

錢亦繡點點頭，見天色晚了，不好多留，便與朱肅錦向父母告辭，各自回去。

去外院時，兄妹倆都沒有坐車，而是慢慢散步。

夜風微涼，吹散白天的暑氣，滿天星辰照亮前路。

他們沿著遊廊走，連提宮燈照路的丫鬟都被他們攆開，遠遠跟在後面。遇到臺階時，朱肅錦便會扶錢亦繡一把，讓她小心。走到遊廊盡頭，再往右拐，就出大門了。

朱肅錦停下來，望向錢亦繡，小聲道：「妹妹，有時候我會怨妳，不管父皇賜不賜婚，妳從沒給過我機會，我實在想不出自己哪裡不好，讓妳不願意跟我在一起？但是，有時我又覺得應該慶幸，如果讓妳在那個大院子裡受委屈，我真的捨不得。」

錢亦繡心裡澀澀的，嘟囔道：「我也心疼哥哥，也捨不得哥哥受委屈。」

朱肅錦搖搖頭，幽怨地說：「妹妹當我不知道啊，妳是把我當弟弟一樣心疼。明明我大些，可妳總是把我當弟弟。」說完，出遊廊走了。

星光下，他看起來高大多了，背挺得筆直。

錢亦繡嘆氣。朱肅錦長得再高，還是她心疼的弟弟。不知為什麼，她就是不習慣倚賴他，而是習慣給他當一輩子的依靠。

當夜，錢亦繡回到梁府後，電閃雷鳴，竟下起瓢潑大雨。

大雨下了三天三夜，終於讓京城的天氣涼爽了些。

這日，聽下了衙的幾個爺兒們說，東宮傳來消息，白承徽自盡，留的遺書竟然只有一個字，就是「冤」。接著，一批下人也被打殺。

還聽說霍淑琴被禁足，霍明向乾武帝負荊請罪，乾武帝氣得把茶碗扣在他頭上，拍著龍案大罵一頓，說他娶了個蠢婦，教出來的女兒也蠢到家，害死他的大胖孫子。然後，就揮手讓他走了。

梁二老爺轉述時，還有些羨慕。「霍明的官雖然不大，但極得聖寵，出這麼大的事，聖上居然就放過他了。」

後來錢亦繡回娘家時，聽錢滿江和潘月說，所有跟此事相關的下人都死了，包括道婆，根本查不出原凶。乾武帝和太子都懷疑是閔家做的手腳，只是找不到證據。

錢滿江覺得，閔太后心機深沈，忍功了得，不可能讓閔家做這事，定是閔家按捺不住出手的。不過，這讓乾武帝和太子更不喜閔家人，更不會給他們機會。

九月底是錢亦繡的產期，她老老實實待在院子裡，哪裡都不去。

三十日一早，她發動了。這個孩子沒有太折騰她，早上陣痛，中午便順利生產，如她的意，是個香噴噴的小閨女。這個女嬰長得極好，一生下來就有齊耳的頭髮，而且肌膚瑩白，五官如畫，像錢亦繡多些。

梁則重給孫女取了個極富柔情又有意義的名字，叫梁思思，思念遠方的親人，是梁家幾乎所有人的心聲。

錢亦繡也非常喜歡這個名字。她日思夜思，思的都是遠方的梁錦昭啊。

梁思思洗三這天，梁家賓客眾多。不只親朋好友來了，連朱肅錦都領著韓靈兒和三個小郡主來賀。

韓靈兒直接帶小郡主來蓮香院。一進去，她就樂起來，因為院子裡有七、八個小孩子正跟兩隻小狗、一隻小猴子玩鬧，熱鬧非凡。小猴子就是猴盼盼，兩隻小狗則是歡歡、喜喜與閃電、銀風生的孩子，分別叫團團和圓圓。

團團和圓圓像兩團移動著的白色雲朵，猴盼盼像飄忽不定的紅色火焰，逗得孩子們開心不已。

錢亦靜正站在那裡觀戰，看見韓靈兒來，便跑過來行禮。「嫂子好。」看看她身後的三個小女娃，抿嘴笑道：「小姪女們又長大了。」

韓靈兒也笑，摸摸她的小臉。「靜兒越來越像小淑女了。」招呼完，便帶著三位小郡主與乳娘進東側屋。

東側屋的炕上趴著五、六個小奶娃，其中就有梁錦玉的兒子，幾個娘親正在講著育兒經。

眾人打過招呼，韓靈兒進了臥房，更是驚訝不已。小床邊，梁思誠和梁思信竟然扶著床欄站在那裡，像梁思思的兩個小護衛，誰敢靠近她，就對誰發脾氣。

離床稍遠的幾個大人逗著兄弟倆，想往床邊湊，一移步，小兄弟的臉果然就脹得通紅，口齒不清地吼道：「妹妹，自己妹妹……」雖然會說的話有限，但意思已經很清楚了。

若誰硬靠近，他們便大哭起來，讓躺在床上的錢亦繡十分無奈。

見韓靈兒來了，錢亦繡對兩個兒子笑道：「你們不是最喜歡嘉妹妹、艾妹妹、柔妹妹嗎？看看，她們三個都來了。」

兩個小子看看乳娘手裡的三個小女娃，又把眼神轉到梁思思身上，自豪地說：「自己妹妹。」

韓靈兒見狀，故意受傷地說：「誠哥哥、信哥哥有了自己的妹妹，不要我們了。」

眾人又是一陣笑。

梁錦玉曉得她們幾個或許要說悄悄話，便把另外幾人帶去東側屋坐。屋裡只剩下潘月和韓靈兒、錢亦繡。

韓靈兒笑著對錢亦繡說：「太子妃讓我幫她說一聲，她也惦記妳，是殿下怕出事，不讓她出門。」

錢亦繡忙道：「我明白。她若來了，我也不放心。」

潘月看了坐在床上的三個小女娃一眼，問道：「霍良媛願意讓妳把柔姊兒帶出來？」

韓靈兒無奈地說：「如今她最恨我，聽說天天在屋裡咒我不得好死，怎麼會讓我帶柔姊兒出來？是殿下讓人過去接的。

「我也真冤枉，那天她去我宮裡坐，來者是客，我當然要給她茶喝，誰知出了那件事。還好皇上和殿下聖明，否則我有一百張嘴也說不清了。」

潘月搖頭。「她真是魔怔了。」瞧見朱敏柔純淨的大眼睛，又說：「殿下仁慈，定是覺得孩子無罪，不能讓柔姊兒受她生母的影響。」

韓靈兒點頭。「殿下就是這麼跟我說的，讓我不要把對大人的怨帶到孩子身上。我才不會跟那人一般見識，她這樣，把殿下的心都傷透了。殿下真是個好男人哪，他……」說到這裡，才驚覺是在跟丈夫的養母說話，趕緊紅著臉住嘴。

潘月聽了，眼裡抑制不住笑意。兒子的女人對他一心一意，這是每個母親都樂見的。

梁思思的洗三宴極熱鬧，不只太皇太后送了禮物，連乾武帝都賜了一柄玉如意和四疋妝花緞。

錢亦繡腹誹不已。乾武帝有時真像個孩子，人家生兒子他不高興，嚇得梁錦昭躲到海疆去；人家生女兒了，他就開開心心地送禮。

梁思誠和梁思信滿週歲後，對妹妹的保護慾更強了。

不僅因為他們原本就疼愛妹妹，也有錢亦繡把他們往紳士方面引領的教導，不厭其煩地教育他們，要愛護妹妹、保護妹妹，有好處妹妹先，有困難自己上，等等等等。

不僅他們，連淘氣包猴盼盼都把梁思思當親妹妹疼。只要猴哥一家在梁府，梁思思床邊就不只有兩個護衛，而是三個。

梁思思在幸福的包圍中成長著，轉眼便進入冬月。

今年的冬天特別冷，連續下了半個多月的雪。到了臘月，北方一帶受災嚴重，尤其是遼城，聽說凍死大批牲畜，壓垮許多房屋，甚至死了不少人。朝廷趕緊開倉放糧，拿銀子救濟，朱肅錦還親自趕去遼城，監督賑災。

京城雖然好些，卻也受了災。城裡湧進大批災民，有錢人家在家門口架起幾座大鐵鍋，開始施粥、施饅頭。但許多體弱老人和孩子依然沒挺過嚴冬的肆虐，變成了異鄉魂。

# 第一百七十四章

臘月十三，錢亦繡坐在炕上看帳本，三個護衛排排站在粱思思的小床邊。

忽然丫鬟來報，說錢家來人了。

是潘月身邊的鞏嬷嬷。她表情嚴峻，對錢亦繡曲了曲膝，稟道：「大姑奶奶，我們大奶奶請您回去一趟，老太太不好了。」

錢亦繡嚇一跳。「怎麼回事？前幾天不是還說我太奶奶的身子骨又好些了嗎？」

鞏嬷嬷搖頭。「哎，是因為……」欲言又止，紅起臉說：「大姑奶奶回去就知道了。」看來，還有下人不好說的原因。

錢亦繡急忙下炕，披上紫色翻狐狸毛大披風。

梁思誠和粱思信看娘親要出去，跑過來抱著她的腿，嚷道：「出去玩，出去玩。」

錢亦繡蹲下哄他們。「娘不是出去玩，是有事要辦。你們跟著娘走了，妹妹怎麼辦？只讓猴盼盼陪她嗎？」

猴盼盼猴精，聽見這話，就跑去門邊站著，瞪大兩隻圓眼睛看小哥兒倆，威脅味十足。

錢亦繡指著猴盼盼道：「看吧，若你們都出去玩了，剩牠一個，牠也不會陪妹妹，只讓妹妹一個人待在屋裡。」

小兄弟聽了，回頭看看睡夢中的粱思思，哪怕睡著了，她的嘴角也噙著笑意，只得垂頭喪氣地鬆開娘親的腿。

梁思信十分不捨地說：「娘快快回，信信想。」

錢亦繡點點頭，親了每個小傢伙一下，就出了東側屋。

外面還飄著大雪，寒風呼嘯。一掀開上房的厚門簾，一陣寒風便捲著雪花飄進來。

錢亦繡拉緊披風，疾步往正院走去。

崔氏正同其他姨娘們坐在炕上打葉子牌取樂。共同的男人不在家，幾個女人竟異常和睦起來。

梁理騎著錢亦繡送的學步車在地上亂竄。她雖然只比小兄弟小一個月，底子卻差得遠了，到現在還不會走路，說話也只能說一個單音。

錢亦繡跟崔氏告假，就急急坐馬車往錢家趕去。

錢老太已經是七十五歲的高齡，天氣又不好，若出了事，肯定凶多吉少。錢亦繡心裡酸酸的，眼淚也止不住地流出來。

雖然她穿越過來這麼多年，跟錢老太不是很親近，也不喜歡她的重男輕女，更對她過去經常欺負潘月頗有微詞。

但是，她依然希望錢老太能健康長壽，多享兩年福。三房過去困難時，錢老太經常從嘴裡省一口，偷送吃食、送錢給三房，受了汪氏不少白眼。雖然都是給朱肅錦和錢三貴，但也幫著三房度過許多困難歲月。

一到錢府，錢亦繡直接去了錢老太住的院子。錢三貴、錢滿霞、錢滿亭聚在廳屋，眼圈都是紅的。

她上前問道：「太奶奶怎麼了？」

錢滿霞剛要說話，錢滿江陪著御醫從臥房裡走出來，聽御醫道：「老太太本來身子就弱，又怒氣攻心，怕是不好了，你們準備後事吧。」

眾人聽了都哭起來，除了錢滿江送御醫出去外，其他人都湧進臥房。

臥房裡又熱又悶，飄著一股濃重藥味，還夾雜著屁尿的臭。

吳氏和潘月紅著眼圈站在床邊，錢老太臉色蒼白，雙目微閉，嘴裡還含混不清地喊著，仔細一聽，喊的是「錦娃」。

吳氏哭道：「御醫說，因為娘有這個念想，才能一直挺著，讓咱們滿足娘的願望，讓她走得沒有牽掛。」

錢三貴哭道：「娘是想見太子一面。可太子去了遼城賑災，不知道什麼時候能回來？」

丫鬟端著藥碗進來，吳氏幾個過去把錢老太扶起來，餵她吃藥。只餵進一小半，一大半順著嘴角流出來。

錢亦繡把潘月拉去側屋，低聲問道：「娘，太奶奶怎麼突然病重，御醫還說什麼怒氣攻心？」

潘月氣道：「還不是被妳太爺爺氣的，那老爺子也真是差勁。」這個詞是她說過最不客氣的話了，講完便住嘴，氣得臉通紅。

錢亦繡一驚，問道：「太爺爺做了什麼事？」看潘月欲言又止，頓時急了。「哎呀，娘還不快說，急死人了。」

潘月嘆口氣，才說了緣由。

原來錢老頭在外頭找了個相好的，是三十多歲的寡婦，已經來往一年多了。前天，錢老頭回來坦白，說是要納那個寡婦，因為她已經懷了身孕。老爺子得意啊，自己已經七十多歲，仍雄風不減。還說，若實在不肯讓那個女人進府，就要錢滿江出錢，在外面買座大宅院安置他的老來子。

錢老太聽了，氣得暈過去，掐人中都沒醒過來。

錢老頭一瞧，他把錢老太氣壞，就怕了。在這個家裡，錢老太是御封的誥命夫人，他只是個白丁，而且，他很有自知之明，曉得全家人對錢老太比對他要好得多，知道自己闖下大禍，就嚇跑了。

錢家人忙著找御醫來看錢老太，又派下人去找錢老頭。

找到那個寡婦家裡，正遇到她和她相好的。原來那寡婦算著錢老頭這天不會上門，便把相好的叫來。一問，孩子居然也是那個相好的。

錢家人找了一天一夜也沒找到錢老頭，正著急時，錢滿朵派人送信來，說錢老頭害怕，躲去了她家。

錢亦繡氣得直咬牙。死老頭子，那麼大年紀了，還學人家風流。「跟著太爺爺的人呢？

全是死人哪？」

潘月道：「原來跟著爺爺的人因故調去別處。上年，公爹看爺爺這些年比較老實，沒出去生事，就同意他自己選人。那個長隨只是個半大小子，花幾兩銀子就被爺爺收買了，不僅幫他瞞著，還經常替他通風報信。」

錢亦繡無言了。在錢家待到晚上才回梁府去。

車子到了梁府，彩月正在二門口等，看見錢亦繡就說：「思姊兒在少奶奶走後不久就大哭，任誰哄都哄不好；兩個哥兒看妹妹大哭，也難受了，跟著哭起來。老祖宗知道了，便讓人把他們抱去萬和堂。」

錢亦繡很無奈。這幾個孩子都是她親手帶的，所以特別黏她。

她剛走進萬和堂的垂花門，就聽到上房裡傳來哭嚎聲，主要是梁思誠和梁思信的。她快步跑進去，看見哭得小臉通紅的梁思思被崔氏抱在懷裡哄著，宋氏抱梁思誠，夏氏幫忙抱梁思信，兩個小傢伙邊哭邊喊著妹妹跟娘親。

不說崔氏垮了臉，連梁老太君和宋氏的臉色都不好看。

崔氏先道：「昭兒媳婦，我們沒有阻止妳盡孝，可妳也是三個孩子的娘。」

錢亦繡紅著臉，接過梁思思，去側屋給孩子餵奶。小傢伙一吃到娘親的奶，便立刻止了哭聲。梁思誠和梁思信也跑進來，一人抱著她的一條腿。

當錢亦繡領著幾個孩子再次回到廳屋時，梁老太君等人已經聽隨行的紫珠說過錢家的事。梁老太君沒再責怪錢亦繡，讓她帶著孩子回蓮香院。

此後，錢亦繡便不好經常回錢家了，只得取出一支好些的人參，用碧泉水泡泡，讓人送去給錢老太吃，但願她能堅持到朱肅錦回京。

錢老太堅持了十天。

臘月二十三日，朱肅錦從遼城回來，一聽說錢老太不行了，但因為念著他，一直挺著，驚得連衣裳都沒換就趕緊去錢家。

此時，錢老太已經瘦得脫形，臉色蠟黃，臉頰深凹進去。

朱肅錦過去，半跪在床邊，拉著她的手哭道：「太奶奶，我是您的錦娃，您睜開眼瞧瞧我呀！」

一天難得醒來一次的錢老太終於睜開眼睛，渾濁目光落在朱肅錦身上，愣愣看了他好一會兒，才含混道：「錦娃，真是我的錦娃……」說著，眼角流出淚來。

朱肅錦哭著說：「是，太奶奶，錦娃來看您了。」

錢老太扯了扯嘴角，把手伸出來。「喔……真是錦娃來看我了。他們壞，說你不是錢家人，可我知道，你是我的親重孫。錦娃，你是好孩子，太奶奶享了你的福。」

朱肅錦握緊錢老太乾枯的手，點點頭。「是，我是您的重孫。太奶奶好好活，以後還能享錦娃的大福。」

錢老太咧了咧嘴，目光望向朱肅錦身後，變得虛無起來，聲音卻大了，咬字還異常清楚，笑道：「錦娃，太奶奶給你留了幾片肉，不好拿過來，快，跟我去大院吃。噓，別讓汪氏聽見，那婆娘心凶……」

然後，她慢慢閉上了眼睛。

「太奶奶，太奶奶……」朱肅錦趴在錢老太身上，大哭起來。

錢三貴等人都在東側屋裡等著，聽見朱肅錦的哭聲，都流淚湧了進去，又吩咐人去通知錢亦繡。

錢老太死了，享年七十五歲。

朱肅錦跟錢老太的感情非常好，哭得不行，幾近暈厥。稍微平靜下來後，便回宮奏請乾武帝，他要給老太太守制守靈。

這次，乾武帝十分痛快，不僅破例讓朱肅錦穿素服，還讓他去錢家守靈三天；又讓三個小郡主換上素服，由韓靈兒領去錢家祭奠。

之後，乾武帝竟然也微服來錢家，為錢老太上了三炷香。

如今，錢家已經是許多大家族爭相結交的高門，再加上乾武帝和太子給出如此恩寵，去祭奠錢老太的人家就更多了。

三天後，錢三貴夫婦準備帶著錢滿江、錢亦善、錢亦明，還有在戶部任官的李占冬扶棺回花溪村。錢老太生前說過，要葉落歸根，埋在溪景山和溪石山相交的大墳包。

跟他們一起回鄉的，還有動物之家。牠們要送年邁的大山和白狼回去，順便帶著猴盼盼、團團、圓圓去看看祖輩們長大的地方。

其實，潘月、錢亦繡和朱肅錦都想跟著回花溪村，卻不能成行。太子不能隨便出京，太子妃又快生產了；錢亦繡的幾個孩子還小，女兒還不滿三個月，不能帶著孩子一起去，又不能離開孩子單獨去；潘月必須留在京城看家，還要照顧錢亦靜與年紀尚小的錢亦源。

大山和白狼已經很老了，得了許多老年病，這次牠們一定要跟著回去，或許也想葉落歸根吧。

出發那天，錢亦繡跟牠們告別時，大山伸出舌頭舔了錢亦繡，錢亦繡也親親牠，還抱了白狼。這是錢亦繡這麼多年來，第一次主動抱白狼，也是最後一次。她知道，這次分別就是永別了。

朱肅錦也猜到這是永別，抱著大山流淚，道：「大山，我會一直記著妳，記著咱們在一起的好時光。」

大山聽了，竟然跟著抽泣出聲。

錢滿江是孫子，守制三個月即可，幾個月後就能返京，動物之家也會跟他一起回來；而錢三貴和吳氏是兒子和媳婦，必須守孝三年，三年後才能回京城。

想到還要那麼久才能見到他們，錢亦繡十分不捨，拉著錢三貴的袖子流淚。「爺爺，等孩子們大些了，我就抽工夫去花溪村看你們。」

錢三貴勸她。「繡兒是人家的媳婦了，別總想著回娘家。」看孫女嘟起嘴，又道：「若要回來，也不能惹長輩們不喜。最好把重外孫都帶著，爺爺也想他們。」

錢亦繡點點頭。

這次，錢老頭也要回鄉。他把錢老太氣死了，又得知相好有另外的相好，懷的還是別人的孩子，頓時洩氣，再不像原來那樣把自己收拾得光鮮，一下子老許多，精神也十分不好。

或許是良心發現，也可能是沒精神再折騰，錢老頭便說要跟錢老太一起回去，以後住在花溪村跟大兒家過，不回來了。

錢亦繡和錢滿霞、錢滿朵、錢滿亭幾人雖然很氣錢老頭，但想到這次分別，或許以後見不到了，還是哭著給他磕頭，送眾人與動物之家離開。

臘月二十九，梁宜謙父子派梁高送給宮裡與自家的年禮到京了，還有幾封抵萬金的家書。他們九月底出發，由於雪大，路不好走，比預期到的日子晚了半個多月。

梁宜謙的信上說，他們身體很好，就是太忙碌，但做得高興。不僅大量修船和製造武器，又截獲兩條倭寇跟海盜的船，正能好好研究一番；還順利接到李，買下不少情報，尤其是海上地圖，對他們極有用處。

這封信是梁二老爺負責唸的，當他唸完，梁老太君等幾個女眷高興得落了淚。

梁高還拿個包袱給錢亦繡，是梁錦昭單送她和孩子們的禮物和家書。禮物是幾個能吹響的海螺、一尊漂亮的小珊瑚，竟然還有一只精美的音樂盒。信裡特別說明，音樂盒是送給第三個孩子的禮物。

梁高出發時，錢亦繡還沒生產，所以梁錦昭的家書裡還問生的是男孩還是女孩？希望是像小妻子一樣漂亮的女兒。若是男娃，他也喜歡，等他回去再努力生女兒。

這封信和禮物讓錢亦繡失落的心情又明媚些許，特別是信，給孩子們唸了好幾遍。孩子們也跟她一起分享這份快樂，梁思思使勁吹泡泡，小兄弟倆聽得特別認真，每次等她唸完，都會說：「是妹妹。」

錢亦繡點頭笑道：「好，娘會寫信告訴爹爹，說你們有妹妹了。」

# 第一百七十五章

大年初一，錢亦繡去慈安宮給閔太后磕完頭，又去慈寧宮向太皇太后拜年，潘月和舅母傅氏也在。

太皇太后看到沒有外人，便對潘月道：「這些日子，哀家想通了，潘子安不想當駙馬就不當吧，想娶誰就娶。紫陽已經去了這麼久，哀家不想再拘著他。之前哀家曾遠遠地看他一眼，當初的小白臉也老了，連鬍子都有些發白。」

這幾年，太皇太后時常從傅氏和錢亦繡的嘴裡聽說潘駙馬如何放下臉面討好潘月，如何後悔因自己的執拗害紫陽長公主早逝，再看他鬍子已經白一半，竟是不想再鬥這個氣了。老人家恨了潘駙馬三十幾年，如今終於放下。

潘月不想忤逆太皇太后，遂硬著頭皮答應下來。

出了慈安宮，潘月便跟傅氏和錢亦繡商量。她是女兒，怎好意思去跟爹說這種事？現在她雖然不那麼埋怨潘駙馬，但父女倆的感情還沒好到無話不談的地步。

她對傅氏道：「嫂子能不能跟哥哥說說，讓他去提。都是男人，好開口些。」

傅氏搖頭。「之前相公因為婆婆和小姑的事，一直跟公爹心存芥蒂，雖然現在兩人的關係較以往好些，但話還是不多，相公打死也不會去說這種事的。」

潘月想想也是，又看著錢亦繡。「繡兒，妳跟妳外公的關係最好，也最談得來，這事，好像只有妳去說最適合。」

錢亦繡看看羞紅了臉的潘月，還有滿臉為難的傅氏，只得應下。想著，就帶句話，願不願意，隨潘駙馬。

幾人分手時，傅氏還是說了一句。「這回，葉姨娘總該高興了。她一個官家閨女，卻使出手段給公爹當女人，現在終於能如願了。」

潘月嘆道：「咱們不去管葉姨娘。爹心裡不舒坦了大半輩子，願意如何便如何吧。連皇姥姥都想通了，咱們這些做兒女的，就順著他吧。」

傅氏點點頭，三人便各自回府。

初二這天，錢亦繡領著三個孩子去錢家。

萬大中一家、錢滿亭一家都來了，連錢滿朵夫妻都帶著李阿草上門。

潘駙馬也來了。昨天潘月特地來請他，他想著兒媳要帶著兒子孫子回娘家，他一個人在家冷清，來女兒家熱鬧熱鬧也不錯。又想，他真是上年紀了，原來最喜歡清靜，可現在就是喜歡熱鬧，還特別喜歡孩子。

眾人直接去了惜月閣。

潘月一看見錢亦繡幾人，就笑著迎上來，先抱著梁思誠和梁思信親了兩口。「外婆的乖孫子，外婆好想你們。」

信哥兒的口齒要伶俐些，笑道：「自己外婆小，衛弟弟外婆老。」

潘月莫名其妙地看看錢亦繡。

錢亦繡大樂道：「衛弟弟是我小姑錦玉的兒子，衛弟弟的外婆，就是他們的奶奶了。」

潘月聽了也笑起來，不好說自己太顯年輕，遂道：「親家可一點都不顯老。」又伸手把思思接過去，也親兩口。「外婆的乖孫女，長得可真漂亮。」

源哥兒等幾個孩子最喜歡梁思誠兄妹過來，他們在，自己都長了輩分。

幾個男人都是軍人，一見面就說到一起。潘月招呼錢滿霞三姊妹還有孩子們，錢亦繡就跟潘駙馬去廂房裡聊天。

自從嫁人後，錢亦繡跟潘駙馬很少像現在這樣靜靜地聊天了。

她淨完手，給潘駙馬燒水泡茶。茶是金蛾翼，水是梅花上的雪水。

她手上一邊忙碌著、一邊討好地說：「我聽說外公要來，特地從家裡拿了這一小罈子水。這水只有一點，我平時都捨不得喝。」

潘駙馬哼道：「妳這張小嘴，慣會討巧。」說是這麼說，嘴角還是向上勾起，很是享受外孫女的示好。

潘駙馬今年已經五十多歲，但看著只有四十出頭，依然手神俊朗。他不像大多數男人那樣留著三綹鬍子，而是上唇留了兩撇，剪得極短，下巴再留一小片鬍子，也修得短又整齊。這樣清爽索利，又極好看。

現在，許多愛好風雅的男人都開始蓄這種鬍子。潘駙馬不僅在穿著上引領大乾朝的男子，連留的鬍子都能造成流行。
錢亦繡把粉釉細瓷茶杯遞給潘駙馬，看他極其滿足地品茶，頓了頓，才開口道：「外公，昨天我們去給太皇太后拜年時，太皇太后讓我們給您帶句話。」
「什麼話？」潘駙馬沒抬頭，盯著茶杯道。
錢亦繡呵呵笑兩聲，尷尬道：「就是，呵呵，她老人家說，外公若不想當駙馬，就不當吧，想娶誰就娶。皇外婆已經去世這麼久，她老人家想通了，不想再拘著您。」
潘駙馬沒想到是這話，抬起頭，吃驚地看錢亦繡。片刻後，又低頭盯著茶杯，輕笑道：「就妳皮厚，沒大沒小的，一個小輩來跟外公說這事。」
錢亦繡挨著他坐下，扯著他的袖子，嘟嘴道：「他們都不敢來，只有讓我來了。我想著，把這話帶給外公，外公想怎樣就怎樣吧。只要您幸福，我們這些做晚輩的都高興。」
這是錢亦繡的心裡話。紫陽長公主短暫的一生是痛苦的，但潘駙馬也痛苦了幾十年。如今潘駙馬已經五十多歲，希望他能有個幸福的晚年。
潘駙馬放下手中的茶杯，搖搖頭。「代外公謝過太皇太后的好意，今生，我潘子安只有一個妻子，就是紫陽長公主。沒人逼迫，沒有任何目的，我願意當她的駙馬，直至老死。」
錢亦繡一愣，不知道潘駙馬會這樣選擇。如果紫陽長公主聽到，該有多麼激動。
她愣愣地喊了一聲：「外公……」
潘駙馬拍拍她的手。「傻孩子。經過這麼多事，外公發現，自己糾結大半生的駙馬頭銜，並沒有什麼不好。沒進朝堂不是壞事，甚至因此間接保住了潘家滿門。這麼說來，紫陽長公主是我們潘府的恩人，她為我帶來的，不僅有到現在還享受著的尊榮富貴，還留住潘氏滿門的性命，我還有什麼不滿足的呢？哎，是我不好，負了她，讓她帶著怨懟死去……」

潘駙馬沒有繼續往下說。這幾年，他真心覺得，這輩子最對不起的人不是女兒，而是他的妻子紫陽長公主——那個雖然容貌不算美麗，卻溫婉善良的女人。

只是，前些天他想為妻子畫幅畫留作紀念時，才發現，那個他從心裡深處願意接納的妻子，卻是面目模糊。她到底長什麼樣子，他已經記不清了。

潘駙馬含著眼淚，轉向窗戶。透過冰花，看到幾枝綻放的紅梅伸到窗前，在雪中搖曳。見潘駙馬這樣，錢亦繡的鼻子也酸了。人往往如此，蹉跎一生，等真正想通了、看透了，那些時光也不會回來了。

她起身，提起裝水的小銅爐，給潘駙馬續茶。

幾個大些的孩子去了院子裡，打鬧聲傳來，讓兩人低落的心情又好起來。雖然前人走了，但還有這麼多的後人哪……

吃過中飯，喝了酒的男人們去客房歇息，潘月幾人便把錢滿亭叫去了側屋，問道：「我看妳瘦了不少，精神也不好，怎麼回事，霍姑爺不知道心疼人嗎？」

錢滿亭紅著眼圈搖搖頭。

錢亦繡看看她挺著的大肚子，臉色也的確不好看。能打敗戰鬥力十足的錢滿亭，肯定遇到了大事，遂追問道：「不是姑夫，就是婆婆了？」

錢滿亭點點頭。「我婆婆一直認為道婆是好的，給小姑換了兒子，可恨韓良娣幫著太子妃，下了藥，害小姑流產，還覺得錢家不仗義，關鍵時候不幫她們在太子跟前說好話。太子最聽錢家的，若錢家說了，就能……」看看她們，沒敢繼續往下說。

錢亦繡冷笑。「若錢家說了，太子就能懲罰韓良娣。不僅不會禁霍良媛的足，還寵幸她，讓她再懷個孩子，對不對？」

錢滿亭紅著臉沒言語，低下頭。

錢亦繡暗暗搖頭。看來，她猜得沒錯。

錢滿霞嗤笑道：「那霍夫人跟霍良媛一樣，蠢透了，不曉得喝了什麼迷魂湯，竟然好壞不分。」

錢亦繡又問：「亭姑姑的公爹也是這麼認為？」

錢滿亭馬上道：「沒有，公爹還罵我婆婆和小姑眼睛被屎糊住，明明是換子符水把孩子弄沒了，卻偏偏怨別人。」

潘月追問：「那霍夫人是怎麼折騰妳的？」

錢滿亭含著淚說：「現在，我每天都要去給婆婆立規矩，從早上站到中午，吃完午飯後，又要去服侍，得站到公爹和相公他們回來。我的腿腳腫得厲害，原來的鞋子都不能穿了，前兩天還見紅，幸虧我身子壯，喝下湯藥便好了。」

這是因為錢家而遷怒錢滿亭？潘月幾人皆生了氣。

潘月問：「妳公爹和相公曉得這件事嗎？」

錢滿亭回答：「公爹不曉得，我們不敢跟他說；但相公知道，讓我忍忍，說婆婆厲害，之前折騰姨娘都是這樣的。相公還說，想求求萬副統領，看能不能找個門路把他調出京，再求我公爹讓我跟著他去？」

話落，她拉著錢滿霞的手求道：「霞姊姊，讓姊夫在萬副統領跟前說說好話吧，看有沒有辦法把我相公調出京。」

潘月見狀，也對錢滿霞說：「只能這樣了。我家大爺和繡兒女婿都不在京，唯有請萬副統領幫幫忙，不然，亭兒的日子可不好過。」

錢滿霞點頭。「這個忙肯定要幫。」又道：「但即使幫了，也不是一朝一夕就能弄完，亭妹妹還有一個月便要生呢。」

潘月沈吟。「亭兒肚裡的孩子跟霍夫人沒有血緣關係，她可不會心疼。為了他們母子的安全，還是應該儘早打主意。」

錢亦繡冷哼。「怪不得那麼多家外戚被滅，還是有人前仆後繼往死路上奔。不是他們蠢，是他們的雙眼和心智都被利益蒙蔽。皇上已經施恩，太子也留了情，可她們還不滿足，連咱們錢家一起恨上。現在讓亭姑姑回霍家，我還真不放心。這事要跟太子說一聲，讓他注意些，人一旦失去理智，什麼事都幹得出來。」

潘月聞言，更擔心了。現在錢家沒有其他人，如果錢滿亭出事，她不好交代。至於太子那邊，之後見著面就跟他說說。

幾個人商量，聽起來霍明還算明白，但他一個大男人天天在外忙碌，根本顧不上內院，就由萬二牛出面，把霍夫人的所作所為告訴他，看能不能把錢滿亭接回錢家待產？同時警告他，若錢滿亭母子有閃失，錢家定不善罷干休，身為姻親的萬家同樣不放過霍家，太子也會震怒。

這樣，即使接不回錢滿亭，霍明心裡有數，霍夫人也不敢讓錢滿亭出事。同時，把潘月身邊的犟嬤嬤暫時派到錢滿亭身邊，就說潘月不放心，讓她過去服侍。

商議完，錢亦繡忍不住暗嘆，有權有勢就是好，對別人而言非常為難的事，她們一商量，便解決了。

男人們午睡醒來，女人們便把這些話說了。

萬大中當即表態，回去就跟萬二牛說，還道：「我覺得妹夫調去冀安省最好。那裡我們熟悉，你們也熟悉，小妹的家也在那裡。」

錢滿亭一聽，高興得雙眼放光。

霍立行紅著臉起身，謝了萬大中，又對潘月賠罪，說他沒用，沒護好錢滿亭。

錢滿亭落淚，道：「四爺待我的好，我知道。我們出府時，再跟公爹求求情，把姨娘和妹妹一起帶出去。」霍立行還有個同胞妹妹，今年剛滿九歲。

霍立行聽了，感激地看著錢滿亭。

潘月等人見狀，暗暗點頭。錢滿亭是個聰明女人，若出去單過，相信她會把家經營好。

晚飯後，眾人紛紛告辭，錢亦繡最後一個走，悄悄跟潘月說了潘駙馬的話。

潘月聽了，便哭起來。「我爹終於想通了。他怨恨半輩子的駙馬頭銜，現在肯心安理得地接受了。可惜我娘看不見，否則定會開心死。」

錢亦繡笑著勸她。「外公想通，總是好的。心情舒坦，後半輩子也會過得開心。」

潘月擦擦眼淚，笑道：「這倒是。」抿了抿唇。「女婿給我捎了些海貨，裡面有兩根新鮮海參，本來想留著給妳爹吃的，明天我帶給妳外公吧，他最喜歡品嚐美食了。」

錢亦繡早已給潘駙馬送去一些，但潘月親自孝敬他，他會更高興，便笑著點頭。「如今外公最在乎的就是娘，娘多跟他親近親近，他會更高興。」

幾天後，錢亦繡聽潘月身邊的黃嫂子來報，萬副統領跟霍大人說了，霍大人答應所有條件，但仍要錢滿亭在霍家生產，若是回娘家，怕別人笑話。同時，將霍夫人禁足，又怕她的心腹作怪，不僅把管家權全交給霍大奶奶，還撤換她手下那批掌權的下人。

錢亦繡點點頭，暗道霍明還算聰明。再讓愛惹事的霍夫人亂來，總有一天會闖大禍。

# 第一百七十六章

一月二十六日，潘月派人送信，錢滿亭順利生產，生了個六斤重的大胖小子。

洗三那天，錢亦繡也去了，沒看到霍夫人，是由霍大奶奶待客。霍大奶奶年約三十左右，很爽利，人也通透，上上下下打點得十分妥貼。這樣的聰明人，誰都喜歡。

錢亦繡跟霍大奶奶打了招呼，便去錢滿亭的臥房看她。

潘月、錢滿霞、錢滿朵幾個娘家人都在這裡，錢滿亭紅光滿面，看著豐盈不少。小奶娃長得很可愛，像霍立行多些，有點黑。

幾人正說笑著，霍淑琴竟在霍大奶奶的陪同下來了。

昨日，霍淑琴跟朱肅錦說，自己弟弟添兒子了，她想回娘家沾沾喜氣。朱肅錦雖然不滿她愚蠢，把長子折騰死了，但想著到底跟她有那麼多夜的夫妻情分，且冷了她那麼久，以後也不可能再給她生孩子的機會。聽說霍夫人已經被禁足，霍明父子幾人還是明事理，讓他們跟她說說，興許能讓她少些歪心思，遂同意她回去。

霍淑琴比生產前瘦了許多，本來個子就高，現在更是顯得乾巴巴的，沒有女人味。

她原本長得很不錯，雖是丹鳳眼、薄嘴唇，但眼裡含著暖意，嘴角時刻噙笑，哪怕顯得英氣十足，但看著也別有風情，讓人觀之可親。現在，眼裡沒了溫度，更確切地說，含著恨意，嘴角抿成一條線，再加上乾瘦，顯得顴骨更高，露出刻薄的凶相。

錢滿亭看她來了，趕緊直起身。「小姑……不，良媛，快請坐。」

潘月幾人也向霍淑琴打招呼。看在朱肅錦的面子上，還是對她笑臉相迎。

霍淑琴的目光在眾人面前滑了一圈，直接在床邊那把紅木圈椅上坐下。這把椅子是剛才潘月坐的，錢亦繡等人都是坐繡墩。

幾個女人裡，只有錢滿朵比霍淑琴的身分低，潘月、錢亦繡、錢滿霞的身分都比她高。太子良媛也就是正五品，但潘月是郡主，錢亦繡為縣主，錢滿霞也是從四品恭人，哪個身分都比霍淑琴高。若看與太子的關係，霍淑琴只是太子的一個妾，而潘月是太子的養母，錢亦繡是跟他一起長大的妹妹，錢滿霞則是照顧太子多年的姑姑，關係都比霍淑琴親近。

看霍淑琴這番作派，錢亦繡氣得想說兩句，潘月衝她搖搖頭，意思是看在錢滿亭的面子上，不跟這種人一般見識。

錢滿亭的丫鬟見狀，從牆角搬來一把椅子放到床邊，請潘月坐。

霍淑琴道：「孩子呢？抱給我看看。」

此時孩子正在錢滿朵手裡，便遞給她。

霍淑琴不熟練地抱著孩子，讓大家的心都提起來。幸好孩子裹了包被，有厚厚的被子撐著頭，否則小腦袋就要耷拉下去。

但孩子已經不舒服了，張嘴哭起來。

霍淑琴一手抱著孩子，一手捏捏孩子的小臉，嫌棄道：「真黑，又醜。」

她的手勁有些大，把孩子的臉掐得紅起來，孩子的哭聲更尖利了。

錢滿亭哭著求她。「小姑，輕些。」

潘月氣極，過去把孩子搶過來，冷聲道：「霍良媛手下留情，他還是個孩子。」

霍淑琴一沒留神，見孩子被搶走，起身想搶回來，但看到潘月、錢亦繡等人看她的眼神不善，沒敢再去搶。

她看了孩子幾眼，突然哭道：「妳們心疼那個孩子，怎麼就不心疼心疼我的孩子？我可憐的兒子，明明是尊貴無比的皇長孫，或許還可能是太子唯一的兒子，卻沒有等到見天之日，就被人害死了。」

她擦了一把淚，又厲聲說：「妳們是我的親戚，是太子的親人，有能力幫我兒伸冤，為什麼不幫？為什麼還跟那姓韓的賤人走那麼近？若是我兒得寵，將來妳們也能沾光，為什麼不幫幫我們？」

恨，終於讓霍淑琴失去了心智。

錢亦繡嘆氣搖頭，對霍淑琴說：「太子居然還給妳兩次生孩子的機會，真是看錯人了。現在，我們倒要感激道婆和背後害妳的人。若妳真生下皇長孫，不知東宮要有什麼麻煩？」

接著，她又對霍大奶奶說：「霍良媛的話，妳都聽到了吧？哪句話被有心人利用，霍家都要倒大楣，妳應該把她的話原封不動地告訴霍將軍，否則，你們離抄家滅門就不遠了。」

霍淑琴聞言，氣得衝到錢亦繡面前，怒聲道：「妳這個賤人！就是妳跟太子妃、韓靈兒一起害我，想讓太子妃先生兒子！我知道，太子最聽妳的話，妳沒少在太子面前說我的不是，否則，太子怎麼不去懲戒惡人，卻禁我的足，也不再寵幸我？妳還是我們霍家的姻親，為什麼那麼看不得我過得好？」

霍大奶奶大驚，趕緊過來拉住霍淑琴，勸道：「良媛快別動怒。妳不喜歡待在這裡，咱們出去吧。」

旁邊的婆子也過來，一起將霍淑琴拉走了。

見人走遠，潘月搖頭道：「我覺得霍良媛不光糊塗，而是得了失心瘋。」

錢亦繡也這麼覺得。霍淑琴太想先生兒子，還有了機會，但兒子竟被她折騰死了。但是，她拒絕承認，卻把罪名安在韓靈兒身上，恨所有人不幫她。

她定要找機會去跟朱肅錦說，這人不能留在東宮，或者說，不能再讓她出來惹事。

錢亦繡把自己的意思告訴潘月，潘月也點頭。「是，我也這麼想。人一旦失去心智，什麼事都能做出來，太可怕了。」

吃完席，看了孩子洗三，客人們陸續走了。

不過，吃飯和洗三時，霍淑琴都沒有出現。或許霍大奶奶真把霍淑琴的所作所為告訴霍明，霍明怕她當眾口不擇言，不讓她出現吧。

錢亦繡回到梁府不久，傳來一個驚人的消息——霍淑琴死了。

霍淑琴死了，還是死在霍家，霍明又去皇宮向乾武帝請罪。據說，由於霍淑琴心情不好，同她的侍女一道去逛園子，兩人不慎失足落入湖中，淹死了。

錢亦繡猜測，霍淑琴八成是讓霍明弄死的。雖然覺得霍淑琴可憐之人必有可恨之處，但還是認為霍明過於心狠手辣。霍淑琴再有錯處，也是他的親閨女，怎麼能把她弄死？

曾嬤嬤卻認為霍明做得對，果斷乾脆，怪不得乾武帝欣賞他。現在霍淑琴就像得了失心瘋，她嫁的不是一般人，而是太子，若在東宮闖禍，霍家是要滿門抄斬的。宮裡的女人又不能休棄或和離，除了讓她死，沒有別的辦法。

雖然曾嬤嬤這麼說，錢亦繡還是心緒不寧，夜裡也沒睡好，不時想起那雙明亮，又微微往上挑的丹鳳眼。那是霍淑琴沒生孩子前的眼睛，美麗、明亮，對未來充滿希望。

霍淑琴今年也才十八歲，若在前世，只是個高三學生，是人生中最美好的花季，還沒有進入複雜的社會。但在這裡，她已經嫁人生女，又痛失兒子，親生父親怕她連累家人，還弄死她，無奈地走向了人生盡頭。

第二天早飯後，錢亦繡向長輩們告假，去東宮祭奠霍淑琴。因霍淑琴的品級不高，由她去就行了。

靈堂搭在東宮西側門邊的小院子裡，十分偏僻，由韓靈兒負責接待。

錢亦繡遠遠看見朱肅錦，瞧他臉色灰敗，有了黑眼圈，神色頹廢，有些心疼。朱肅錦是個善良孩子，霍淑琴再討嫌，也是他的女人，他女兒的娘就這麼死了，心裡肯定難過。

錢亦繡聽人議論，昨天霍明去請罪時，乾武帝並沒有怪罪，還說人生無常，讓他節哀。說完，眾人又是一陣唏噓，紛紛說了皇上仁慈。

錢亦繡暗道，乾武帝可不是仁慈的人，他是巴不得霍淑琴死，霍明做到他的心坎上了。

她本還想去看看待產的傅明蘭，但從靈堂出來，不好去串門子，只得回府。

回到府裡已經是中午，錢亦繡餵完女兒和小兄弟，又給小兄弟講了兩個小故事，哄他們睡午覺。

錢亦繡坐在東側屋的炕上想心事，想到東宮的淒慘，不由又心疼起朱肅錦來。他雖是太子，過得卻不快樂，幾乎每年身邊都會出狀況，難道要登上最高位，都得經過痛苦的歷程？

二月四日一早，潘月讓人把錢亦靜和錢亦源送來梁府，說傅明蘭發動了，她得趕去東宮。錢亦靜姊弟不想待在家裡，就把他們送到錢亦繡那裡。

聽了這個消息，錢亦繡也心緒不寧，什麼事情都做不了，便帶著幾個孩子坐在炕上，給他們講故事。似乎只有沈浸在故事中，才不會那麼慌張。

焦急的等待真是難熬，直到晚上，東宮終於來人報喜，說太子妃生了一個大胖小子，大小平安。

錢亦繡還不放心地多問一句：「大胖小子？是男娃？」

來人笑道：「是男娃，六斤八兩，說是長得像太子。」

朱肅錦終於有兒子了，乾武帝終於有龍孫了，梁錦昭在乾武帝面前晃，乾武帝也不會看他不順眼了！

錢亦繡高興地學起那些老婆子，雙手合十直唸佛，對兩個兒子和女兒說：「你們又添一個小表弟了。」又告訴錢亦靜和錢亦源。「你們又多個小姪子了。」

幾個孩子也高興地跳起來。錢亦靜和錢亦源是真高興，梁思誠兄弟則是看到娘親高興，就跟著高興。

夜裡，錢亦繡提筆給梁錦昭寫信，告訴他，朱肅錦有兒子，他可以放心了……

第二天，錢亦繡聽來接錢亦靜和錢亦源的潘月說，乾武帝樂壞了，一得到消息就去東宮看望孩子。太皇太后、閔太后也去了，好東西像流水一樣往東宮裡賜。

二月六日，東宮辦洗三，宋氏和錢亦繡一起去，把梁思誠和梁思信也帶上。

東宮裡喜氣洋洋，廊下、樹上還掛了彩燈。

這次洗三宴由閔太后親自主持。看見穿著喜氣、笑容滿面的閔太后，錢亦繡不得不佩服她。先帝那些女人，不管有兒子沒兒子，她的日子最好過，而且一直好過。她不僅聰明，還隱忍識時務，只可惜娘家不爭氣，得意便猖狂。

錢亦繡向閔太后行完禮，就帶兒子直奔傅明蘭的明榮殿。來明榮殿的婦人都是跟傅明蘭極熟的親戚朋友，韓靈兒在這裡幫著招呼。

三位小郡主已經能滿地跑了。朱肅錦不許她們過於嬌氣，不許人隨時抱著，說能跑能跳才對身體好，他小時候就是這麼過來的。

三姊妹看到小兄弟，跑過來喊哥哥，拉著他們往臥房走，嘴裡嘟囔。「弟弟，弟弟。」

現在，朱敏柔已經認韓靈兒為母，跟她住在一起。本來韓靈兒不願意，畢竟霍良媛生前最恨她。但朱肅錦說，太子妃要帶兩個孩子，實在太忙；而且，跟了太子妃，朱敏柔就算在嫡母跟前長大的，以後身分會比朱敏艾高。

三個閨女中，朱敏嘉不只是嫡女，還頗得乾武帝疼愛，已是身分超然，若朱敏柔的身分再高上去，只剩朱敏艾墊底，別說韓靈兒不願意，連心疼朱敏艾的朱肅錦都不願意。

東宮裡除了傅明蘭和韓靈兒，只剩閔良娣，可朱肅錦又不放心把孩子交給閔良娣。韓靈兒無奈，這才答應下來，還說，以後朱肅錦再有其他女人，就給其他人帶。

朱肅錦嘆氣。「女人多了不好。宮裡只有妳們兩個人，才清靜，也少是非。」

韓靈兒說：「妾知道殿下心疼我和姊姊，但是，父皇不會同意殿下這麼做的。」

朱肅錦又嘆氣，的確如此。乾武帝已經問過他，他看上了哪家閨女，當然這些閨女必須在乾武帝指定的幾家裡選。如果他沒選，乾武帝會親自為他安排。

乾武帝還說，雖然傅明蘭和韓靈兒不錯，但宮裡若一直只有她們，時日長了，兩人之間就會生隙，唯有再娶其他女人，妻妾之間的關係才更容易平衡。不僅如此，一個皇孫也不夠，要多多開枝散葉，況且朝中尚有些人家需要施恩……

錢亦繡不知可憐的朱肅錦已經被乾武帝催著找其他女人，樂呵呵地去了臥房。傅大夫人、舅母傅氏、潘月、錢滿霞都在，潘月手裡還抱著小嬰兒。

錢亦繡過去看傅明蘭，把小嬰兒接過來瞧。孩子很漂亮，跟朱肅錦小時候幾乎一模一樣，靜靜地看著錢亦繡，還衝她吐個大泡泡。恍惚間，錢亦繡似乎又回到多年前那個破敗的院子，錢三貴懷裡的小男娃，目光一直隨著她這個女鬼轉……

錢亦繡的眼淚都湧上來了，親親他，輕輕道：「真漂亮，跟哥哥小時候長得一樣。」

潘月笑著點頭。「一看到這孩子，我就想起錦娃小時候，又漂亮、又強壯，還霸道。必須先讓他吃奶，吃不飽就大哭，把我家繡兒欺負得徹底。」

朱肅錦聽著眾人的笑聲進來，微紅著臉說：「皇表姑又在抱怨我呢。我什麼時候欺負妹妹了？小時候，我疼她還疼不夠。」

錢滿霞便笑著把朱肅錦小時候吃不飽奶，就抱著錢亦繡的耳朵、小拳頭啃的事情講了。她不好意思說，其實朱肅錦還咬了錢亦繡的小鼻子、小腳丫。

眾人聽了，更是笑得不行。

朱肅錦不好意思了，道：「今兒我兒子才是主角，怎麼說上我了？」說完，看著孩子直樂，又問錢亦繡：「他真長得特別像我小時候？」

見錢亦繡點頭，朱肅錦笑道：「可見妹妹是人云亦云。妳比我還小，怎會記得我嬰孩時的模樣？我現在只記得妳小時的樣子，妳嬰孩時長什麼樣，我是一點都想不起來了。」

錢亦繡開玩笑地把話圓過去。「我早慧。」

眾人入席，乾武帝的聖旨來了，給孩子賜名為朱子泰，還賜下許多金銀珠寶。

這天晚上，京城還放了煙火。

雖然錢亦繡覺得，這番慶祝有些過了，但也能理解乾武帝的盼孫心切。

# 第一百七十七章

轉眼到了四月底，錢滿江領著錢亦善、錢亦明，還有動物之家回京。這次，還多了一個人，就是二房的孫子錢亦得。

至於動物之家，跳跳和笑笑沒跟著回來，牠們更喜歡花溪村的寧靜，選擇留在那裡養老。另外又多了隻母猴子，比猴盼盼還小，看樣子還沒滿週歲。

錢滿江到家後，親自給東宮和幾家送禮去。閃電等幾隻狗直接被領去東宮，猴哥、猴妹領著猴盼盼和小母猴回了梁府。

梁思誠和梁思信看見猴哥一家進門，就尖叫著，撲進牠們懷裡。

猴盼盼猴精，還沒等錢亦繡伸手去抱，就四腳並用，爬上她胸前，前肢勾住她的脖子，哼哼著直往她懷裡拱，逗得錢亦繡咯咯直樂。

猴哥見狀，又把站在那裡、無所適從的小猴子抱起來，也塞進錢亦繡懷裡。

十天前，錢亦繡已經先接到錢滿江派人送的信，說他們四月底就能到京，又說十幾天前，大山和白狼在同一天內相繼死了，家人和動物之家都極為難過，把牠們葬在奔奔的墓旁，說那裡是塊風水寶地，以後牠們定能投個好胎。

錢亦繡早意料到，還是難過地哭了，想著朱肅錦肯定更難過，便帶著孩子，約潘月母子去東宮陪他。去時，朱肅錦果真待在書房裡傷心，傅明蘭和韓靈兒正陪著他流淚。

信裡又說了個驚人的消息。猴哥與猴妹跑進山裡，居然拐了隻小母猴來。之所以說「拐」，是因為牠們抱著那隻小猴子回歸園後，神情極其緊張，連門都不進，就比劃著，讓錢滿江趕緊帶牠們與猴盼盼離開這裡。

錢滿江曉得赤烈猴的嗅覺靈敏，猜到定是猴哥夫妻偷了牠們的小猴崽子，怕被找到這裡來，遂趕緊把牠們送去溪山縣城的宅子躲。那裡離山林遠，赤烈猴的鼻子再靈，也找不到。

這隻小母猴很小，大概只有七、八個月，害怕地看著錢亦繡，兩隻大眼睛濕漉漉的，似乎張嘴就要哭出來。

錢亦繡輕輕捏著牠的後脖子，笑道：「乖孩子，別害怕，我們以後就是一家人了。」說著，去拿了一只給猴盼盼打的小金項圈，掛在牠脖子上。

想了想，她又道：「我再給妳取個名字……就叫猴續續吧，希望你們猴家能一直延續下去。」

聽了這個有意義的名字，猴哥咧嘴直樂，把掛在胳膊上的小布包袱取下來給錢亦繡。

錢亦繡打開，裡面是兩根人參、兩朵靈芝，竟然還有三顆紅妖果。

看到紅妖果，錢亦繡的眼睛亮起來，高興地笑道：「謝謝猴哥，竟然還給我帶了這個寶貝。」

扣除猴哥手上的，如今世上只有三顆紅妖果，錢滿江一顆，悲空大師一顆，她手裡那顆，梁錦昭走時給他帶去了。

錢亦繡把紅妖果拿在手裡，想著之後要給朱肅錦一顆，說悲空大師給的就是。

這次悲空大師又帶著弘濟來了，剛好跟錢滿江坐同一條船。

第二天，錢家請朱肅錦、錢亦繡、錢滿霞、潘駙馬去玩一天。

吃過早飯，錢亦繡便急吼吼地領著三個孩子、猴妹一家去錢家，直接進惜月閣。

得娃已長成一個英俊的小少年。這次錢滿江把他安排去潘家族學念書，考上秀才後，就進松攀書院。

現在錢家三房已經在京城站穩腳跟，開始著手培養錢家下一代，將來也是錢亦明和錢亦源的助力。光是他們哥兒倆，太單薄了些。

錢滿江又說了在老家的事。錢老頭的身體已經大不如前，精神一下子就委頓了，腦袋也不太清醒。每天早上起來都要找錢老太，知道錢老太死了，才躲去角落抹眼淚。

錢大貴夫婦和錢二貴他們身子骨都硬朗，還住在花溪村。錢滿川與錢滿河兩家依然住在溪山縣，點心鋪子的生意很好，他們又買了許多田地，還買了船。

錢香夫妻的身子也硬朗，還說等李占冬站穩了，會來京城享福。錢亦多的婆家對她很不錯，女婿還特地來花溪村祭奠錢老太。

張仲昆一家都好，張老太太身體還硬朗，念叨著讓錢亦繡無事就回老家玩玩。

不過，林大夫和汪里正已經去世了。

錢三貴和吳氏很喜歡老家的寧靜，但想兒孫們想得厲害，等守滿三年，還是會回京。

錢滿江等人返京途中，經過溫州時，特地下船跟候在那裡的霍立行見面。

錢滿亭坐完月子後，霍立行被調到西州府，在軍裡任五品參領，帶著妻子兒女及姨娘、妹妹上任。雖然不是預期中的冀安，但也比待在京城好過多了。

轉眼又是一年春。

錢亦繡才從錢家回來，就直接去萬和堂，等在門外的梁思誠和梁思信一人抱著她的一條腿，搶著說：「信，爹爹信，爹爹要回來了。」

已經兩歲半的小哥兒倆長得快，像三、四歲的孩子，漂亮又健壯。

梁思思也在，已經一歲半了，漂亮得不得了。她的頭髮有點鬈，不似錢亦繡小時候缺乏營養的那種鬈，而是天生的。紮成髮束，頭頂上就像開了兩朵小菊花，花瓣層層疊疊，迎風招展，向錢亦繡飄來。

錢亦繡覺得這一刻是最幸福的時候，心柔成一灘水，彎腰把女兒抱起來，親了兩下，笑道：「娘的寶貝。」

梁思思糯糯地說：「信，爹爹的信。」

錢亦繡一喜。去年底收到梁錦昭的信，說水軍已經初具規模，適合船上用的大炮與火器也安上軍船，連鳥槍都做出來了。

去年，他們幾次跟前來騷擾大乾的海盜及倭寇開戰，把那些人打得落花流水。梁錦昭發現，戚承光在水戰中是不可多得的將才，甚至比他強得多，已向乾武帝提議，他讓賢，由戚承光擔任水軍都督。之後他回京也可，不回京，就給戚承光當下手。還請求乾武帝，把水軍改成海軍，更能彰顯大乾軍隊的雄風。

乾武帝看了奏摺，極高興，還在朝堂上大加表揚梁錦昭的大公無私，又派人去傳旨，准了水軍改成海軍的提議，讓梁錦昭把事情交接清楚，回京另委重任。同時，任命戚承光為大乾海軍都督；梁宜謙暫時不回來，先輔助戚承光一段時日。

錢亦繡拉回思緒，抱一個、拖兩個，進了萬和堂前的小院子。還沒進房，就聽裡面傳出眾人的說笑聲。

走進廳屋，梁老太君招手讓錢亦繡過去。「快拿去，這是妳男人的信。」

錢亦繡笑著過去接信。信上說，三個月後，梁錦昭就能回京城。

崔氏卻失望不已，眼圈都紅了。梁宜謙信上說，至少還要在海疆待兩年。那個男人再無情，也是她的丈夫，一去兩年多，她也想得厲害。

第二天，錢亦繡收到東宮的帖子，請她隔日帶著幾個孩子去玩一天。

隔天是朱肅錦滿十九歲的生辰。朱肅錦不喜奢華，生辰從來不大辦，只會請他在意的一些親友去東宮吃飯。而且，生辰當天早上，仍會習慣地吃一顆白煮蛋。

於是，這天上午，錢亦繡穿了石榴紅妝花褙子，又把三個小傢伙打扮得一身喜氣，還給猴哥一家換上新衣，一起去東宮，直接進了明榮殿。

潘月領著錢亦靜、錢亦源，錢滿霞帶女兒萬芳、小兒子萬起，已經先到了。錢亦明與萬伏已經啟蒙，入潘家族學讀書，所以沒跟來。

朱肅錦陪潘月坐在廊下說笑，潘月手裡還抱著皇太孫朱子泰。

傅明蘭及韓靈兒、閔良娣、岳良媛與錢滿霞在樹下說笑。韓靈兒又有了身孕。岳良媛是岳侯爺的姪孫女，年初才娶進東宮，是個爽利的女孩，朱敏柔已經正式交給她撫養。

梁思誠喜歡跟錢亦源和萬起兩個男娃玩，可梁思信卻喜歡跟三位小郡主一起，尤其喜歡最漂亮的朱敏艾。朱敏艾也喜歡黏梁思信，兩個小人兒只要在一起，隨時都是牽著小手的。

三位郡主裡，朱敏嘉大器，朱敏艾靈動，朱敏柔溫柔，各有出色之處。

錢亦繡去找朱肅錦，把親手做的衣裳和鞋子送給他。

朱肅錦謝過，又打趣道：「想穿妹妹做的衣裳和鞋子，很是不易。」

錢亦繡聽了，作勢要收回衣裳，朱肅錦笑了，趕緊把衣裳遞給貼身服侍的太監。

孩子們的笑鬧聲傳過來，朱肅錦看到隨時隨地牽著手的梁思信和朱敏艾，提議道：「我家敏艾好看，脾氣又溫和，還聰明，給妳當兒媳婦不錯吧？」

潘月倒是喜歡，笑道：「我看成，兩個孩子都長得好，脾氣好。親上加親，也不怕哪個受委屈。」

錢亦繡也喜歡朱敏艾，但靈魂裡仍有前世的觀念，不習慣訂娃娃親，便遲疑著沒出聲。

朱肅錦又受傷了，不高興地撇嘴看向旁邊。

錢亦繡趕緊陪笑，說了一堆孩子還小，等大些再說的話。

吃飯時，由於沒有外人，大人們坐一桌，孩子們一桌，由乳娘餵。

正吃著，梁思信忽然大喊起來。「娘親，他們家飯硬，信信不喜歡吃硬飯，信信喜歡吃軟飯。」

原來今天中午的飯是南暹羅進貢的香米，煮得稍乾才好吃。

朱敏艾正在吃雞蛋羹，忙道：「艾艾的飯飯軟，信哥哥快來吃艾艾的軟飯飯。」

梁思信聽了，趕緊答應。「好，信信就來吃艾妹妹的軟飯飯。」然後，從乳娘身上下來，去了朱敏艾旁邊。

梁思信的乳娘趕緊道：「哥兒，咱們這裡也有雞蛋羹。」

梁思信著急了。「信信只喜歡吃艾妹妹的軟飯飯。」

聽了兩個孩子的對話，大人們大笑起來，朱肅錦的笑聲最大，也最得意，對錢亦繡笑道：「妹妹，妳家小子這麼喜歡吃我家敏艾碗裡的飯，妳就成全他吧。」

眾人聞言，又笑起來。

錢亦繡瞪自家傻兒子一眼，覺得沒面子極了。

四天後是四月六日，是錢亦繡的生辰。

上午，朱肅錦差人送生辰禮來，潘月母子和弘濟親自來蓮香院道賀，錢亦繡讓人去廚房要一桌素席。

弘濟也長大了，下半年就滿十九歲，不能再叫他小和尚了。

他依舊面如白玉、眉清目秀，氣質溫潤平和，但肩膀寬闊，個子也更高，聲音渾厚不少。若把頭髮留起來，活脫脫的翩翩濁世佳公子一枚。

弘濟依然如小時候那樣黏潘月，說話間仍喜歡拉潘月的袖子。

悲空大師說，弘濟二十歲時要還俗，潘月要他還俗後就住在錢家，反正他也住慣了逍遙院。朱肅錦說要給他建府，但弘濟不感興趣。

弘濟也聽說梁錦昭快回來了，很是高興，因為他對大海另一邊極有興趣，想著還俗後，就出去見識見識，去看看大洋彼岸的學校，及被稱作工廠、醫院的作坊與醫堂。

肖恩告訴過他，地球是圓的，坐船朝同個方向行駛，可以回到起點，跟他在書上看到的「地方如棋盤」理論不一樣。但連錢亦繡都覺得肖恩說得對，也就信了，想出去瞧瞧。

聽弘濟說要出海，潘月的眼圈就開始泛紅。

弘濟趕緊勸道：「孀子莫難過，貧僧還俗後，總要找些事做。貧僧的身分尷尬，最好大半時日在外面跑。現在師兄他們製造出好的大船，又有火器，不會有危險的。」

錢亦繡玩笑道：「弟弟還俗就二十歲了，先該成親生娃才是，怎麼淨想著出去玩？」

弘濟聞言，羞得臉像猴哥一樣紅，手都沒處放。「姊姊成了親，臉皮越來越厚，生了孩子就更厚，不理妳了。」說完，賭氣起身，去院子裡跟猴盼盼與孩子們一起玩了。

潘月也說錢亦繡。「知道弘濟臉皮薄，妳怎麼還口無遮攔。弘濟在寺裡長大，許多事要等到還俗後慢慢適應，像食葷腥、成親，得一步一步來。」

頓了頓，她又低聲笑道：「娘覺得，弘濟跟靜兒很般配，只是靜兒小些。等他出洋回來，再等個兩年，適應俗界的生活，那時靜兒正好十三、四歲，就給他們訂親。等靜兒及笄，便能辦喜事了。弘濟從小就想叫我娘，又喜歡咱們家，等他們成親，我就是他的娘，咱們家也是他的家了。」

此時，窗外傳來梁思誠兄弟和弘濟他們的笑聲。

錢亦繡向外瞧去，小哥兒倆和猴盼盼、猴續續鬧成一團，弘濟和猴妹站在旁邊看他們。

春陽下，那個高大俊朗的青年跟十幾年前那個唇紅齒白的小和尚天差地別，但臉上的笑容卻從沒有改變過，依然溫和可親。

時間過得真快。

錢亦繡回頭，笑著對潘月說：「他們倆的確是般配的一對。」

潘月聞言，笑容更加燦爛了。

六月中旬，錢亦繡領著三個孩子、動物之家同梁老太君、梁則重一起去蘭院住。鄉下涼快得多，而且正是金桃飄香、金蓮盛開的季節。

很奇怪，京裡結出的金蜜桃比花溪村小香山結出的口感差許多，有些像水蜜桃，缺乏正宗金蜜桃的蜜甜。即使如此，依然賣得極好。

潘駙馬也來了，住在桃院，無事就來蘭院找梁則重下棋，或逗弄孫子。

而動物之家一來，有大半時日會進山，玩得可開心了。

轉眼到了七月初，錢亦繡正準備回京城的東西，就聽見梁思誠和梁思信的大嗓門——

「叔叔，叔叔，你找誰？」

接著，傳來一陣熟悉的笑聲。「哈哈哈哈，誠哥兒，信哥兒，你們都長這麼高了。怎麼，不認得我了？」

「我們不認識。」小哥兒倆異口同聲道。

聽到那個聲音，錢亦繡抑制不住內心的激動，抱起身邊的女兒，向門外跑去。

院子裡的男人正彎腰拉小哥兒倆，見錢亦繡抱著女娃跑出來，便直起腰，幾步走到她面前，正是兩年不見的梁錦昭。

梁錦昭笑道：「繡兒，我回來了。兒子都長這麼高了，可惜不認得他們老子。」又看小女娃，驚喜道：「思姊兒也這麼大了，長得真好看，真像妳。」

梁錦昭黑了、瘦了，唇邊一圈硬鬍碴，熱得汗流浹背，衣褲都被汗水浸透了。

錢亦繡的淚水湧上眼簾，笑道：「大爺回來了。先去給老祖宗磕頭，我讓人給你燒洗澡水。」又對愣愣地看著梁錦昭的梁思思說：「思思，這是妳爹爹。妳不是天天嚷著要爹爹嗎？他回來了。」

梁錦昭想接過女兒，又擔心自己實在太髒了，怕嚇著嬌嫩的女兒，遂一手一個，把小哥兒倆抱起來。

梁錦昭抱著兒子，先去給正在後院亭子裡乘涼的梁老太君磕頭。梁老太君拉著他，激動得哭訴一番，然後就讓他先去梳洗了。

梁錦昭洗完澡，換了乾淨衣裳，三個孩子全撲進他的懷裡。梁思思坐在他腿上，梁思誠和梁思信一邊一個拉著他的胳膊，爺兒四個擠成一團。

出門散步的梁則重和潘駙馬也回來了，同梁老太君一起，等著梁錦昭來說說海疆的事。可看見三個孩子圍著梁錦昭撒嬌，便不忍心打斷他們。

晚上，小兄弟睏了，被乳娘帶回自己的屋子歇息。梁思思一直跟錢亦繡住，還醒著時，不敢把她抱出去，等她睡著後，乳娘才輕輕把她抱去廂房。

看到沒人了，梁錦昭急不可待地抱著錢亦繡親起來。他積攢那麼久的體力，讓錢亦繡招架不住，什麼時候睡著的都不知道。

隔天醒來，梁錦昭自己去見長輩們，錢亦繡則加緊收拾回家的行李。梁錦昭是奉召返京，想必還要面聖，不能在這裡多住。

果然，待長輩們見過梁錦昭，瞧他精神不錯，便決定不耽擱了，後日便回京。

# 第一百七十八章

梁錦昭回京面聖，詳細稟報建水軍及製造戰船、火器的情況，以及戚承光的才能。

乾武帝對他的表現非常滿意。勤奮正直，又聰明識時務，不討嫌，像他祖父，是所有帝王都喜歡的臣子。

乾武帝誇了他，讓他回原來的衙門辦差。

這個結果讓梁錦昭喜出望外，磕頭道：「謝主隆恩。」便起身告退。

他剛轉身，就看到一個漂亮的兩、三歲小女娃跑進來，張開雙臂，像小花蝴蝶一樣往前撲去，嘴裡還喊著：「皇爺爺，抱抱！」

梁錦昭有些納悶。這裡可是太極殿，是乾武帝批奏摺的地方，臣子們連話都不敢高聲說哪……

他正想著，身後就傳來乾武帝的大笑聲。「哈哈哈哈，寶貝來了。來，讓皇爺爺抱。」

梁錦昭頓了頓，忍住沒回頭，繼續邁步向前走去，卻又聽見小女娃糯糯的聲音——

「皇爺爺，我是誰？」

乾武帝如浸在糖罐裡的聲音響起。「哈哈，妳是朕的小太后呀。」

梁錦昭再也忍不住好奇心了，轉過頭去。

只見乾武帝正抱著小女娃，寵溺地看著她，還親她兩下。

乾武帝也看到梁錦昭回頭了，而且嘴巴張得能塞下一顆雞蛋，脹紅了臉，斥道：「還不快滾，等著朕請你吃宮宴？」

梁錦昭嚇得轉身就走。

一會兒後，梁錦昭騎在馬上，還有些不清醒，晃了晃腦袋，才覺得剛才那一幕不是幻覺，是真的。

回到梁府，他直接進了外書房，跟梁則重講起剛才的事。

梁則重哈哈笑道：「皇上疼愛敏嘉郡主，那是花樣百出，臣子們早就見慣不驚了。」又扯著鬍子說：「上次我給思思當大馬，被御史看見，說老夫在大庭廣眾之下不講儀態，竟給女娃當馬騎，讓大乾朝所有臣子失了顏面，就向皇上告我一狀。

「結果，皇上大罵御史一頓，說人家祖孫情深，關他什麼事？拿著朝廷的俸祿銀子，不知操心國家大事，專管這些沒用的小事……」

說完，又得意地大笑。自從跟乾武帝有了共同愛好，乾武帝對他的臉色可是好看多了。

梁錦昭聽了，這才弄清前因後果，也跟著笑起來。

轉眼進入冬季，今年寒冷異常，北地又爆發雪災，邊防駐軍也嚴陣以待，防著他國乘機入侵。

因乾武帝的身子不爽快，朱肅錦要幫忙處理國事，便派其他重臣去賑災。

從冬月中旬開始，乾武帝就沒上早朝，只在太極殿裡見要臣、商量大事，其他的事都交給朱肅錦。

乾武帝的病很奇怪，沒其他症狀，就是睡不踏實，更確切地說，是不敢睡覺。幾乎一睡著，就開始作惡夢，夢到大乾遭受雪災，然後是水災、蟲災，最後兵荒馬亂，生靈塗炭……夢沒作完，乾武帝就被嚇醒過來。

難道真是「天下歸寧，大乾將落」？

想到夢中的景象，再思及那句傳言，乾武帝便惶惶不安。先是自己被嚇醒，後來讓人在他睡著兩刻鐘後，馬上叫醒他。因為前兩刻鐘夢的是雪災，他怕極接下去的水災、蟲災、起兵……

醒後，過一、兩個時辰，再睡兩刻鐘，又被人喚醒。如此反覆，他都快被折磨死了。

乾武帝吃了許多安神藥，都起不了一點作用。後來，又去請報國寺的弘智大師，及京城附近幾座著名寺廟的住持，相繼進宮唸了幾天佛，也毫無效果。

朱肅錦見乾武帝被折磨得日漸消瘦，極為心疼，卻沒有一點辦法。他手裡倒是有顆救命的紅妖果，可乾武帝的病實在奇怪，即使救下一次，若繼續作惡夢，仍會繼續不好。

朱肅錦想到悲空大師，他不僅精通佛法，還醫術了得。可他秋天就帶弘濟回了大慈寺。

這時已是臘月中，朱肅錦實在沒轍了，只得修書一封，派梁錦昭去請悲空大師。

他極不好意思，對梁錦昭解釋道：「馬上要過年，卻得讓你出遠門。本宮也是沒法子了，派別人去，怕悲空大師不理會，只能讓你出馬。」

梁錦昭趕緊躬身。「謝殿下信得過，臣定不辱使命。」便回家匆匆拿了幾件衣裳，以及路上的吃食，就急急上路了。

錢亦繡雖然極心疼梁錦昭，但也沒辦法。聽說乾武帝病得不輕，只得看看悲空大師能不能救過來。

同時，她憶起元后以前託的夢，但乾武帝一直對朱肅錦很好，到目前為止，還沒有她的用武之地。

想到這裡，她又覺得乾武帝還算不錯。不過，元后還說了五年之期，算一算，元后已經故去五年多，不知他們還有什麼約定？

即使是過年，皇宮裡也愁苦。

乾武帝知道自己這樣，宮裡的人肯定過不好年。別人過不過得好，他不在乎，但想到那個嬌嫡嫡的小人兒過不好，心裡就難過，便對朱肅錦說：「過年那幾天，讓敏嘉她們幾個去你養母家吧，不要拘著她們。」

朱肅錦應了，讓人把三個閨女帶去錢家，兒子朱子泰繼續留在東宮。男娃將來要當大用，這種時候不能逃去別處。

幾位小郡主在大年初五回宮，朱敏嘉還請朱肅錦帶她去乾武帝的寢宮，捧著一只帶蓋的瓷盅，流著眼淚對乾武帝說：「皇爺爺，這是我讓皇姑婆熬的安神湯，您喝了，就能睡覺覺。等皇爺爺有了精神，咱們還玩扮家家。」

乾武帝活了四十五年，自認早已心硬如鐵，可此時，他的心卻發軟了，答應道：「好，等皇爺爺病好，咱們就玩扮家家，妳還當朕的小太后。」
朱敏嘉卻搖搖頭，糯糯道：「咱們再玩扮家家，我不當您的小太后了，我要當您的小公主。」
乾武帝小心，從不吃宮外的食物，但這盅安神湯，他還是喝了。雖然沒什麼用，但心裡甜滋滋的。

大雪封路，路不好走，梁錦昭帶著悲空大師和弘濟趕至京城，已是正月二十日。
悲空大師進宮時，乾武帝已經被夢魘折磨兩個多月，人瘦得脫了形。
乾武帝斜倚在龍榻上，看悲空大師來了，惶恐地說：「悲空大師，朕不敢睡覺，一睡著就夢見大乾遭災，各地起兵。一百多年了，大乾被朱家治理得繁榮強大，朕不能讓大乾毀在朕手裡……」
說到後面，他竟是流出了眼淚。
悲空大師雙手合十。「阿彌陀佛，皇上說的情景，可以說存在，也可以說不存在，一切只在一念間。」
乾武帝問道：「這怎麼說？還請悲空大師明示。若能讓夢裡的情景不存在，讓朱家王朝世代相傳下去，朕願意肝腦塗地，死而後已。」
悲空大師說：「皇上是難得的心性堅毅之人，更是拿得起，放得下，不然，也不會許下那個諾言。其實，人在局外時，看事物要周延得多。解鈴還需繫鈴人，老衲言盡於此，皇上再仔細想想吧。」說完，起身走了。

望著悲空大師消失的背影，乾武帝想起來了。他不喜歡許諾，但若許諾，就必會辦到。只有一個諾言，雖然還未到期，但他已經準備食言了。不是他有意失信，而是不放心朱肅錦，朱肅錦太仁慈良善，他想再把江山打理得更加穩固，再傳下去。

是的，元后死前，他在她耳邊說，若他坐上龍椅，五年一到，便會傳位給他們的兒子。之所以許下那個諾言，不只因為他對元后用情至深，更因為他也怕那個傳言。

雖然乾武帝言詞鑿鑿，說那是葉家利用番僧陷害他的，但內心深處害怕傳言成真。那時，他一直想著，若坐擁江山，五年內，他的心性不會有大變化，再把外戚看死、守好國門，江山應該不會易主。五年一到，就傳位給錦兒。他不當皇帝，傳言便不攻自破。

雖然他不做皇帝，天下還是他兒子的，他兒子的兒子的。

所以，他對元后許下了那個諾言。

先帝是在五年前正月二十四日夜裡去世的，他是在正月二十五日繼承大統，還有五天，就滿五年。看來，連老天都在提醒他，若是不實現這個諾言，大乾堪憂。

想到這裡，他讓守在門外的朱肅錦進來，又讓人去把翟閣老、傅大學士、岳侯爺、梁則重等幾個重臣和老臣請來議事。

說也奇怪，這天夜裡，乾武帝美美地睡了一覺，一覺至天明，連太監叫他起來吃飯，他都渾然未覺。

正月二十五日，乾武帝禪位予太子朱肅錦，自封為太上皇，他的幾個妃子成為太妃。朱肅錦正式即位，為乾樂帝。

新帝當得匆忙，但也容易。太上皇留下的朝臣都沒有動，各就各位。

乾樂帝封太子妃傅明蘭為皇后，韓靈兒為貴妃，岳良媛為德妃，閔良娣為閔妃。另外，追封霍良媛為淑妃。封朱子泰為太子，三位郡主晉為公主。

另外，他又封了養育他的珍月郡主為護國夫人，封錢亦繡為錦繡郡主，封錢滿霞為進勤縣主。錢三貴已是侯爺，再無可封，便賜免死金牌。錢三貴不在京城，由錢滿江幫著領了。

如今的錢家，可謂烈火烹油，滿門榮耀。

這年的十月二十，弘濟滿二十歲了。

報國寺裡，他跪下給悲空大師磕了三個頭，哭著不起身。

悲空大師笑道：「天下沒有不散的筵席。我們雖然沒了師徒緣分，但情分還在，績兒可以時常來看老衲，記著提醒那丫頭，給老衲做些好吃的素點。」

弘濟聽了，破涕為笑，又磕了三個頭才起身。拿著包袱走出報國寺大門，正式恢復朱肅績的身分。

梁錦昭正帶著猴哥在門前等，看見朱肅績便招手。

朱肅績停下，對送他出來的弘智住持和無名和尚深深鞠躬，上了馬，同梁錦昭、猴哥一起向山下奔去。

路上，梁錦昭道：「岳母已經在家備好素席，繡兒也說要下廚，親自給你做兩道菜。」

朱肅績聽了，笑得眉眼彎彎。

到了錢家，兩人一猴直奔逍遙院，潘月正等在那裡。

潘月牽朱肅績進去，臥房裡放了一套新衣裳，又對他笑道：「績兒沐浴完，就把這身衣裳穿上。」然後，去廳屋等他。

兩刻多鐘後，朱肅績走進廳屋時，潘月的眼睛都亮了。「天哪，換了這身衣裳，績兒可是變了一個人，真是俊俏的小哥。」

朱肅績紅著臉，呵呵傻笑，跟潘月去正院見大家。

出現在眾人面前的朱肅績，身著紅色提金繡團花錦緞長袍，戴黑色襆頭，繫白色玉帶，俊朗清秀，氣質溫潤儒雅。

錢亦繡走上前，笑道：「喲，弟弟可真俊，這模樣，不知要惹多少姑娘傾心呢。」

眾人哄堂大笑。

這時，一個婆子來報。「聖旨到了，侯爺讓績少爺快些去前院接旨哪。」

眾人趕緊到前院，下跪接旨，乾樂帝封朱肅績為永和王，還賜下王府。

等太監一走，朱肅績就拉著潘月的袖子說：「我不想住王府，想住在嬸子家。」

潘月笑道：「嬸子也是這麼想的。你平日就住在這裡，無事回去看看即可。」

之後，朱肅績果真把鄉恩侯府當成自己家，一個月有二十幾天都住在這裡。

第二年，乾樂帝朱肅錦改年號為貞光。

貞光初年，永和王朱肅績上奏，為彰顯大乾國威，發展海上貿易，建立邦交，互相學習，願意率眾出洋。

乾樂帝准奏。

經過一年多的準備，貞光二年三月，永和王朱肅績帶著一百多艘大船、一萬多人，船上載著無數絲綢、瓷器、茶葉等物，在李和傑克、肖恩的帶領下，遠航至西洋。

一萬多人中，除了官員、士兵、水手、商人，還有一百名去外國學習的生員。

這些生員，幾乎都是貧寒人家的子弟，還有秀才之名。朝廷許諾，等他們學習幾年後回國，直接賜進士出身，入衙門辦差或去國子監教書。

生員中，還有幾個例外。一個是梁家六爺梁錦真，鬧著去日不落國學習喜愛的算學；一個竟是潘府的弈哥兒，想去見識不一樣的天地。

還有錢家的錢亦得和蔡小紀。錢亦得繼承了錢老頭的冒險和投機，覺得這趟出去後，回來會大不一樣，準備搏個大好前程。他覺得自己不一定能像錢亦善那樣考上進士，不如出洋，回來興許比進士還體面。

蔡小紀則是番話說得好，去學習的同時，給生員當翻譯。雖然這些生員已提前跟著肖恩和傑克學番話，但還是說得不太好；而肖恩和傑克也不會陪著留學生留下，將跟著永和王返回大乾，蔡小紀便留在那裡當翻譯。他從小跟著他們學習番話，已經完全精通。

為此，錢亦繡還給蔡小紀除了奴籍。因為他沒有秀才的功名，乾樂帝破例，等他回來後，便賜為舉人。

這次出洋，不僅要建立邦交，互相交流，還要做生意，把船上的東西賣了，再買些大乾需要的商品。當然，還給那裡的國王準備了禮物，就是大乾朝的國粹——雙面繡屏。

為了朱肅績的安全，朱肅錦派出大軍護送，又給了許多火器。

錢亦繡也不放心，要贈他一顆紅妖果，但朱肅績卻說，悲空大師已經給了。

要走的前一天，潘月問了朱肅績娶親的事。

朱肅績紅著臉說：「嬸子覺得誰好，我就娶誰。我曉得嬸子不會害我。」

潘月聽了，故意道：「哦？我覺得岳家的五姑娘就不錯。」

朱肅績趕緊搖頭。「不行。我、我喜歡嬸子家，我……」紅著臉，不好意思說下去。

潘月問他：「既然你喜歡嬸子家，就給嬸子做女婿，願意嗎？」

朱肅績眼裡露出驚喜，忙不迭地點點頭。他早看出來潘月有這個意思，他也很心動。想到那個明麗的少女，心裡更甜蜜了。

潘月見狀，忍住笑，說道：「不說話是不願意了？不願意就算了，這事也不能強人所難。」

這下，朱肅績顧不得害羞了，含糊地說：「我剛點了頭的，我願意。」然後趕緊跑了。出門正碰見錢亦靜，他的臉更紅，喊聲靜妹妹後，溜得更快。

錢亦靜走進屋，納悶地問潘月：「娘，績哥哥怎麼了，臉那麼紅？」

潘月笑起來。「娘問他願不願意給娘做女婿，他說願意，就不好意思地跑了。」

小女兒已經十一歲，許多這個年紀的姑娘都訂了親，潘月這麼說，也是讓錢亦靜心裡有個準備。她早看出來，錢亦靜從小就喜歡膩著朱肅績，對他頗多依賴，卻只將他當成大哥哥，還沒往男女之情想。今天，正好把這層窗戶紙捅開，推兩人一把。

錢亦靜聽了，比朱肅績還鎮定些，雖然極不好意思地紅了臉，卻沒有往外跑，而是倚在潘月懷裡，拉起母親的衣袖擋住自己的小臉，撒嬌道：「人家不嫁人，人家捨不得離開娘。」

潘月拍著女兒，笑道：「娘一直把績兒看成兒子，績兒也把娘看成親娘。妳嫁給績兒後，哪怕住進永和王府，想看娘了，就隨時回來，誰還能攔著你們？」又說：「績兒是娘從小看到大的，溫和善良，脾氣好、學問好，出身也好。妳嫁給他，娘就放心了。」

本來，潘月和錢滿江的意思是，在朱肅績走之前，便把他們的親事定下，但朱肅績沒同意，怕自己出海有個萬一，會害了錢亦靜。

於是，眾人商議，決定等他回來後再訂親。

# 第一百七十九章

貞光五年五月，湖裡的蓮葉碧如翡翠，層層疊疊。有些金蓮已含苞待放，有些吐蕊，在微風中搖曳生姿。

湖畔有幾棵桃樹，結出的桃子比拳頭大些，開始泛紅，只是皮上的金色還不多。

樹下，站著一個十四歲的少女。少女穿著淺綠色襦裙，裙裾隨風飄舞，更顯得亭亭玉立。她眉目如畫，肌膚瑩潤，精緻五官跟年輕時的潘月有八成相似，出塵脫俗的氣質更是像了十成十。

這個姑娘正是鄉恩侯世子錢滿江的二女兒錢亦靜。

朱肅績走時說，若不出狀況，兩年後就會回來。還讓她記得摘幾顆金蜜桃，再讓人把金蓮葉粥熬好等他，說是極想那個味兒。

想到他的囑咐，錢亦靜用帕子摀著嘴笑起來。怪不得大姊經常開玩笑，說朱肅績像悲空大師，嘴饞。

朱肅績走了三年多，金蜜桃快熟了，金蓮花已經盛開。他……應該快回來了吧？

潘月說，等朱肅績一回來，就給他們訂親。想到這裡，錢亦靜眼前浮現出那個俊逸的身影與溫和的笑容，心裡溢滿了甜蜜。

站了兩刻多鐘，錢亦靜嘆口氣，帶著丫鬟走回屋。

剛走到半路，就看見一個小丫頭跑過來稟報道：「稟二姑娘，大姑奶奶帶著思姑娘來了。」

錢亦靜聽錢亦繡和梁思思來了，高興地加快腳步，轉向正院走去。

錢亦繡帶著梁思思一起回娘家吃飯。她已經向宋氏和崔氏告假，也讓梁錦昭下衙後直接來錢家。

去年初，梁老太君去世；一個月後，太皇太后也薨了。梁老太君與太皇太后都活了八十多歲，雖然已是這時代少見的高壽，但她們皆是錢亦繡的至親，短短時日內相繼過世，讓錢亦繡悲痛不已，足有半年才緩過勁來。如今，京城最大歲數的老壽星，就是已經八十歲的太豐大長公主了。

上房裡，錢亦繡正摟著錢三貴的胳膊說話，逗得錢三貴哈哈大笑，灰白鬍子翹得老高。錢三貴最疼這個大孫女，過了這麼多年，依然如此。只要她一來，心情就極舒暢，笑聲也會大很多。

錢亦靜走進門，就笑道：「大姊都這麼大的人了，一來就跟爺爺撒嬌。」

錢三貴呵呵笑道：「妳大姊再大，也是爺爺的孫女。」他的門牙已經掉兩顆，說話有些漏風。

錢亦靜故意嘟嘴吃醋。「大姊一來，爺爺便不疼我了。」

錢亦繡聽了，得意地笑著，故意又把錢三貴的胳膊摟得緊些。

錢三貴見兩個孫女因為搶自己而吃醋，笑得更加開懷。
吳氏笑著嗔小孫女。「妳大姊難得回來一趟，還要吃醋，也好意思。」
梁思思笑著跑去抱錢亦靜。「小姨，別吃我娘的醋。外曾祖父不搭理妳，思思搭理妳。」
梁思思已經快滿八歲，小丫頭長得極漂亮，長開後又特別像錢亦靜，看起來像親姊妹，感情也極好。
她這麼一說，又把眾人逗得大笑。
不一會兒，男孩們下課，錢亦源、梁思誠、梁思信都回來了，他們都在潘家族學念書。十四歲的錢亦明進了國子監，也住在那裡。
眾人正鬧著，錢滿江和梁錦昭一起回來，急匆匆地進門，臉上是抑制不住的興奮。
錢滿江先開口道：「今天泉州八百里加急快報，永和王爺一行已平安抵達南邊的閔江港，大概兩個多月後，便能回到京城。」
這個大好消息讓眾人高興不已，潘月還激動得唸起佛。錢亦靜更是開心，朝思暮想的績哥哥終於要回來了。
梁錦昭又道：「皇上極高興，說永和王爺不辱使命，不只與彼岸的幾個國家互換國書，建立邦交，又帶了一百個異邦學子來大乾學習。下令禮部準備儀式，要親自出城迎接。」
錢亦繡非常佩服乾樂帝朱肅錦的遠見，他行了遠交近攻的策略。大乾附近的島嶼，除了已經建國的大島沒動外，一些小島已被大乾朝占領，不僅派軍隊駐紮，還送些窮苦人家去那裡生活，並鼓勵與那邊的土著通婚。
而附近的海域，大乾朝的海軍隨時駛著戰船巡邏，謹慎防範那些島國。至於遠距離的大洋彼岸，則建立互利互惠的邦交和生意往來。
占領島嶼是戚承光完成的，與彼岸的外交則由朱肅績進行，都很順利。
因為有這件喜事，錢家人吃了頓熱鬧飯，男人們還喝了不少酒，小小慶祝一番。
七月十九日中午，永和王朱肅績率領出洋的人回京，雖然只有官員、商人、軍隊及異邦學子，但也有五千多人，蔚為壯觀。
乾樂帝率領群臣出城迎接，還同永和王手把手走進城門，以示龍心大悅。
這次出洋是史無前例的壯舉，其深遠意義不亞於大乾朝的保家衛國戰爭，他們如英雄凱旋般，被百姓夾道歡迎。隊伍中的異邦學子，其金色與棕色的頭髮、大大的鼻子、如宣紙般的白臉及長長的毫毛，讓大乾人民開了眼界，指指點點議論著。
晚上，乾樂帝設宮宴替永和王等人接風洗塵，除了朝中大臣，還請潘老太爺和潘駙馬，因為那一百個異邦學子，會有二十人去松攀書院。
飯後，永和王留在宮中稟報此行經過，連幾乎不管國事的太上皇也過來聽，陪聽的還有幾個重臣，其中包括錢滿江和梁錦昭。他們是武將，本不該管這些事，但因永和王跟他們有親，所以破例留下他們。
太上皇和乾樂帝都高興，一直聽到後半夜，永和王與臣子們便留在宮中歇息。

這次跟著船隊出洋的商人中，還包括錢家、梁家、萬家、傅家、太豐大長公主府等世家大族派的管事，這些管事直接回去見主子。他們為主家賺得盆滿缽豐的同時，也為自家賺了上千兩白銀。錢亦繡又有遠見，先派人在對外開放的泉州等地開商鋪，以後好方便與番人做生意。

這次出洋，不僅彰顯大乾國威，與西洋的幾個國家建立邦交，國庫充盈不少，也讓許多大臣和商人大賺一筆，真是一舉數得。

第二天，錢家正院熱鬧非凡。錢亦繡母子和錢滿霞一家早早便到錢家，熱切地盼望朱肅續快點回來。

猴哥一家也在這裡，猴哥和猴妹也想朱肅續想得厲害。而狗狗之家的後幾代，跟朱肅續的關係遠不像大山和奔奔、跳跳那麼熟稔，所以待在皇宮裡，沒來湊熱鬧。

大概午時初，終於聽到院子裡的喧譁聲，除了錢三貴和吳氏，所有人都湧出屋子，潘月衝在最前面。

朱肅續在錢滿江和梁錦昭的陪同下，進了正院。他穿著冰藍色圓領箭袖錦緞長袍，腰間繫白色玉帶，如墨的頭髮用玉簪束在頭頂。他來錢家，從不會穿屬於王爺的蟒袍。

朱肅續比走之前黑了不少，看似瘦了，但更結實，肩膀也變得寬厚。他的眼神平和如昔，嘴角依然掛著溫潤笑意。當他看到一群親人出門迎接他時，眼裡溢出激動的淚水。

他拉住潘月的袖子，哽咽地說：「娘，我好想你們。」

潘月哭道：「績兒，你終於回來了。娘寢食不安，天天盼著你……」

錢亦繡等女眷見狀，也跟著抹起眼淚。

朱肅績跟潘月訴完別情，又深深地看了人群中那個亮麗而精緻的面容一眼，那雙微紅的明眸正傾慕地看著他。他日思夜思地想著她，卻不能在眾人面前訴說這份相思之情，只微微衝她點點頭，笑了笑。

接著，他來到錢亦繡面前，紅著眼圈道：「姊姊，想弟弟嗎？」

錢亦繡其實想抱著朱肅績哭兩聲，傾訴一下，但她這個姊姊實在不能太挑戰這個時代的規矩，便抬手用帕子幫他擦擦眼睛，點頭道：「想，姊姊天天都在想弟弟。」

猴哥見兩個主人說完話，當仁不讓地衝上去，抱著朱肅績，嘰哩哇啦地說起猴語來。朱肅績大樂，也跟牠說了幾句話。

進屋後，朱肅績先給錢三貴夫婦行禮，老夫妻倆不敢全受，起身還了禮。

桌上絕大部分是素食，也有幾道肉菜。還俗後，朱肅績也不吃葷，但不介意桌上有讓別人吃的葷菜。

今天潘月上了主桌，坐在朱肅績的旁邊，不停幫他挾著喜歡吃的菜。

當丫鬟將一只裝著翠綠米粥的白色玉碗放在朱肅績面前時，潘月指著碗說道：「這是靜兒特地為你熬的金蓮葉粳米粥，熬了一個多時辰哪。」

朱肅績望向另一桌的錢亦靜，笑道：「謝謝靜妹妹。」

錢亦靜紅了臉，小聲說：「不知合不合績哥哥的口味？」

朱肅績用玉匙舀了一口吃進嘴裡，點頭微笑。「清滑軟糯，滿口生香，極好。」

飯後，眾人聽朱肅績講著所見所聞，皆大感興趣，恨不能親自去一趟。

晚上，客人散後，潘月讓錢亦靜送朱肅績回逍遙院。

錢滿江悄聲道：「靜兒現在是大姑娘了，這樣不妥吧？」

潘月笑著說：「績兒和靜兒的性子，咱們還不曉得？有什麼不妥的？你看看他們兩個小人兒，似有千言萬語，剛才卻只能藉著粥碗說兩句話。」

錢滿江想起，他和妻子成親前，雖然窮苦，卻是想說什麼就說什麼，沒有任何顧忌，便不再言語了。

夜空悠遠而深邃，布滿點點繁星。晚風徐徐，吹得樹葉飛舞，讓人覺得愜意無比。

朱肅錦和錢亦靜走在前面，兩個丫鬟知趣地遠遠跟在後頭。

兩人無語地走了一段路，朱肅績打破沈默，笑道：「在船上時，我就喜歡坐在甲板上看星星，想著同樣的星空下，師父、靜妹妹、娘、姊姊，你們在做些什麼？」

錢亦靜微笑回應。「是嗎？我跟績哥哥一樣哪，也喜歡在晚上看星星、看月亮，想像著那時績哥哥一定也吹著海風，在、在想著遠方的我們。」說完，又害羞地低下頭。

此時正好路過幾棵枝葉茂密的大樹，朱肅績鼓起勇氣，垂著的右手握住她的左手。小手比之前長些，也瘦了，但依然滑嫩，柔若無骨。

從什麼時候開始，他沒再拉過她的小手，她也不再像小時候那般倚著他、抱著他了？好像是她八歲以後，小妮子懂得害羞了，雖然還是喜歡「績哥哥、績哥哥」的叫，在他眼前晃，卻不好意思像小時候那麼親熱。

錢亦靜任由自己的小手被朱肅績拉著，沒有掙扎，心裡是說不出的甜蜜。

朱肅績又說：「我還給靜妹妹帶了一件禮物，妳肯定喜歡。」

錢亦靜納悶。「你的禮物不是下午時都分給我們了嗎？」

朱肅績笑道：「有一樣是單給妹妹的。」說完，笑而不語，把錢亦靜牽得更緊了。

幾天後，乾樂帝為永和王朱肅績和鄉恩侯府二姑娘錢亦靜賜婚。王府和錢家按禮走過場，又訂於明年二月完婚。

一個月後，悲空大師來了報國寺，朱肅績欣喜地去見他。

他向悲空大師作揖，笑道：「師父，徒兒給你帶好吃的來了。」端上一盆番茄。

出洋時，他得了幾株番茄苗，就在船上種起來，用了不少最珍貴的淡水，回到大乾，就只剩下這盆。他之所以費心種植，就是為了能讓嘴饞的悲空大師再嚐嚐魂牽夢縈的美味。

悲空大師看見番茄，激動得紅光滿面，哈哈笑道：「好徒弟，師父沒白疼你。這紅柿子，老衲已經好些年沒吃過了。」

朱肅績笑道：「師父說錯了，它不叫紅柿子，我們稱之為番茄。」

悲空大師沒理朱肅績的糾正，拿起一顆番茄，在僧衣上擦擦，就猴急地吃起來。

在他吃下三顆大番茄後，朱肅績才紅著臉，說了自己訂親的事。

悲空大師道：「阿彌陀佛，你成了家，有人陪伴你走完一生，為師就放心了。」又道：「天下無不散的筵席，你讓那丫頭把剩下的兩顆大珍珠還給老衲，那不是俗間的東西。明年八月初一子時，是老衲帶它們回去的日子。」

朱肅續應下，作揖告別。

回錢家後，他去了梁府，向錢亦繡轉述了悲空大師的話。

錢亦繡這才明白，怪不得總用不上那兩顆珍珠，原是有來歷的，便親自去取，交給朱肅續。

幾日後，朱肅續再上報國寺，把兩顆珠子還給了悲空大師。

——全書完

# 番外

時間過得飛快，轉眼到了貞光六年。

一入五月，觀賞京郊十里荷香的遊人便多起來。雖然此時不是金蓮盛開的季節，但滿塘綠浪翻滾，綠浪中冒出幾顆花苞，還有隨風送來的蓮葉清香，都讓人流連忘返。

六月，是蓮花開得最盛，也是十里荷香最美麗的時候，但卻沒了遊人。因為，擁有這裡的幾家貴人又要來避暑，閒雜人等不能再隨意進入，幾家莊子的下人也開始忙碌，準備迎接主子到來。

最先來這裡的，是梅院的錢老侯爺和老夫人吳氏。年初，錢三貴已將爵位傳給錢滿江，徹底享清福。

接著過來的，是桃院的永和王朱肅績和王妃錢亦靜。桃院原是錢家大姑奶奶的嫁妝，後轉送給永和王妃。永和王妃今年二月成親，此時已經懷孕三個多月，因京城太熱，便來鄉下避暑，愛妻心切的永和王也一起來了。

永和王在專管大乾邦交的衙門應卯，但不會天天去，主要在家裡著述，書名暫定為《西洋遊記》。

第三批來這裡的人家，是梁則重和潘駙馬。梁則重住進梁家的蘭院，潘駙馬去自家的竹院。一年前，潘駙馬在蘭院東邊幾百尺外的地方修了院子，裡面也有栽滿金蓮的湖，湖周圍種了幾百竿翠竹，故取名竹院。

宋氏也想同梁則重來避暑，只是府裡的中饋少不了她。雖然崔氏能幹，但由於罪臣之女的身分，許多事還是要她親自出面。

第四批人也住進蘭院，正是錢亦繡領著梁思誠三兄妹。猴哥一家早隨錢家先到，卻沒來接他們，因為老早就進山玩了。

最後到的是太上皇與四位小公主，由梁錦昭親自帶隊，保護他們過來。小公主們一來，便嚷著要梁錦昭帶她們去蘭院玩。

四位小公主是朱敏嘉、朱敏艾、朱敏柔、朱敏衡。朱敏衡是韓靈兒的第二個閨女。現在，乾樂帝朱肅錦有四個閨女、一個兒子，子嗣依然單薄。

乾樂帝從不拘著他的兒女同梁家孩子或錢家孩子來往，所以這幾家孩子的關係非常好，雖有尊卑之分，但並不明顯。

朱敏艾一來，就跟梁思信說到一起，兩個小人兒好得不得了。

錢亦繡見狀，有些哭笑不得，沒想到，她居然會面臨兒子早戀的問題。放在前世，這可是家長們的難題呢，但在封建的古代，好像又見怪不怪。

不過，幾位公主中，若一定要讓她選個兒媳婦，最佳人選還是二公主。

不僅她有這個心思，乾樂帝也是這麼想的，還經常有意無意讓錢亦繡和梁錦昭做好結兒女親家的準備。

幾個孩子在一起玩，梁錦昭低聲對錢亦繡和朱肅績說：「太上皇不僅把幾位公主與楊太妃、趙太妃帶來，還帶著編《大乾史》的兩個翰林呢。」

倒是個勤勉又能找得準自己位置的太上皇。

朱肅錦雖然少年喪母，也沒得到多少父愛，但於朝政上依然順利。不僅他本人能幹，知道百姓疾苦，又得到許多忠良輔助，更有這位厲害的太上皇在背後指點他的原因。

這幾年，錢亦繡對太上皇的印象大為改觀，極欽佩他。太上皇今年五十一歲，正當壯年，但自從六年前禪位後，便真的瀟脫地放下手中的權力。除了特別重大的事，基本上不插手管國事，天天含飴弄孫，其樂融融。

之前，錢亦繡一直覺得他從小追逐權力，又受過那麼多苦，還因此失去最愛的女人，對來之不易的權力，應該比一般人更眷戀不捨，可是，他竟然就這麼放下了。太上皇肯放下，定有外人不知的原因，但他能做到這一步，心性非常人所及。

太上皇雖不干涉兒子治國，家事卻沒少管。主要還是擔心子嗣，這麼多年，乾樂帝依然只有一個兒子，這讓他操碎了心。一個兒子，太少了。

近幾年，乾樂帝聽話，又陸續納了三個女人，便不肯再要。可這些女人不怎麼爭氣，宮裡幾年都沒動靜。直到上個月，才終於又有好消息傳出，皇后和新進宮的婕妤懷孕了。

看著這些笑鬧不休的孩子們和動物之家，錢亦繡帶著嬤嬤們進廚房忙碌，幾個公主最喜歡吃她們做的奶油蛋糕和金蓮藕凍。

花花綠綠的點心擺上長桌，孩子們和動物之家都圍上前，香噴噴地吃起來，大人們看了也開心不已。

快樂的日子總是過得瘋快，一晃眼便到了七月五日。明天，朱肅績要趕去大慈寺，跟悲空大師告別。

錢亦繡猜想，悲空大師或許是天上的神仙，為渡龍珠而下凡。八月一日子時，他便要圓寂，藉此再登仙界。

她和梁錦昭都想去送悲空大師，可是朱肅績不同意，說道：「師父說了，只許我和弘智師兄、弘圓師兄去送。你們待在京城，遙遙祝他一路平安就好。」

七月三十一日晚上，錢亦繡和梁錦昭早早打發孩子們去歇息。接著，兩人在房裡對著大慈寺的方向跪下，拜了幾拜，默默祝悲空大師一路好走、一路平安。

原本錢亦繡還要堅持到子時，可不知為何，這幾天她總是有些嗜睡，即使今晚使勁睜著眼睛，心裡還有那麼重要的事，但剛到亥時，便倚在梁錦昭懷裡睡著了。

梁錦昭摟著妻子，靠在床頭，等到亥時末，便閉著眼睛開始默唸。「弟子和繡兒祈求上蒼，保佑師父一路平安，早登仙界……」

喃喃聲中，過了子時，梁錦昭已是淚流滿面。透過淚光，卻看見睡夢中的妻子竟然唇角含笑，似乎作了什麼美夢。

錢亦繡還真的作了個美夢。

她看見一片無邊無際的茫茫白霧，白霧不時翻滾、湧動，遠處似有萬道金光。突然，從白霧中鑽出一個光屁股小男孩，長得極像在洞天池見過的珍珠娃，不過比他還要小些。

小男孩糯糯地對錢亦繡說：「娘親，告訴您一個好消息，咱們的緣分還沒結束哪。」

錢亦繡笑起來，竟然從夢中笑醒，但夢境還清晰地刻在她的腦海裡，小男孩的話仍縈繞在她耳邊。

她坐起來，拉住梁錦昭的手，激動地說：「大爺，你還記得咱們在洞天池遇到的珍珠娃嗎？」

梁錦昭點頭。「記得。怎麼了？」

錢亦繡道：「我剛剛夢見他了，他說和我的緣分還沒結束。我記得，珍珠娃送我們出溪石山時，曾說我們或許還有再見的一天。」摸摸肚子，忽然想起，上個月她的月事又遲了，到現在還沒來。「是不是……我又懷孕了，孩子會是珍珠娃？」

梁錦昭也很驚奇，但回想從小到大的奇遇，這並非不可能，遂笑著對錢亦繡說：「若是這樣，自然極好。妳應該保重身體，時辰已晚，早些休息吧。」

錢亦繡點點頭，心裡感謝老天對她的恩賜。這一世不但有愛她的家人，有自己的產業，有全心疼她、護她的相公，以及幾個可愛懂事的兒女，還有動物之家相伴。

雖然穿越是場意外，但她很滿足，沒有任何遺憾了。

——全篇完

文創風 546

# 錦繡榮門 6 完

國家圖書館出版品預行編目資料

錦繡榮門 / 灩灩清泉著. --
初版. -- 臺北市 : 狗屋, 2017.07-
冊 ; 公分. --（文創風）
ISBN 978-986-328-755-1（第6冊：平裝）. --

857.7 106007792

| | |
|---|---|
| 著作者 | 灩灩清泉 |
| 編輯 | 安愉 |
| 校對 | 黃薇霓　簡郁珊 |
| 發行所 | 狗屋出版社有限公司 |
| 地址 | 台北市104中山區龍江路71巷15號1樓 |
| 電話 | 02-2776-5889～0 |
| 發行字號 | 局版台業字845號 |
| 法律顧問 | 蕭雄淋律師 |
| 總經銷 | 知遠文化事業有限公司 |
| 電話 | 02-2664-8800 |
| 初版 | 2017年8月 |
| 國際書碼 | ISBN-13　978-986-328-755-1 |

本著作物由起點中文網（www.qidian.com）授權出版

定價250元

狗屋劃撥帳號：19001626

網址：love.doghouse.com.tw　E-mail：love@doghouse.com.tw